归 妹

陈明军 著

国文出版社
·北京·

图书在版编目（CIP）数据

归妹 / 陈明军著. —— 北京：国文出版社，2025.
ISBN 978-7-5125-1928-2
Ⅰ . I247.5
中国国家版本馆 CIP 数据核字第 2025FQ0366 号

归　妹

作　　者	陈明军
责任编辑	苗　雨
策　　划	凌　翔
责任校对	陈一文
封面设计	新屿文化
出版发行	国文出版社
经　　销	全国新华书店
印　　刷	三河市中晟雅豪印务有限公司
开　　本	787 毫米 ×1092 毫米　　16 开
	12 印张　　　　　　　　226 千字
版　　次	2025 年 4 月第 1 版
	2025 年 4 月第 1 次印刷
书　　号	ISBN 978-7-5125-1928-2
定　　价	85.00 元

国文出版社
北京市朝阳区东土城路乙 9 号　　邮编：100013
总编室：（010）64270995　　传真：（010）64270995
销售热线：（010）64271187
传真：（010）64271187-800
E-mail：icpc@95777.sina.net

从"匠"字说起（代序）

薛青峰

我正想请缨给陈明军即将出版的长篇小说《归妹》写点文字。他发来微信，嘱我写序言，说："早就有这个想法，不好意思告诉你，你最近在患眼疾。"明军终究还是说出来了。说了，就是对老朋友的信任；有想法，不说，就疏远了。

写序是大事，也是难事。在这里，先说说陈明军这个人。之所以从"匠"字说起，明军善书法、喜绘画，篆刻更佳，写小说是换脑子，纯粹是消遣。他深居简出，自称民间学者，所有艺术活动的目的都在于净化自己的心灵。民间有高手，称自己是民间学者是需要底气的。民间把拥有一技之长、一心执拗地做下去的人称为"匠人"。自古以来，民间艺人的创作常常被轻鄙为"奇技淫巧"。最近，明军知道我在收集工匠人物的故事，给我刻了一方"工匠精神"的印章。这方印章他刻了两次。他说："感觉第一方线条有点薄弱，再刻一方粗壮点的。"果然，第二方印章的线条粗壮了，金石味更厚重了。从明军的刀笔运行中我读到了一丝不苟、精益求精、追求卓越的工匠精神。能工巧匠们都是抱着这种精神把喜爱的事情做精、做到出色的。此刻，我真正认识到"奇技淫巧"是多么深的误解啊！具备了这种精神，明军的确可以称作篆刻界的"大国工匠"。有没有名气都不重要了。

　　明军出生于武术世家。多年来，我们每聚一次，都有酒助兴，小酌几杯，无话不谈。他给我讲祖辈的绝世功夫，许多回肠荡气的江湖故事印存在他脑际。到了他父亲，对学武术已经不太上心了，上班挣工资，再不用跑江湖讨生活了。明军从父亲身上学了一点皮毛，只是羡慕祖辈的武功绝招。他对武术没有兴趣。他的兴趣在美术书法篆刻上。记得20世纪90年代末，我向他求一枚闲章，他欣然答应，问："是我随意刻，还是你有要求？"我说："刻'见微知著'四个字。"他大赞我的品位独到。其实，"见微知著"这枚闲章是送给我的老师陈继明的。

　　我们在一起聊天，他说，想写小说。我就建议他以祖孙三代人为原型，写一部家族传奇小说。他对此没有兴趣。结果写出了这部支边二代的爱情故事。是的，我们生活的城市是一座移民城市，是"三线建设"时期建设的城市。我们是移民后代，也是支边二代。爱情与婚姻是永恒的写作题材，可以跨越时空，拨动不同时代人的心弦。明军花心血写这部小说，十年披阅，反复修改，匠心独运，可见这个爱情故事在他心中的位置。

　　对写作者来说，存在一个写陌生故事还是写熟悉生活的问题。陌生故事对作者的历史感、视野和想象力提出了挑战，熟悉的生活则需要精到的艺术加工。兴趣即天赋。作者的兴奋点在哪里，哪里就是他的艺术天地。

　　明军身上有一种特别的气质，不同于一般人，就是那股拗劲，那种独立性，不随波逐流。我称这样的处世方式为硬气，也可以说是骨气，或者叫书卷气。硬气可能来自武术世家的基因，而读书则养成了他的骨气。明军酷爱读书，尤其爱读古书，他是我认识的通读过一遍二十四史的文友之一。他名叫陈晅，明军是字；号"贺兰山书痴"。

这体现了一个人的学养,也体现了一个现代人身上的古风。他读书四十年,书卷气就这样养成了。在今天这个以金钱衡量人的存在价值的商品社会,书卷气并不被人看好,但是明军却引以为豪。

可惜的是,我没有见过明军抚琴。有一次,我对他说,如果你会弹琴,就可以企及古人那种琴棋书画全通的生活姿态了。这是闲云野鹤的姿态。

明军常说,热闹结束后是大寂寞。能享受孤独的人必具备一颗圣洁的匠心。百工都有匠心,匠是一种艺术境界,需要长期磨砺。览古知今,明军与史书里的先贤对话,参悟了许多人生之理。不为人知,不纠缠人事是非,闲云野鹤地淡看人间浮云,静心挥毫临古帖、画山水,把个人的心绪点染在纸页上。他不加入任何协会,不需要证明什么,只让岁月在笔墨的韵味中流过。

明军考证了许多不同版本的古籍,写读书札记,有见解,有趣味。我曾在一家杂志社做散文编辑,向他约稿,他写了三篇,就不再给我稿子。我问他要,他说,写给自己看,不想发表。

我说:"你不发表,无人知道你生活的意义。"

他说:"玩乐的过程很好。"

哈哈哈,好一个"玩乐"!

明军写小说,从中年一直写到退休,聊以自慰。我一再催促他拿去发表,他才肯出版这部小说。

明军选择美术、书法、篆刻、读书、习文作为安身立命的方式,株守文字,笔尖小,心力大。唐代诗人贾岛有诗云:"苦拟修文卷,重擎献匠人。""匠人"指的就是擅长写作的人。贾岛被称为苦吟诗人,"推敲"就是独运匠心之举。"匠",在写作者心中占据着十分重要的地位。杜甫有诗云:"学业醇儒富,辞华哲匠能。"李益也说:"哲匠熙百工,日月被光泽。"可知,工匠不仅指手艺人,同样也包括文人与知识分子。"我手写我心",写作者也是手艺人。

明军以淡然之心做画匠、做文匠、做篆刻匠。

明军的长篇小说《归妹》到底给读者带来了一个什么样的爱情故事?

现在,书在你面前,开卷吧。

2024 年 8 月 13 日于家中

薛青峰,男,陕西省渭南市大荔县人。宁夏理工学院副教授,宁夏作家协会会员,石嘴山市作家协会副主席,出版《移动的故乡》《无穷的远方》等散文集。

题记：

在那边远的小城有一份缘，等待着你去发现，那里有你们的青春与年华。

序　曲

　　大暑刚过，天地之间的距离好像变得很近，平日那优哉游哉的风和云不知躲到哪里去了。太阳火辣辣的就像火炉一般，烤得大地和房顶仿佛要冒烟。空气变得炎热而干燥。屋里靠近窗户的茶几上，堆满了参差错落的书籍。有一两本书，因为被水浸过，又经过强烈的阳光暴晒或长时间的翻阅，封面已经卷起角来，形成不大不小的弧形。尽管窗户和门向外敞着，地上洒了一些水，但屋里还是闷得使人喘不过气来。

　　光膀子站着练字很久的成歆，临完最后一遍《圣教序》已经汗流浃背了。他将毛笔往桌子上一投，屁股一沉，便滑入椅子里，稳稳地坐在那里。他下意识地从桌子上摸来一盒长白山烟，用手抽出一支点燃，眯着眼，吸了两口，嘴里喷出一股烟雾来。他终于松了一口气，把搭在左肩上的半湿毛巾攥在手中，动作迅速地擦了一把脸上和身上的臭汗，然后起身拖着疲惫的双腿缓缓地挪动脚步向院子里走去。

　　院子大而深，靠近大门的地段，种有两棵虬根盘结的葡萄树，枝叶交错在一起，横卧在弯曲的木架上，郁郁葱葱，将头顶的日头遮住，下面就形成了清凉的小天地。成歆总算有了个好去处,把抓在手里的半湿毛巾重新搭在左肩上,懒洋洋地卧在帆布躺椅上。休息了不一会儿,他感觉嗓子里干涩,忙从帆布躺椅旁的方凳上掠来紫砂壶,将壶嘴直往嘴里送,像吃奶的孩子一样,急急地吮上数口放下,嗓子顿时像清泉浸过一样,凉爽了许多。他又深深地吸了一大口烟,重重地吐着烟雾,微微闭上眼睛在那儿养起了神。

这两棵葡萄树是有来历的。原来,成歆的祖父成思远到大西北支边时,曾听家乡的老少爷们说,大西北那个地方如何如何荒凉,到处都是沙丘,风吹石头跑,而且天气干燥得要命!于是,他便从老家河北省某县带来了葡萄幼苗。别说,一栽就活了!成思远大老远地移来树苗的目的有二:一是想念家乡,让心灵有个寄托;二是孝敬老人,让父母有个乘凉的地方。

成思远的父亲成世雄,清朝末年在天津府某县某镖局做过镖客,又传说光绪皇帝那会儿他在大内当过侍卫什么的。因此,中原地区关于他的传闻甚多。

公元1908年11月,恰是光绪皇帝升天不久,从大洋彼岸的美国来了一名拳击手,名曰克留斯。此人身高力大,绰号"踢死牛",来到北京城,摆下十天的擂台。11月的北京,天冷得很,"踢死牛"竟然光着上身在台上绕来绕去,胳膊一屈,肌肉鼓鼓的,像是要从皮肤里蹦出来似的,还时不时地挥拳扬威。看这阵势,无人敢问,更别说打了!胆小的见这样子,早就溜之大吉了。

到了第九天,成世雄在师兄——河北"赛活猴"沙俊峰的镖局里,喝完五大碗酒,又吃完三盘子牛肉,闲来无事到街上溜达,恰好就碰上了洋人摆擂台。他看不惯那洋人傲慢的样子,心中愤怒,将辫子往脑门上一缠系好,一跃便上了台子,两人斗不到六个回合,成世雄就三拳两脚将其打翻在地,引起台下国人的一片欢呼,总算给大清国争回了脸!"踢死牛"从地上爬了起来,满脸羞愧,不但没有恼羞成怒,反而伸出大拇指,称赞大清国的武功神奇,更佩服成世雄武艺精湛!他从台后拿来一双崭新的洋皮鞋恭敬地递给成世雄,涨红了脸,用不太流利的汉语说:"了不起,了不起……请等等,这个送给你!"成世雄头也没回，更没有搭腔就下台去了。真是不打不相识！"踢死牛"一直没有回国，从这以后，就和成世雄交上了朋友，想拜他为师。成世雄坚决不收，嫌他是外国人。但人家天天带着礼品来家里，他最终架不住软磨硬泡，就教了"踢死牛"几招。当然，这几招只能防身而已。尽管这样，人家也跟得了宝贝似的，高兴着呢，千恩万谢地走了。

没多久，清朝就没了！革命党建立了中华民国。"踢死牛"感念中国师傅的恩德，便给自己起了个中文名字，叫艾华。再往后，新中国成立了！据说这人去了香港。年近八旬的成世雄，跟着儿子成思远随着支援边疆的队伍来到大西北，并在那里工作和定居。他老当益壮，精神抖擞，不但将一身的功夫传给了儿孙，还教了十来个徒弟呢！他常常教导和告诫他的徒弟们：练武不练功，到老一场空；在社会上有三种人不要惹，一是行走四方的僧道，二是走江湖的女人，三是唱戏的武生。

最后，成世雄终以九十五岁的高龄驾鹤西去，留给孙辈的纪念品就是那把紫砂壶。

一道强烈的光从葡萄叶的空隙中射了进来，正好照在成歆那端正的面容上，耀眼极了。这个时候，他好像想起了什么，忙回头将壶中的水又重重地吸了两口，然后，麻利地站起来，隔着墙仰望着，仰望着……发现王仁贵家的苹果又红了，他不由得想起过去一桩桩一件件的往事来。这许多的事儿呀！留在他心灵深处的，恰恰是太多太多的悲哀与无奈。

"再也不去想它！"成歆本能地摇了摇头，自言自语道。

然而，人的理智往往挡不住内心莫名其妙的情感，时而触景生情，慢慢地涌现出来，心不再平静，不断地泛起涟漪来。一张美丽的面容，朝着他微笑着，微笑着……理智再也无法抗拒，领地早已被那与生俱来的东西所占据，又慢慢地被吞噬掉。那微笑，越来越清晰，也越来越强烈，这一切已经由不得他自己，吸引着他不断地思索着，思索着过去与未来……

一

　　黄昏，贺兰山西边的天空被落日的余晖映得通红。微风吹散了统治整整一天的热气，终于凉快了！路旁的槐树将卷曲的叶子慢慢地舒展着，鸟儿趁着这个机会在其间婉转地歌唱。这时，在家已经猫了好久的人们也"活"起来，开始四处走动……随着大人、小孩子的脚步声、叫喊声，几只小狗伸着懒腰缓缓地摇着尾巴凑上去。外头顿时变得嘈杂起来。

　　晚饭过后，成歆和往常一样习惯性地手摇折扇，到外面遛弯。绕过房头，穿过小巷，便来到了王仁贵家。正在做活计的王母张怡红听见脚步声，从屋里满面笑容地迎了出来，说："哟，是成歆，你找我们家仁贵呀！他有事儿出去了。你先坐一会儿吧！"说着，她就客气地从苹果树下拾来两张方凳子。她自己拿一张，又递给成歆一张，让他坐下来歇息。成歆也没谦让，就接过来坐了下去。对面张怡红也跟着坐了下来。成歆的眼睛向院子里扫了几下，终将目光移到靠近墙角的苹果树上。苹果树是两棵，它们之间的距离很近。树冠高而大，树叶很茂密，上面硕果累累，红彤彤的惹人喜爱！

　　"玥儿，快倒茶来！"张怡红有点着忙，便回头朝着屋里笑着喊道。

"哎，来了！"一个清脆的声音从里面传来。不大一会儿，玥儿端着一杯茶水，含着笑，迈着轻盈的脚步走过来。

她个头挺高的，圆脸短发，穿着白色的连衣裙，身材微胖，显得丰润、自然。面对陌生的小伙子，她没有主动搭话，只是腼腆地将杯子递给他。虽然含着笑，但面颊已经微带红晕，扭过半个脸，作出要走的样子。张怡红忙叫住她的外甥女，并介绍道："玥儿，这是你成哥，陪着聊聊天吧！"说着，她马上就从屁股底下挪出方凳子，用手在上面拍了拍，意思是让玥儿坐下，自己却进屋忙着做活计去了！

玥儿没办法走掉，只好很不自在地面对着成歆坐下。

"之前，我好像没有在这儿见过你。"成歆深深地望着玥儿那双水汪汪的大眼睛问道。

此时，玥儿已经察觉到他在注视着自己，并带着那种不可名状的目光。目光扫过来之后，她本能而羞涩地扬起头，看了对方一眼，瞬间又好像不在意地把目光转向苹果树那边，慢慢地低下头，终没有言语，只是轻轻地点了一下头。

嫣红的晚霞从房后渐渐地升腾起来。

玥儿就像旧时的大家闺秀一样端庄地坐着，看上去蛮优雅的，双手轻松地扣在一起，放在两腿之间。她时不时地用那温柔的目光有意识地打量着成歆，眼神悄悄投过去时，恰好和成歆的目光相对。但这次她没有回避，只是脸更红了，嘴角带着一丝笑意，显得格外地自然而美丽。然后，她调整一下坐姿，下意识地轻轻地抚摩着自己的手背。

良久，成歆喝了一口茶，接着用关心的语调问道："你和仁贵他家是啥亲戚？"

"你问这个干啥？查户口？"玥儿正经八百地歪着头反问道。

随后，她的眼神又不知向何处飘去，好像寻找着什么，显得无所谓的样子。

这出乎意料的反问，使成歆有些尴尬，脸也红了，不知所措。谁料，这时玥儿"扑哧"一声开心地笑了，说道："你紧张啥？跟你逗着玩呢！"她的眼睛非常明亮，好像会说话似的，望了成歆一眼，继续往下说："这是我姨家！过去我还小，而且特别爱静，再加上路远交通不便，就懒得出来。现在我大了，有了自行车，来往就方便了！厂里已经放假了，有了空闲就出来走走，在这儿玩几天，散散心啥的。遗憾的是，明天就回了！"

"噢！厂里放假，出来走走也是好的。"成歆亲切地说道。

她半晌没有说话，思索了一阵子，才轻声慢语地说："厂里放假，固然很好，有时间玩，人放松了，精神也放松了，但总不是事儿，放假期间，只发基本工资，奖金又没有。我们女的，不像你们男的，除了穿衣外，还要添一些化妆品啥的……像我还喜欢逛逛书店，多少买上一两本书。久了，总不够花！"说着，眼睛里不觉流露出一种暗淡的光，不再说下去。

成歆温和地笑着，心里多么想再说一些安慰的话儿，但面对刚认识的姑娘，又不知说些什么才好，只是小心地随声应了一句道："逛逛书店挺好的！买上自己喜欢的书，带回家读读，也丰富了自己！"

她会意地点了点头。

这时，半边天已经红透了，映在成歆还有玥儿那张微带忧郁的脸上，仿佛涂上了一层透明的红水彩，亮晶晶的，格外好看！离他们不远处的苹果树由绿至红，最后变成了黑紫色，整个院子都沉浸在这样的光线之中。

成歆点燃一支烟，说上几句告辞的话，天色已经晚了。

真够笨的！怎么没问人家姓甚名谁、在什么地方上班呀？等到成歆想起这个，已经是第二天晨练的时候。他不知为什么，眼前总是浮现出玥儿那丰满的身影，特别是那明亮的眼睛，显示着某种独特的内涵，因而令他难以忘却！于是，他暗暗地怪自己，昨天怎么连话也不会讲了？好像老天也跟人作对似的，让时间过得飞快，使人没机会更深地接触和了解。这时，他不由自主地开始幻想他们在一起热烈交谈的情景。想到这里，他的心不觉一动，心跳加快，一股热血向头上涌来，火辣辣的，感觉脸颊有些烧而麻。他低着头，边走边想着玥儿，准备再到王仁贵家看看……少顷，一阵喇叭声，一辆车从身旁驶过，打断了他的思绪。一群骑自行车上班的人，沿着路边慌张地在后尾随着。

太阳上来了，他已经回到了家里。

弟弟成祎还在床上睡懒觉，成歆蹑手蹑脚地进了屋。只觉得有点累了，坐在床边，顺着势便倒在自己的床上，摸来小型录音机，轻按一下就响了。他本能地望了望旁边床上的成祎。还好，他睡得正香，成歆便没有去叫他。将一对耳机插入耳朵眼里，眯起眼睛，享受一般地聆听着美妙的萨克斯乐《回家》，这是他最爱听的曲子之一。然后，两脚一搭，有节奏地摇晃着。

阳光很快爬上了床单，一阵热乎使他不得不起来，他知道时候不早了，立刻关掉录音机，将耳机从耳朵眼里摘掉。成祎翻一翻身又睡了，没有去管他。成歆伸一下腰，走到窗前的桌子旁坐下，取来一本吴天墀先生的《西夏史稿》聚精会神地读起来。当他认真勾画书上的重点时，只听外面有人敲门，声音显得柔而弱，他叹了一口气，一副无可奈何的样子，只好摇一下头，暗笑，心里早已知道是谁了。

门开了，从外面挤进一张消瘦的笑脸，一张典型的瓜子脸，笑时，鼻子两侧的雀斑好像在飞舞，闪着光，显得脸总是没洗干净似的。因为这个，上中学时，总有几个男生在她后面起哄，大叫："显你麻子脸上放光彩！"把她气得含着眼泪，狠狠地瞪着他们。她的脑后披着又细又长的头发，乌黑发亮，身着黑色的上衣，下穿牛仔裤。脸上散发着一股浓香，扑面而来，果然是她——潘媛媛。

没等他说话，潘媛媛就急忙抢着说："歆哥，你的动作太慢了吧！我在外面敲门都敲累了。你瞅瞅，手都敲红了。"声音渐渐地变得细小起来，显得有点委屈的样子，噘着嘴，扭着身体靠近他，将手慢慢地伸过去让他看个究竟。

成欲只好赔着笑脸："哟，媛媛，真对不起！其实，我听见声儿就出来了。"

"喊！我才不信呢！"潘媛媛做出一副埋怨的神情道，还没等成欲谦让，就毫不客气地扭着小腰，一路香气直奔屋里去了。

来到屋里，发现成欲的弟弟成祎还在床上睡懒觉，便掀起毛巾被的一角喊道："哎哟，傻兄弟呀！太阳都照在屁股上了，觉还能睡着吗？快起来吧！"边说边抖着毛巾被。

"哎呀！是谁呀？别闹了！我起还不成吗？"成祎揉了揉眼睛，懒洋洋地蜷起腿，又伸了个懒腰，揪起毛巾被往下一甩，一副不耐烦的样子。

"成祎，你睁睁眼瞅瞅，是谁来了？"成欲瞅了潘媛媛一眼，笑道。

成祎马上睁开眼，一侧身从枕头旁摸来眼镜戴上，朦胧中看见面前的人是潘媛媛，不好意思地说："哟，是潘老师……潘姐姐来了！"缩起小细脖子，一伸舌头，麻利地从床上跳下来，跑了。

屋里只剩下成欲和潘媛媛两个人了。

"哎，欲哥，我看你们哥俩长得怎么不像呀？弟弟大脑瓜子，还戴着眼镜，身子干瘦干瘦的，活像一棵豆芽菜！远远不如你这个哥哥潇洒、魁梧、结实……"潘媛媛笑着说。

她说完，转过身，挪动脚步慢腾腾地来到桌子旁，腰往那儿一靠，微仰着头深情地望着成欲那英俊的面容。

成欲没有注视她，也没有马上回话，沉默了一会儿，才小声说："是吗？这是爹妈给的，没有办法的事儿。你坐吧！"

两人相对无言。

潘媛媛无意地回了一下头，从桌子上摸来那本《西夏史稿》，翻翻书角，走马观花地看了一眼，才踏实地坐在椅子上。

"你真不愧是历史老师，假期还在看这玩意儿。"潘媛媛笑道。

"我觉着吧，我虽然不是在大西北生的，但是在这儿长大的。了解一下这儿的历史，也是咱们这一代年轻人的责任。人总要懂得感恩吧！我已经把这儿当成我的第二故乡，有感情了，因为这方水土养育了我！"成歘故意拉着长调子说道。潘媛媛看他这样，就白了他一眼，做出不太高兴的样子，把脸扭过去，跷起二郎腿，摇着皮拖轻轻地拍打脚后跟。她打算不再理他，可是没坚持多久，又憋不住笑了，好像很开心似的。

"话是这么说，哎……不说这些了，没意思！"她眼睛一翻，停顿了一下，接着又问，"歘哥，你说说，二十四史包括不包括《西夏史》呢？"她像个天真的孩子，眼睛不住地望着成歘。

一听谈史，成歘顿时有了精神，摆出一副老学究的样子道："这个问题小菜一碟。"他眼里明显地流露出一种傲气，挺起胸膛很自信地说："二十四史里，肯定没有《西夏史》，这是常识！古代的修史官员们都没有把西夏当作一个正统王朝看待，所以，就没有编修这部史书。"他说完，便从床边站起，从桌子上拾起那盒长白山烟，晃了晃，抓出一支点着，将烟盒用力捏成一团往桌角一扔，仰着头深吸了一口，顺着势往下吐着烟，又看了一眼潘媛媛，得意地笑了。

潘媛媛明白他笑是什么意思，但没好意思说，也跟着笑，并且夸他说："瞅你这高兴的样子，我说什么来着？历史老师就是历史老师，我真佩服你！"说着，就攥紧白皙的小拳头，轻轻地向成歘的胸上就是一下。他没有躲避，只是笑着，假装后退几步，退到床边重新坐下，仍然在笑，然后，调皮地又吸了几口烟。潘媛媛将书放下，瞟了成歘一眼。接着，她本能地用手扇了扇屋里的烟。

潘媛媛是数学老师，教初三。一个理科大学生，不太喜欢文科，也就不太熟悉。像历史嘛，她觉得用途不大，书上说的事儿又是那早年间的事儿，跟现在的社会没有直接关系，所以，学它没有用，也不太实际。她是这样想的，但从未向成歘表露过。她和他聊天时，他不乏谈起这类话茬子，她总是装着认真听的样子，好让成歘晓得和她是"志同道合"的。不管潘媛媛怎么应和，终会流露出一种轻视的表情来。当然,这些潘媛媛根本无法意识到,但细心的成歆早就洞察到了这一点。

潘媛媛环顾一下四周,觉着待在这儿没有什么意思,看一眼手表,已经十点钟了。认为此刻是最佳时间,她的脑海里马上浮现出外面的风光。于是,她便从椅子上站起,噘着嘴走到床边,拿起折扇摇了几下,然后合上,又随意地扔回床上。她像唱戏似的,摇晃着苗条的身体,故作姿态地踱个来回,便娇气地说:"歆哥,这屋里实在是太热了!让人受不了,咱们到外面……对了!到西山公园去玩玩,行吗?"

潘媛媛说完,就目不转睛地望着他。

他心里想着玥儿,本不想去,但又不便推托,只好答应了她。

二

　　潘嫒嫒小时候，父亲潘崇刚辞职去了广东，满脑袋想赚钱的他，至今杳无音信！母亲韩依萍为人太老实，又没有工作，只靠在街上卖凉皮养活自己和女儿。过了好多年，潘嫒嫒大学毕业参加了工作，娘儿俩的生活才有了转机。

　　成歆和潘嫒嫒是在陕西省某大学的一次讲演会上相识的。谈起话来，才知道又是从一个城市来的，别提有多亲了，就成了朋友。无论放假还是开学，都搭伴走。一路上，两人互相照顾着，就像兄妹似的。后来大学毕业了，成歆被分配到矿区的一所学校教书。工作一年后，又调回了本市企业办的重点学校——育红中学。而潘嫒嫒呢，则被分配到一所普通的中学——立新中学去任教。两校的距离不远。就这样，他们的交往越来越方便，也越来越亲近。在一起的日子久了，就有了一定的"礼尚往来"，他们并没有恋爱，成歆一直把她当成平常的朋友来看待。但他从她的某种暗示中明白，潘嫒嫒是爱他的，而且爱得那么热烈和执迷，这在大学时代他就知道。当时，他是这么想的：大学期间还是完成学业要紧，不能随波逐流。别的同学谈情说爱，卿卿我我，朝朝暮暮，那是他们的事情。我不能这样！等到坐下来，思考这个问题时，是在参加工作之后。可是，这时的成歆却在感情上起了新的变化。

成歆清楚地感觉到：潘媛媛可能不太适合自己。他想了很久很久，最终决定不接受她。因为潘媛媛不是他理想中的那种女性，也就是说，她不懂他。那么，成歆心目中的女性是什么样子的？不必漂亮，也不用多高的学历，只要相互理解或爱好相同，彼此能说到一块，就合他的意了。就这么简单。这是他最基本的条件，也是唯一的标准。而潘媛媛不是这样的。当初，她一度靠着漂亮吸引了成歆。等他完全了解她之后，这漂亮却成了没用的空壳，失去了往日的魅力。除了这些，她再也没有什么资本了！成歆不喜欢她，更谈不上对她产生爱情，但是，他们毕竟接触的时间太长了……有的时候，他想，潘媛媛也挺可怜的，对他那样痴情，因为这个，他曾经试图强迫自己努力地接受她的爱情，但感情这东西真是个怪物，无论怎样，他总是做不到。因此，他有一段时间变得怪怪的，和她在一起说话的时候，不冷不热，哼哼唧唧，甚至结结巴巴……碰到关键的问题就躲躲闪闪的。成歆的变化，引起了潘媛媛的注意，她这时才知道自己一直是剃头挑子——一头热乎，她伤心地哭了！这事儿完全是出乎她意料的。此时，她想起周围的朋友和同学，他们当中大多数都有了男朋友或女朋友。每逢周末，就幸福地在一起约会，到茶楼，到歌厅，到公园，到郊外，或者到贺兰山的深处。她好羡慕他们哟！她想到这儿，觉得很伤心，不禁深深地叹了一口气。她永远想不通，自己到底哪不好？要长相有长相，要学历有学历，要工作能力有工作能力。歆哥呀，歆哥，你怎么会这样？想着想着，她又情不自禁地流下了眼泪，实在搞不清是怎么一回事。但是，她不死心，因为她真正地爱着他，爱得那么深，又那么苦，她相信爱情的力量是巨大的，只要努力，就能改变生活中的一切。潘媛媛的感情，成歆是理解的，也很感激，因为感激她，又怕伤害她的自尊心，对她今后的工作和生活不利。因此，后来每一次见了她，成歆都尽量像以前那样说说笑笑，快快乐乐，热热闹闹的……尽管如此，也掩盖不了他们之间已经有了一定的距离，不是那么亲切和自然了!

外面的气温,不比屋里凉快到哪里去,街上的人也不多。如果去西山公园,必定经过光明广场。广场很大,除了中间是喷泉外,周围全是草坪和花圃。一到夜晚,人们就像赶集一样,不约而同地从四面八方走来,聚在一起聊天乘凉。然而,白天这里一点都不热闹,稀稀拉拉几个半大小子,哼着小曲无所事事地晃悠。只有两把乘凉用的大伞杵在那里,一把在南,下面摆着装有发了白的照片的镜框,其背后坐着一个背着相机正在打瞌睡的胖女人;另一把在北,下面蹲着一个面无表情地放鸽子的干巴老头儿,脚下几只前来觅食的鸽子围着他直叫。走过广场,再穿过一条马路,就是西山公园了。在它的门口,左边空地上仅仅摆放着十几辆自行车,还有两三辆夏利出租车。其中,有一辆敞着车门,车主在里头睡着大觉。两侧的石狮子不管严寒酷暑,都傻乎乎地瞪着大眼珠子,立在那里毫无意义地盯着、守着……

成歆跟在潘媛媛的身后慢悠悠地走着。此时此刻,他多么希望能在这里碰见玥儿呀!于是,他自觉不自觉地向四周望了望……遗憾的是,并没有像童话故事那样出现什么"奇遇"。

"歆哥,你有些慢了!"潘媛媛站在售票口前焦急地用一种近乎央求的口气说。

"哦……"他仿佛刚从梦中惊醒一样,忙应了一句,"我来买票!"下意识地摸了摸裤兜,并加快了脚步。

"不用,我已经买好了,你就跟着进吧!"潘媛媛兴高采烈地向成歆摆了摆手。

他们通过园中园。园内,中间地段矗立着高大而茂盛的柏树,树冠之大,使他们一路感到凉爽了许多,这凉意将他们护送到一条幽静的小巷之中。穿过月亮门,眼前飘翠,沿曲径走到石凳旁,两人都轻松地坐了下去。不远处刚好能看到白鹤池,池里假山上塑着的那五只仙鹤,已经不翼而飞了!只剩下残缺的鹤腿，露着钢筋插在那儿。池里没有一滴水。

"看见这样的景象，我想起一个词来：'鹤去池空'。"成歆说。

潘媛媛没有立即接茬儿，只是一个劲儿地朝着他笑，然后，又用手捋了捋额头上的秀发，调皮地说："刚才，你在门口的时候，走得那么慢，还发愣，咋地，还等啥人吗？"她作出神秘的样子，意思是说：在等女朋友吧！

成歆心一惊，脸上一阵火热，但很快就平静下来。他是何等样人，看她那样子就明白，便微笑着说："你别胡思乱想，媛媛。我等什么人呀？"

成歆望了望远处的葫芦湖。夏日的湖水给人的印象是完全静止的，湖面上闪着几道白花花的光，令人茫然。就在这一刹那，他脸上的笑容没有了，好像失去了什么似的。随后，他用手默默地从树上揪来一片叶子，低下头，在手里搓着撕着，感觉很烦躁！

自从玥儿闯进他的视线之后，他很兴奋，感觉自己好像看上她了。想到她时，他的心总是有些慌，还跳得厉害！难道这就是爱吗？难道这就是一见钟情吗？他这样想着玥儿，昨夜几乎失眠，脑袋瓜子昏昏沉沉的，但还没有忘记第二天晨练，回家休息一会儿，再上王仁贵家，看看玥儿还在不在。其实，他知道她不在，已经走了。这是他的一个奢望罢了，哪怕看看空屋子也行……成歆是个急性子，现在他唯一的想法，就是见到玥儿后，将自己的爱慕之情向她表达一番！不管她怎么想，或怎么表示，他都要毫不犹豫地说出来，这样他才能痛快，才能满足，才能安慰！可是，就在这个节骨眼上，偏偏来了个潘媛媛，此时的他有些厌烦她了！但又没别的辙儿，心情复杂。不行，这样不行！这样下去，他和玥儿的事就要耽误了！这回他真的要下决心，再也不能和潘媛媛黏糊了！现在，他根本不想潘媛媛是否伤心、是否痛苦、是否可怜了！唉……这一切都是多余的，压根儿就不该这样想！见到潘媛媛，跟她说个明白，好让她死心！就这样，果断点……他这样想着，也就下了决心，感觉自己的心轻松了许多。然而，不知怎么，见到潘媛媛之后，他的心又软了下来，话到嘴边又咽了回去。真是难受死了！他感到好难……因此，他进也不是退也不是，心里矛盾得很！

潘媛媛看到成歆这个样子，不再笑了，俯下身子，望着他，用非常关切的口气说："你怎么不说话？生我气了？"长长的秀发从肩头上滑落。

"没有。"成歆抬了一下头，苦笑着说。接着，又继续地捏着那已经碎裂的叶子。

"都是我不好，让你生气了！"潘媛媛说完，就很痛苦地低下了头。

"哎！媛媛，我哪有气生……"没等成歆说完，他们眼前就走过来一对搂搂抱抱的男女，显得轻松而又自得。于是，成歆向他们投去了羡慕的目光，不知不觉地望着他们的背影好久好久，梦想着玥儿……

"咱们走吧！这儿说话不方便，到那边去。"潘媛媛斜了他一眼，说道。

"嗯！"成歆忙回过头来轻声说。

西山公园虽然不大，但树木很多，种类也杂。然而，大多数都是被人们称为"钻天杨"的白杨树，一排又一排地耸立在那里。这就是这个公园的特色与象征，一派西北独特的风景啊！就这阵子，风吹过来，真是凉爽！成歆正欣赏着这绿色，备感轻松与愉快……这时候，不知从何处跑来十几个孩子，不怕热，只管做游戏，像老鹰捉小鸡、捉迷藏、打陀螺、玩泥巴、弹珠子，还有新兴的滑旱冰，等等，一不小心，就把人撞了！成歆先是一惊，低头看了一眼这群淘气鬼，没说什么，微微一笑，就走过去了。然而，潘媛媛却有些恼了，停在那儿一扭脖子，瞪着杏仁眼，骂道："你们是不是眼瞎呀？"孩子们愣了半天，随后醒过劲儿来，便一哄而散了。成歆的脚步渐渐地加快，背后跟着只差一点就小跑起来的潘媛媛。

"歆哥——慢着点！慢……"潘媛媛气喘吁吁地说。她看了一眼成歆，便趁着这个机会，用手猛地搂住他的腰，顺势将脸贴在心爱的人的后背上，好感受一下男人的气息，哪怕是汗，都觉着是一种安慰！这时的成歆好像呆了，傻了，在他心窝的深处，仿佛有一种异样的什么东西在流，温暖而柔和地传遍了整个身体……他莫名其妙地感到一阵舒适，脸渐渐地红了起来，半晌才轻声地说："潘老师，别……别这样……我有些怕……"他张着嘴，惊慌失措的眼睛看了看四周。这时，潘媛媛不好意思地低下头笑了，她下意识地松开了手，但心里却很激动，心跳加速，感觉一阵满足，觉得自己特别幸福。

两个人都没有说话，好像世界变小了，时间停止了。沉默，又一阵子的沉默，他们只是漫无目的地走着。双亭早已走过，但他们仍然谁也没有搭理谁，都觉得尴尬得很。头顶的太阳太毒，使人的嘴里干，想说话也说不出来似的。在这一点上，两人都有同感，脚步在不知不觉中加快……不一会儿，顺着长廊，已到了土山下。土山一高一低，其上各有一座仿古建筑，高的名曰"映日轩"，低的名曰"邀月亭"。所不同的是：低的是三根柱子的三角亭，和高的比小一些，但显得很精干。在山下时望不见它们，爬到高一些的地方才能隐约地看见它们红色的轮廓线，时隐时现，一不注意，就会埋没在一片碧海之中。土山虽好，但成歆根本没有兴致攀登，去浏览这美丽的城市全貌。土山下不远处恰恰是一条长廊，周围爬满了爬山虎，形成厚厚的绿色长龙。使人感觉里面温馨而又清凉，正好能避开日头。于是，他们自然地选择了那里。

长廊里虽然人多了点，但也还算清静，阴凉角落里的人，不管老的少的都是成双成对的，好像事先商量好了在这儿集合似的。那些看上去像是单身汉的人，无意中闯入了这里，好不容易找个地方坐下来，待了一会儿，感觉不对劲儿，便悄悄地溜之大吉了。潘媛媛挨着成歆坐下来，可成歆仍然没有说话。

"你怎么了？"潘媛媛忍不住，先开了口。

"没啥，没啥事儿。"成歆笑着说，然后点燃一支烟，吸了一口。

"哟——又是烟！"

"没啥意思，不吸烟干吗？"

"我在你跟前，还没意思……"潘媛媛深情地说，她的杏仁眼不停地望着成歆，接着又说道，"嫌这儿阴的话，再走几步就是盆景园，那儿可好了！墙上镶着大理石，刻着名人字画，一派江南园林气象……你肯定喜欢！咱们到那儿瞅瞅好吗？"

成歆怎么不明白潘媛媛的心思？但他实在不想再理睬她，只觉得心很累。

"都十二点五分了，咱们走吧？"成歆漫不经心地瞄了一下表，假装吃惊道。

"歆哥，歆哥，我请你吃饭吧？"她用央求的口气说。

"那……那行吧。"成歆勉强地应了下来。

三

"当当当!"一阵又一阵的敲门声,一次比一次激烈。

"哎,来啦——"从院子深处传来成母李桂花拖长的声音。只见她一阵小跑,开了门,从外面进来两个人。

"我猜是谁呢,原来是小贵和蒙濛呀!敲门像土匪似的!哈哈哈……"李桂花笑道。

"成婶!"两人不好意思地叫道。

"哎——"李桂花痛快地应着。

"成歆在吗?"王仁贵问道。

"在!"李桂花边往里让边风趣地说,"瞅瞅,这两个孩子多好!真是天生的一对、地造的一双呀!别愣着了,快进,快进……"她的嘴一直没合上,将王仁贵和蒙濛迎进了屋。

中午那会儿,潘媛媛把成歆拉到离西山公园不远的一家餐馆。地方不大,摆放着五六张桌子,只有零星的三四个人吃饭。门口,店老板低着头,手拿着苍蝇拍,撩开背心将那圆溜溜的大肚皮露在外面,无精打采地乘着凉。墙角上的电风扇拼命地吹，把地上的废纸吹得来回地翻滚着……这时，女服务员拎着抹布溜溜达达，熟练地收拾着顾客吃剩下的东西，抹起桌子来。潘媛媛在后面调皮地用双手推着成歆的双肩往前走，找个地方坐定，点上几个小菜，又要了两瓶青岛啤酒。潘媛媛没话找话，东扯西扯。成歆只是眯着眼，叼着烟坐在那里看着她说，时而插上几句。酒满上，边喝边聊，又吃上几口小菜，气氛蛮好的！少时，两人脸都红了，酒也喝光了。潘媛媛喝得脸红扑扑的，看上去真有点妩媚呢，火辣辣地透出一副喜气洋洋的样子。酒喝到这份上，刚好！潘媛媛还没事，可成歆有点麻烦，头晕了，走路晃了。他没有酒量，这是大家都知道的，潘媛媛也知道。但这点啤酒，不至于吧！潘媛媛想着。

谁知看这架势，有点麻烦！她急忙买了单，可成歆已经打的先跑了。

成歆回到家，一头扎在床上，只听"吱呀"一声，惊动了李桂花，急忙过来问怎么啦。他头也没抬，只是含糊地嘟囔了几句，声音很小，听不清楚。李桂花闻见酒味，但她断定自己的儿子不会有什么事，就没再吱声，走了。成歆整整睡了一下午，连晚饭也没吃。这不，王仁贵和蒙濛就找上门来了！

"瞅瞅，我儿子还睡着呢！"李桂花笑道。

"成歆……成哥……"王仁贵和蒙濛轻轻地叫道。

"哎……"成歆在朦胧中下意识地应着，然后翻了个身，伸起胳膊，又打个哈欠，用手迅速地揉一揉惺忪的眼睛。一睁眼，便看见王仁贵和蒙濛两个人在他跟前晃悠。他一骨碌就坐在了床边，笑道："来……来了，哥们儿？"缓了口气，用手拍了拍王仁贵的大腿，又道，"你们坐吧！坐……坐坐……"

"喂，你对他怎么这么客气呢？"蒙濛没等成歆说完，就抢先坐下了。王仁贵只好坐在床上。

"哈哈，蒙濛这丫头就是大方。"李桂花用手指了指蒙濛，笑道。

蒙濛听完一笑，俩酒窝，将头一低，不语。李桂花张着大嘴转身要走，忽然又听见了敲门声，轻而有节奏……"嘿！准是媛媛，姊儿都听熟了！准是她。"她肯定地说道。

其实,李桂花一听是潘媛媛,顿时心花怒放,两步并作一步,又是一阵小跑,门又一次开了。

"咦,是成婶呀!我……我歆哥在吧?"潘媛媛不好意思地问道。然后,她犹豫了一下,便低下头,涨红了脸,手不知放哪儿才好。

"媛媛,成歆在呢!"说到"在"字,李桂花拉长了音儿,恐怕潘媛媛不知道她儿子在似的。她缓了缓口气,欢喜地说:"今天怎么了,是群英会吗?都聚在这儿了!"李桂花高兴得合不拢嘴,本来嘴就大,这回咧到耳根了。

"成婶,谁来了?"潘媛媛好奇地问道。

"进去瞅瞅就知道了呗!"李桂花说着,便下意识地牵住了潘媛媛的手。

"哎哟,是你们俩呀!真没想到……"潘媛媛蹦着高叫道,像个孩子一样轻轻地用手拍打着蒙濛的肩膀,显得格外地亲切而热烈。

"瞅瞅,我这个老不懂事儿的,还待这儿干吗?哈哈哈,婶儿先回上屋了,你们唠吧!"李桂花说完,便迈着小步,转身走了。

"婶儿,慢些走哇!"蒙濛和潘媛媛手挽着手,异口同声地笑道。

"哎哎,好……"

随后,大家喜悦的笑声传到了窗外。

李桂花说的上屋,是两间半的公房。左边那间套着半间,刚好能住人。李桂花和丈夫成国祥住在那半间,前面一间当客厅,中间是过道,也就是厨房。右边那间一直是成歆的爷爷成思远居住。这时候,在成思远屋里忙于写作业的成祎,朝着笑声的方向探了一下头,冷不丁地发现他妈过来了,就像乌龟一样"嗖"地一下将头缩了回去。

《新闻联播》开始了,音乐传进了下屋。这音乐提醒了成歆,他感觉时候不早了,肚子空空的,忙说:"你们坐吧!先唠着,我有点饿啦,吃些东西就来。"他站起身笑笑,用手捂着肚子夸张地做出饥饿的样子,逗得那仨人直乐。然后，他瞥一眼王仁贵他们，指一下玻璃杯子，又道："你们喝水，喝水，噢……"

"歆哥，你别管了，去吃吧！我给他俩倒水就是了。哎呀，快去吧！"潘媛媛不好意思地红着脸笑道，不紧不慢地将他推了出去。

"嗨！媛媛说啥呢？都是熟人，又不是外人，用不着客气！想喝水，各倒各的。"王仁贵慢条斯理地说道。

"媛媛，不用，我们渴了自己来。"蒙濛微笑着从中插了一句，又看了一眼王仁贵，顺手从桌子上抓来那本《西夏史稿》，用手指飞快地捻开书页。那书页一瞬间在她的手中"啪啪啪"地翻到最后。然后她才把书放回原处。

"哎……"潘媛媛回头摆摆手，杏仁眼瞪圆了，说，"别激动！我就是这么说说，好让他安心地去吃饭。"她语气渐渐地放慢了，有意地低了一下头，黑发像瀑布一样滑落下来。然后，猛一扬头，一伸舌头，朝蒙濛做了个鬼脸。

蒙濛笑弯了腰，接着王仁贵也大笑起来。

蒙濛比潘媛媛小两岁，今年二十三岁。她脸型微长而圆，脸蛋白里透红，盘着头，远远望去油光锃亮，显得华丽而庄重。不高不矮，不胖不瘦……身材还是蛮好的！身着牛仔衣，下身穿着差不多紧绷在大腿上的牛仔短裙。她也是外省来的移民，老家在四川省雅安市某区。别看她是四川人，但她说的是东北话。这也难怪，她上学的时候，班里同学差不多都是东北人，她也就学会了东北话。雅安这个地方美，水清亮，姑娘长得也漂亮，还有一座蒙山在这里。蒙山虽然算不上大山，却是全国为数不多的古代祭祀之山之一。

据说，大禹治水成功后，曾在此致祭。一千多年之后，周天子专门派遣官吏去管理和主持祭祀蒙山。这位官吏的后代就世世代代居住在这蒙山脚下，并且以山名为姓。蒙濛的家族就是其后裔。

蒙山最大的特点有二：一曰雨，蒙山只因"雨雾蒙沫"而得名，古称"西蜀漏天"。雅安更有"雨城"之名，又有"雅安多雨，中心蒙山"之说。蒙濛就是出生在一个烟雨蒙蒙、云雾茫茫的日子里。所以,她的父母给她取名为"濛"。二曰茶,由于蒙山的独特气候和地理条件,蒙山所产的茶主要长在山顶,故蒙山茶又被称为"蒙顶茶"。蒙顶茶是有名的,早在汉代就已经种植了,唐之后便成为贡品。在民间,人们相信它有祛病延年的功效,将它誉为"仙茶"。毫无疑问,蒙山又成了"仙茶"的故乡。

蒙濛一家就是当地的茶农,她的父亲蒙宁人老实但很聪明,在当地是少有的几个高中生之一。蒙宁刚二十岁,就到大西北来当兵了。当兵的第三个年头,蒙宁回家探亲时和家乡的姑娘徐静宜结了婚。婚后,小两口感情不错,不久便有了蒙濛这个孩子。后来,因为他在部队表现出色,被部队领导看重,入党提了干,从警卫连长到团机关副营职参谋,再后来又被调到这个移民城市的军分区。按部队规定,副营以上的军官,家属就可以随军了。那年年底,徐静宜和她的女儿蒙濛办了随军手续,她们的户口也就变成城市的了。

刚满周岁就来到大西北的蒙濛,上了中学,不仅个子长高了,而且人越长越漂亮,成了"校花"。她脑瓜好使,就是读书不行,勉强高中毕业。高考名落孙山,在家待着又无所事事,父母看在眼里,烦在心上,怎么办?又不好跟姑娘明说。特别是蒙濛还从小娇生惯养!但又急不得,只能因势利导。

"老蒙,我跟你说,咱们的蒙濛呢,还算是听话的。"徐静宜唠叨了一句,停了一下,又沏了一杯不久前从老家寄来的蒙顶甘露递给蒙宁,继续道,"不像有些女娃子,动不动就跟男娃儿出去!夜不归宿,总不见人影。就这事儿,在当今社会里还少吗?你能怎样?老蒙呀,知足吧!"她毫无顾忌地看了一眼蒙宁。她的丈夫很温和地说:"咳!倒也是。"就在这刹那间,他的眼睛直勾勾地看着茶杯,好像发现了什么似的。只见茶叶在水中翩翩起舞,上下翻飞。不一会儿,淡淡的清香随着热气慢慢地飘起来,轻轻一嗅,顿时沁入心肺,醇厚鲜爽……这茶香,蒙宁再熟悉不过了。

"咦,对呀!"他眼睛忽然一亮,兴奋地一拍大腿,把徐静宜吓了一跳。

然后，他又说："婆娘，你别怕！我有赚钱的道了。女娃子有事儿做喽！你看那是啥子？"说到最后一句，他将嗓子压得低低的，用手指了指茶杯。

徐静宜惊愕地看了看自己的丈夫，又看了看茶杯，不解，丈夫怕是急得昏头了吧？她试着拍了他肩膀一下，意思是醒醒。

"拍我干啥子？"蒙宁瞥了一眼妻子，温和地将身体倾斜着，靠着她暗示："杯子里是啥子？"

"噢，是茶！蒙顶甘露。"徐静宜拍了一下脑门子，如大梦初醒一般，立刻明白了丈夫的意思，喜得她不知做什么好了！就这样，蒙宁投资为自己的女儿蒙濛开了一家蒙山茶庄。蒙濛自然就成了名副其实的"庄主"！巧的是，茶庄隔壁的"喜事来"艺术玻璃装饰门市部的"伙计"王仁贵是她的初中同学。

当时，两人乍一见面，别提多兴奋了！

"哎呀，老同学，三四年没见了吧？真是山不转水转，咱们又转回来喽！"蒙濛瞪大眼睛，摇晃着王仁贵的手说道。

"是呀！"王仁贵叹了一口气，继续说，"这个城市本来就不大，人就是那么多，转来转去又碰上了。注意呀！别把头碰了就行呗。"话说得慢吞吞的，鼻音重而浓。说完，他下意识地不断上下打量着蒙濛。当目光停留在她那曼妙的身姿上时，他不觉心中一震，像虫子钻，只觉耳热，手习惯性地摸了摸后脑勺，抓起痒来，傻傻地笑着。

然而，他在心里暗暗地骂自己：真没出息！这不是流氓吗？

蒙濛大大咧咧，根本不注意这瞬间的小小变化，只是笑道："没想到，你还是那么逗，那么有趣！"说罢，盯着他欣赏着，半晌才醒过神来，温柔而大方地说："咱们到里头喝茶去。"

就这样，两人一来二去，很快就好上了！没多久双方的父母自然都知道了。蒙濛的父亲蒙宁认为自己是干部，而王仁贵家只是个工人家庭，有点门不当户不对的感觉，日后不好跟他的战友们说。但这是孩子们自己的事儿，他又不好干预。经过一段时间的观察和了解，他觉得王仁贵这个东北小伙子还行，也就默认了。关于这事儿，王仁贵家则只管高兴！特别是他的母亲张怡红，一见姑娘来，老远就迎出来，眉开眼笑的，不是倒茶就是让座，然后大声喊儿子，热情得使人受不了！

王仁贵个子中等，而鼻子特别大，侧面看起来就像一只鹰。因此，他上学的时候，"大老鼻"的绰号就在同学之间传开了！王仁贵因为这个，还找那个起外号的同学打了一架。结果，他的鼻子被那个同学打流血了，落下了一碰就流血的毛病。每一次流血，他总不免恨恨地骂一句脏话。从那以后，他再也没有去学校，高中仅仅上了几天就这样放弃了！

晚风吹拂，绿色的窗帘抖了两抖。

"哎呀，这股小风真是凉快！"坐在窗口的蒙濛惊喜道。随后，她的目光又转向了潘媛媛。潘媛媛显然等得太久了，心里有点急，手心攥出了汗。为了礼貌起见，她还是欠着身，向蒙濛点点头，微微一笑，看上去很是勉强！不一会儿，成歆吃完饭，出现在他们的面前时，她的表情才自然了一些。

"你吃好了吗？"潘媛媛用关切的口气小心地问道。

"吃好了！"成歆转了转眼珠，应道。他没有再理会她，朝着王仁贵笑道："喂，哥们儿，等急了吧？"

"哟，跟我们说呢！我们没什么事，有人急着呢！"蒙濛挤了挤眼睛，调皮地笑道。

"蒙濛，你说哪儿的话？我急哪门子事呀？"潘媛媛苦笑道。她慢慢地将头扭过去，再也没说什么，静静地看着窗外。蒙濛正笑到半截子，咧着嘴，就慌忙用手捂住。她知道潘媛媛的性格，意识到潘媛媛可能生气了，对自己刚才开的玩笑很是懊悔。

"好了好了，走吧！到外面转转。"王仁贵赶紧打圆场道。

"媛媛姐，咱们走呗！"蒙濛不好意思地牵着她的手说。

街上的人很多，好像都朝着一个方向走似的。光明广场上聚集的人越来越多，干什么的都有。成歆他们没有目标地走过了光明广场，向右一拐进了小巷。小巷真是热闹，两边的商店霓虹灯闪烁着，红男绿女进进出出。在拐弯的地方，总有三三两两的醉鬼，嘟嘟囔囔地不知说些什么，有的在吐字不清地骂大街，晃悠晃悠，说倒不倒的……

"咦？"蒙濛好像发现了新大陆，说，"这里有一家水吧！"

王仁贵走过来，慢腾腾地念着招牌上的字："'等待水吧'。好，这地儿挺好！成歆，咱们几个进去吗？"

"进。我瞅你，就像猴子似的，等不得了！"成歆说。

一行四人刚一进门，还没找到地方，只听后面有个女的叫他们："仁贵，蒙濛……你们也都来了！"

"欣欣，是你呀！"潘媛媛惊喜道。

"真巧！在这儿怎么碰上你了？"王仁贵道。

"哎哟，柳姐，多日不见，如隔三秋呀！"蒙濛说。

"可不是！我有同感，咱们在这儿又见面了！"柳欣欣笑道，又拍了拍蒙濛，寒暄了几句，显得很亲切。

"你瞅瞅，柳欣欣又胖了！"成歆开玩笑地说。

"去你的，尽逗我！你总不说好的。这叫丰满，不叫胖，知道吗？"柳欣欣瞟他一眼道。

"甭听他的，楼上请！"王仁贵笑道。

"哎，哎，别急！我给你们介绍一个人，是我们小学的才子，叫杨向荣。"柳欣欣忙回头将身后的人拽过来说。

成歆他们的目光顺着柳欣欣的方向望过去，一个戴着眼镜的文质彬彬的男士站在了他们的眼前。

"你们好！"杨向荣呆板地向成歆他们点一下头，并一一握手。

"走，走，走，楼上请！"王仁贵再一次邀请大家。

楼上自然是雅间。走廊的灯光微弱，但很柔和，让人感觉十分温馨。女服务员将房间门轻轻推开，说了声："请——"就迈着轻盈的脚步，很有礼貌地离开了。一进门，只见靠近右侧的墙角摆放着电视柜，柜上有电视机、VCD机，还有乱七八糟的歌碟影碟什么的。粉红色的沙发，沿着墙边围了一圈，中间是玻璃茶几，茶几上有一套青花瓷茶具。蒙濛眼疾手快，忙将电视柜上的电视机和VCD机打开，又把歌碟放进去，那音像慢慢地从电视里播放出来，屋里顿时洋溢着甜美而轻松的情调……

"环境还可以！"成歊环顾四周道。

"你还说'可以'，我觉得挺不错了！"柳欣欣满意地说。

"嘿，总比楼下强得多！楼下是背靠背沙发，好像坐在火车上。人多嘴杂，说话不方便！所以，我请你们上楼来，找个雅间耍耍，谁让咱们都是高人嘞！不上楼，没法办……你们说说，对不？"王仁贵得意扬扬地说。

三个女的看着他直乐，而那个杨向荣则面无表情地一直坐着，一声不响。紧接着，王仁贵递给成歊一支烟，又让了让杨向荣，他摆手表示不抽。

柳欣欣忙替他解释："杨老师不会吸烟！"

"是不是？"王仁贵点了点头，含着笑，没再让他。

"蒙濛，你的茶庄能干成这样就好啦！上下楼。一楼是营业的，当然包括喝茶聊天。二楼呢，留给客人，谈个生意啥的。"成歊边吸烟边说道。

"要不然，打扑克打麻将啥的。啥挣钱，就干啥！"王仁贵用手弹了一下烟灰，激动地说。

"就你焦急！"蒙濛抿着嘴，趁他不注意，用力踩了他一脚。

"哎呀——疼！你咋回事儿？"王仁贵咧着嘴，瞪大眼睛叫了一声，还跺了跺脚。再看，蒙濛在那里捂着嘴还乐呢！

大家都大笑起来，只有杨向荣还沉闷地坐着。

"瞅瞅，一群幸灾乐祸的家伙！还是杨老师同情我，不笑！"王仁贵用夹着香烟的手指着她们说道。虽然绷着脸，但脸上隐现着笑意。

没有多大工夫，女服务员端着茶壶走上来，嘴里叫道："铁观音一壶！"她容貌靓丽，大家都不约而同地望着她。"喝茶，每人倒上一杯！"成歆朝着大家说道。女服务员微笑着，一一给大家倒水。倒完后，放下壶，笑盈盈地走了。

此时，整个房间都被那喧闹的说笑声，还有那浓浓的茶香，伴随着热情的音乐所笼罩，其乐融融。挨着柳欣欣坐着的杨向荣，有时也跟柳欣欣聊上几句，一旦有人插嘴便不说了，只管低着头喝茶，腼腆得就像个姑娘。

成歆对着杨向荣习惯性地眨眨眼睛，用力吸了最后一口烟，将烟头摁在烟灰缸里。然后，他深深地望着柳欣欣，好像有什么话要说似的。柳欣欣明白他的意思，便说："噢，杨老师不太爱说话，加之期末批卷时出了个小插曲，心里有些憋闷。放假有些日子了，他心里还觉得很不舒服！"

"别说这个，瞅你……"杨向荣白了柳欣欣一眼，低声说道，脸立即红了。真是不好意思，丢人现眼死了！杨向荣想。

"咋啦？"成歆问。

随着话音，大家不再说笑了，目光再一次转向了杨向荣。

杨向荣手哆哆嗦嗦地从裤兜里掏出小本本，这是他多年的习惯。他不但喜欢美术，而且酷爱文学，想起什么妙词好句就顺手记下来。因为他是高度近视，翻小本本时，头低得几乎蹭在纸面上，翻了几页，忽然停下来说："就是这道数学题，我……我批错了！"

成歆接过来，大家"哗啦"一下离开了自己的座位，撅着屁股围着看。只见上面写道：二年级数学卷子，第三大题，用1、2、3三个数组成的两位数分别是（ ）、（ ）、（ ）、（ ）、（ ）、（ ）。

"哎，哥们儿，这题很简单的，怎么能批错呢？"成歆瞪大眼睛问道。

站在旁边的潘媛媛乜斜着眼睛,眼角挂着讥诮的笑意。

"是呀!很……很简单……"杨向荣有些口吃,一急,话更说不出来了,只觉得口干舌燥。于是,他喝了一口茶,润润嗓子,继续说:"问题是,数学老师给了我标准答案:(12)、(13)、(21)、(23)、(31)、(32)。嘴里还念念有词地说'照这个批就行'。结果,我还是批错了!可笑吧?"

王仁贵不禁大笑起来。

杨向荣看了一眼王仁贵,没有说话。

"我看明白了!这题是活题,两位数的顺序可以颠倒。比如括号里的 12、13 可颠倒为 13、12……"成歆胸有成竹地说。

这时候,潘媛媛不断地向成歆投去欣赏的目光。

"就是呀,有了标准答案,咱就懒得动脑筋了!看见不合标准的答案就打了个大红叉呗!哎……就这么批错了,真是的!"

成歆拍了拍杨向荣的肩膀,接着摇了摇头。

"原先副科老师不是不批卷吗?怎么就……"蒙濛不解地问。

"咳!那都是老皇历啦!现如今有'好事者'看我们闲呗!"柳欣欣道。

"闲有闲的道理,忙有忙的道理,这是工作性质决定的!怎么能这样……"王仁贵慢慢地说。

"有多种答案,就应该跟批卷子的老师说清楚。怎么不说?这数学老师是谁呀?"潘媛媛惊道。

"还有谁?国秀芝呗!"柳欣欣道。

"哟,咋是她呀?和她姐姐国秀玲合称'绝世双娇'呀!"

大家伙儿笑起来。

"长了一张柿饼子脸。好像柿饼子掉在地上,又被人踩了一脚,就变成了这副模样。"潘媛媛笑话人可真有一套,逗得蒙濛趴在王仁贵肩上直喊:"哎呀……"柳欣欣正在喝茶,笑得吐了出来,弄了一手水,杨向荣也会心地笑了。

成歆紧握着茶杯,盯着潘媛媛,一抿嘴,憋不住,也笑了!

"不要笑话人家,女人无论美丑,都是水做的。"王仁贵开了腔。

"哟,水做的!她是臭水沟的水做的……呵呵!"潘媛媛拧着脖子说。

"留点口德,好不好?那么说,漂亮的女人是用清水沟的水做的了?"

"当然喽,那还用说嘛!"

"好,好,我说不过你……"王仁贵做了个暂停的手势,不住地点头称是。

"咦?清水沟,你们别说,贺兰山里真有一条。咱们有时间到那儿玩玩!"蒙濛兴奋地说。

"那当然好了!让仁贵看看美女是怎样做成的。"

"哈哈哈!"

四

  这一天的夜晚,月亮格外圆而亮,连路边的草丛都能看得一清二楚。天色不早了,在等待水吧里聚会的成欢他们总算愉快地散了。柳欣欣和杨向荣自然地走到了一块。正当两人要闲聊的时候,刚走到不远处的蒙濛喊道:"别忘了!去清水沟玩……"

  "嗯哪,知道了!回去吧!"柳欣欣回头笑道。

  柳欣欣,中等身材,体态丰满。生得虽然不算太标致,倒也白皙。柳叶眉,丹凤眼长而有神,鼻直口方,两耳贴肉。从脸庞的轮廓线来看,还算是瓜子脸。脑门留着翻翘式的刘海儿,脑后梳着较高的马尾辫。因为丰满,她的胸部特别显眼,走起路来,总是上下颤悠着。腿粗而长,身着黑色的短连衣裙。

  杨向荣呢,和柳欣欣则相反。细高个子,小平头,脸型微长,浓眉大眼,高鼻小嘴,还戴着一副眼镜。喜欢穿白色的衬衫和灰色的裤子,整整齐齐,一副正经八百的样子。站在人群当中,显得很瘦很瘦,这样的身材总使人联想到一种昆虫——中华剑角蝗,俗称"扁担钩"。

  杨向荣和柳欣欣是同学,都是在宁夏某师范学校美术班毕业的。巧的是,毕业后又被分配在同一所小学里,同在音体美组。柳欣欣是组长,他是组员。

  风轻轻地吹着,街上的人也越来越少了。柳欣欣望着蒙濛的背影笑道:"瞅瞅,蒙濛这人就是这样,风风火火的。"

"其实呀……"杨向荣猛地看了一眼柳欣欣，眼神一溜而过，瞬间又回到了原点，随后，用脚不断地踢着路边的石头。

"其实啥呀？快说，快说嘛！"柳欣欣眉毛往上一挑，问道。

"蒙濛说的那个'清水沟'，嗯……我是知道的！不好，蚊子特别多，树也少，水倒是很清亮，所以叫……"

"叫清水沟，对吧？"柳欣欣调皮地接着话茬子，笑道，转脸又惊异地问，"啥？那儿的蚊子真的多吗？"

"嗨，可不是咋地，我去过那地儿。"

"噢，是这样！那么清水沟在哪儿呢？"

"还能在哪儿，就在去矿区的路上呗！"

"哎呀，还要花钱坐公交车呀？那也太夸张了。"

"你寻思啥呢？当然远喽！"杨向荣停顿了一下，接着又说道，"回来累得贼死的，还得在路边等车。哎……不如去溪水沟，就在惠宁寺西面，走着或者骑自行车就到了！"

"我想也是，不如去溪水沟。听说那儿有岩画，刚好去观赏观赏。哎！除了古长城、烽火台以外，还有一座天然的石桥嘞！蛮有情调的！有时间我跟蒙濛聊聊。呵呵……如果去溪水沟，王仁贵就看不到美女是怎样做成的喽！"柳欣欣说完，两人相对而笑。

"水也是有的！不然就不叫'溪水沟'了！"杨向荣补充道，"到了溪水沟，石桥还远呢！还得走很长的路。哎，欣欣，如果这次真的去溪水沟玩，我想多叫一些人，你看好吗？"

"最好不过了。人多热闹，正合我意！"柳欣欣点点头，打了一个响指，含着笑道，"但叫的都得是我认识的，知道吗？"

"这是肯定的！必须的！教音乐的那个英俊小伙儿金仁轩和李平……这样吧！咱们音体美组的都去！"

"没问题，很好！你安排得没错！再加上我的好朋友，群艺馆的陈娜娜，还有矿山机械厂的林一梅。"

"好得很呀！"杨向荣痛快而激动地说。

忽然，杨向荣想到了什么，一拍脑门子，笑道："噢，我差点忘了！八小的仇毅刚是我的朋友，才三十多岁，就在美术上有成就，很有才气的！说真的，我还挺佩服他的！叫他也去吧？你看……这个……"

"那敢情好！可以的……"柳欣欣学着刚才杨向荣说话的样子，继续道，"不过，我好像听说过他啥事儿……"柳欣欣似乎想到了仇毅刚的一件事，低着头想说什么，又怕对方多心，便偏着头望着那天边的月亮。

"我知道你想说啥！"

"何以见得？"

"看你的表情，我就知道！"

"你好像会看相，给我瞅瞅呗！"柳欣欣故作姿态地伸出手道。

"会看相不敢当，略知一二吧！但这次只凭感觉，第六感觉……"

"感觉？"柳欣欣的眼睛闪烁着。

"哎……"杨向荣叹了一口气，又道，"仇毅刚呀，事业刚蒸蒸日上，差不多是画家啦，就碰上了这倒霉的事儿。"

"林子大了，什么鸟都有。不过……他打学生确实不对！"柳欣欣肯定地说，脸色变得严肃起来。

"又是一个'不过'，《易经》里有《小过》和《大过》，在你这儿又多一个'不过'。这下仇毅刚这个坎……十有八九过不去了！"杨向荣看了一眼柳欣欣的表情，接着正色道，"别多心，逗你玩……其实那是诬告！是拍了一下学生的头。没想到，家长到学校来告状，说老师'打'了他孩子……"

"这也太过分了！"柳欣欣插嘴道。

"可不是吗？"杨向荣清了清嗓子，"那家长和仇毅刚见面的时候，眼睛就死死地盯着他。你说说，难受不难受！非得让仇毅刚给他赔礼道歉不可。至于吗？现在的老师怎么了？在有些人眼里算个啥？"说完，直晃脑袋，大叹世风日下。

听到这儿，柳欣欣不自在起来，脸涨红了！她愣了一会儿，下意识地用眼斜睨了一下杨向荣。过了一会儿，她低了一下头，又抿了抿嘴，然后轻声道："你怎么知道？"

"我当然知道！事情发生后，我约他到'一家春'酒店去散散心，他很痛苦，就将此事毫无保留地跟我诉说了一番。"

"是吗？看样子，你们够铁的！"柳欣欣寻思了半天，继续道，"怎么说呢？总而言之，学生不学那就算了，甭管他。像仇老师那样，碰上难缠的主了吧？不值得！"

杨向荣默然了。过了一阵子，他辩解道："学生上课捣乱谁都不管，这样下去能行吗？"

良久，两人再也没有说什么。风小了，他们不知不觉走过闹市区。大沙河已近在眼前，周围的灯光随着他们的身影慢慢地远去。月亮一直追赶着他们，月光下的路，就像洒了水似的，明晃晃、亮晶晶的……用眼望去，就像线一样由宽到窄，从实往虚缓缓地消失在夜幕之中。

"今晚的月亮真亮呀！"柳欣欣说道。

"都农历六月十六了，不亮才怪呢！"杨向荣应着，顺手又推了推滑落的眼镜。

"有首歌唱的就是'十五的月亮，十六圆'……"柳欣欣说着，就不由自主地哼了几句，声音很小，刹那间又不好意思起来，便揪下几片路旁的槐树叶子，攥在手中，又在月光里缓缓地抛向空中，如天女散花一般，顺势晃动着胳膊。

月光下的柳欣欣，就像画家华三川笔下的淑女一样娇美、娴静。杨向荣注视着，一种喜悦之情显露在脸上。其实，杨向荣在师范做学生的时候，就喜欢上了柳欣欣，喜欢的程度可以用"非常"来形容。

柳欣欣天生一副招人稀罕的样子！不但聪明敏捷，而且活泼可爱，杨向荣被她的这种气质所吸引，他欣赏着，品味着……这种"情窦初开"是真挚的、热烈的，就像火焰，令他心焦！他总想把自己的爱慕之情告诉她。然而，他是羞涩的！见到柳欣欣，没张口，脸先红了。随后，心怦怦直跳，如春潮涌动，低着头不敢注视她，激动的话自然也就咽了回去。他总觉着心头有种阻梗之感，涩涩的、酸酸的……因为胆怯，他只能默默地将自己的这份情深埋在心里珍藏着。

在师范学习了三年，他的感情也珍藏了三年。

面对自己倾慕已久的柳欣欣，他怎么也想不到，他们竟然被分配在了一起。不但在一个办公室，而且是对桌，这是他梦寐以求的！每当办公室只有他们两人，杨向荣总是情不自禁地多瞄她几眼。柳欣欣那张粉红的脸，从她的眉毛、眼睛、鼻子、嘴巴、耳朵，直到脖子，每个地方都给他留下了深刻的印象。每当这时，他的心都感觉到安慰与满足！

两人的目光，时而交织在一起，令他的心儿慌……

这是他平生第一次近距离地接触女人。不知为什么，他会产生一种不安，好像犯罪似的，脑袋顿时变成一片混沌。对于柳欣欣的话，他只是点头唯唯诺诺。时间一久，杨向荣也就适应了，胆子也大了起来。他的眼睛，再不需要躲避什么了！当柳欣欣的目光再一次飘过来的时候，他接纳了它。双方对视着，一切都在温馨、柔和的气氛中进行着。时事政治、文化教育、伦理道德、文学艺术、天文地理……天南地北，什么都在他们聊的范围内。话说得正好，不知是谁的原因，中断了，没了话题，两人谁也没有再接茬，都莫名其妙地等候着什么，静静地……时间仿佛凝固了似的，使人感到有些尴尬。杨向荣低着头，双手紧扣在一起，放在小腹之上。不一会儿，他抬起头，想趁这个机会，向她表白自己的爱慕之情！嘴唇哆嗦了一下，欲言又止……

夜深了，月亮钻进了灰色的云里。那云像破棉絮一样分散在夜空中，大大小小、高高低低、稀稀密密、很不一致。不一会儿，月亮又冒了出来。

在这宁静的夜晚，杨向荣完全沉浸在对柳欣欣的欣赏之中……

"哎，你怎么这样瞅着我呀？像劫匪似的……"柳欣欣冷不丁地抬头问道。她用余光发现，他在注视着自己。

"我……"杨向荣像受惊的小鸟一样应道，显得笨拙至极，只觉脸一阵热，过了好一会儿，才说，"其……其实呀！你哼的那首歌……挺……挺好听的，就是声音小了点。"

"我哼着玩呢，瞅你……"柳欣欣不好意思地说。

"那首歌我挺喜欢的！因为它能引起人们的共鸣，有种亲切感！你说呢？"杨向荣抬起头，嘴唇哆嗦了两下才说。

"是的，我有同感！"柳欣欣看着他说道。

杨向荣眨巴着眼睛，下意识地用手蹭了蹭鼻头，点了点头。

柳欣欣只是笑，再没吭声。路边草丛里恰好有块石头，她便坐了下来，向杨向荣招手示意，让他也坐下，指指前方亮处，说道："哎！前面就是我家，再坐一会儿，就回去。"她显然是走累了。

"这不是矿山机械厂的家属区吗？真是个远离尘嚣的村落！"杨向荣高兴地说。

"村落？可不是个村落！……"柳欣欣停顿了一会儿，用手捋了捋前额上的刘海儿，说，"前不着村后不着店的。离得近的是山，离得远的是市区。那远的……大概有三里路吧！其实就像个村落。我们这儿，是'鸡犬之声相闻，民至老死，互相往来'……《老子》说'不相往来'，可我们往来，不然就没有人情味了！对不？"

"'不相往来'，改成'互相往来'。好，改得好！"杨向荣没等柳欣欣把话讲完，就打断了她。

"别打岔,我还没说完呢!我们那儿几乎家家都在院子里种菜。辣椒、茄子、西红柿啥的,该有的,样样都有。种的菜,吃也吃不完。哎呀!田园味特浓。毫不夸张地说,就像'世外桃源'一样。"

一向书生气的杨向荣,听到这话,就来了精神!他站起身,面对着柳欣欣不慌不忙地背起了陶渊明的名篇《桃花源记》:"晋太元中,武陵人捕鱼为业。缘溪行,忘路之远近。忽逢桃花林,夹岸数百步,中无杂树,芳草鲜美,落英缤纷。渔人甚异之。复前行,欲穷其林。林尽水源,便得一山,山有小口,仿佛若有光。便舍船,从口入。初极狭,才通人。复行数十步,豁然开朗。土地平旷,屋舍俨然,有良田美池桑竹之属。阡陌交通,鸡犬相闻。其中往来种作,男女衣着,悉如外人。黄发垂髫,并怡然自乐……"

"你这么一站,真像个'大人物'!"柳欣欣看着他说。

"啥呀?别讽刺我啦!哎……桃花源虽美,但那是空的,是实现不了的!现实的矛盾,想避也避不开!所以,人生和这月亮是一样的,就像苏轼的词所说的那样:'人有悲欢离合,月有阴晴圆缺。'就看你怎样面对了。"杨向荣微微一笑道。

"该咋面对,就咋面对呗!苏东坡的这首词我特别喜欢,但……读起来总有一种伤感!"

"唐诗宋词都有这个特点,里面充满了悲呀、愁呀、怨呀等情调。依我看来,宋词的意境总比唐诗高些。对比起来,我倒是喜欢读这宋词。"

"哟?我想唐诗和宋词各有千秋吧!"

"不见得!"

柳欣欣不想和他争论了,忙将话题一转,问道:"放假这几天你在做啥事儿?"

"噢,除了写字画画,就是看书。"

"看些什么书?"

杨向荣抓起了头皮，寻思了一会儿，笑道："瞎看一气！嗯……那个啥，像哲学、美学、宗教、伦理、建筑和历史，等等。啥都看，逮到啥就看啥。噢！还有那个《易经》。不过呀！看得最多的还是文学艺术，咱是搞那个的！"

"就是不看教育方面的书！"柳欣欣开玩笑地说。

"看……就是看得少，我对教育不太感兴趣！虽然当老师，只不过把它当作生存的手段罢了！我想去群艺馆工作，苦于没有门路。"

"那咋办？群艺馆难进……哦，对了！我的朋友陈娜娜和你一样，也不喜欢当老师。但人家有门路，没费多少事儿就进去了。没有门路就难办！"

"难办，咱们就先干着吧！我近日看了一本书，叫《新潮文艺知识手册》。里面编者的话说得可好了，我赞同！他围绕着所谓的'新'而发议论：究竟啥玩意儿是'新'？'新'的标准是啥？'新'的质量是啥？'新'的作用是啥？"杨向荣兴奋地接着道，"一连串的问号，我们学画的应该反思一下当代中国美术思潮中出现的问题。"

"我没注意当代文艺的新动向……虽然不懂，但是听起来感觉你说的好像是对的！我一上班就忙于教学，画画少了，甚至不画。这是你知道的，有点荒废了！不过现在读书的人少了！那少数人也在转型。你有点'痴'，能坚持下来已经是凤毛麟角啦！"柳欣欣拍了一下杨向荣的肩膀，说道。

"你说的这个，嗯……这都是钱闹的，所以人就浮躁！"

"这就是现实，你不服？"柳欣欣站起身来，习惯地掸了掸裤子。继续道，"不早了！我该回去了！有时间到家里来玩。风一程，雨一程……谢谢你！送了我一程又一程。咱们溪水沟见！"

"好，再见！Bye-bye！"杨向荣笑道。

他边走边仰望着夜空，此时的月亮还是那样的明亮，远处的贺兰山只剩下了淡淡的轮廓线。

风住了，夜深了！

五

"杜丘,多么蓝的天。走吧!一直往前走!不要回头,你将融化在蓝天里……"人群中不知是谁,操着公鸭嗓调侃地念起了日本电影《追捕》里的台词。这嗓音一出,无意中打破了本来宁静的气氛,给等待已久的人们带来一份乐趣。

"哈哈哈……"大家伙儿大笑起来。

"昨夜下雨了!"又一个人说。

谁都感觉到今天早晨的天气与往日不同。蓝蓝的天,如水洗一般,高远、明洁、柔润……远山、田野、树木、街道、高楼和厂房,无处不显示着清新的景象,仿佛水墨画似的,清亮亮、明晃晃、湿漉漉的……

"小荣子,你干啥呢?这么多人……"一位经过广场遛弯的老大娘惊异地问道。

杨向荣正和仇毅刚聊得高兴呢,只听背后有人叫他,忙将头扭过来看看,然后道:"咦,是王孃呀!"仇毅刚也将脸凑过来,用夹着香烟的手捋了捋大长头发,向老大娘点了点头。杨向荣回答:"王孃,我们组织一些人去溪水沟玩玩。您这会儿遛弯呢？"

"哦，那地儿可远了！这么多人，注意安全哟！我呢，没事儿干啥去，遛一遛，转一转，锻炼锻炼身体呗！"王孃说着，甩着大手走了。

"哎，他们来了！"有人用手一指。

"是谁？"

"是头！"

"咳！是成歆他们，别起哄，别起哄呀！"柳欣欣斜了一眼刚才说话的那个人。

瞬间，成歆、潘媛媛、王仁贵和蒙濛他们四人也来到了人群当中。

"耶！"他们走近，相互击掌，有的握手，有的说笑，兴奋至极！

"哎，歆哥，还有我呢！"一个清亮的声音从人群中划过。

成歆定睛一看，哟！人长得小巧玲珑的，晃着小脑袋瓜子，笑嘻嘻的，挺着腰，伸出小手，做出要击掌的架势。

"哇——是邓玲呀！很久很久没见喽！"两人的手碰在了一起。

邓玲刚要收回小手，心里嘀咕着，脸微微一红，冷不丁地看见了潘媛媛，急将小手又伸出来，并主动地说："噢，是潘姐姐呀！"一副很客气的样子。

再看潘媛媛，瞄了她一眼，则面无表情地轻轻接触一下她的指尖就算了事，好像蜻蜓点水一般，动作迅速而又轻盈，带着几分傲慢。这是她一贯的作风。

"谢谢！"邓玲不以为意地回应着，显得很随和而又轻松。

邓玲是成歆的初中同学，关系处得还不错，初中毕业后，两人就各奔前程了。成歆听说她在兰溪煤矿歌舞团当舞蹈演员。因为工作忙，两人一直没有联系，在这次活动中才又见面了。

"这女的就是'黑牡丹'！我原来见过她，舞跳得贼拉好！"金仁轩对李平说。

"嘘，小点声。别让别人听见了！就是的，挺漂亮的！哎……你找上！"李平龇着牙笑道。

"找她?开玩笑!你瞅瞅,她背后那个男的像啥样子?不用寻思,我就知道他是个品位不高的家伙!再说了,她也太矮了吧!和我能般配吗?真是的……"金仁轩端着一副不屑一顾的架势说道。

"等等,歆哥,这是我的男朋友'二老邪',舞跳得老棒啦!特别是迪斯科,跳得超级棒!"邓玲得意地回头望了一眼二老邪,说道。

二老邪一听,忙朝着成歆他们点头哈腰的,连续的动作就像鸡啄米一样,眼镜链条在眼前晃悠了半天,伸出双手和成歆他们一一握了手。他的身上,不光有眼镜链条,好像到处都是金链子银链子什么的,当然,他的右胯上挂的东西最多。走起路来,这些东西就晃晃悠悠、嘀里嘟噜的……感觉浑身珠光宝气,真是好玩死了!

有人说,这是他的演出服,必须穿成这样。

"她男朋友这外号起得,可真砢碜呀!像好人吗?"金仁轩跟李平低声说,接着两人嘟囔着,不知又说了些什么。

邮电局的钟楼响起了报时的《东方红》乐曲。成歆看了看表,八点整。忙说:"都来了吧?准备好了吗?"

"都来了!也准备好了!"

"好的!准备出发——"

人群开始蠕动起来。

"哎——慢着,别急呀!成歆,我姐……我姐还没来呢,再等等!"王仁贵焦急地说,踮起脚尖朝光明广场西面的方向望了望。成歆一听是他姐,心立即猛跳起来,他盼望已久的玥儿要来了!他情不自禁地挪动脚步,焦急地朝着那个方向也望了过去。

咦——人正等着猴急呢!那不是,来啦!

只见玥儿骑着自行车向这边来,不紧不慢地,昂着头,任凭风吹拂着头发和衣裙，姿态绰约，神采奕奕，显得格外精神而又自信。

"姐，姐！在这儿。慢慢地骑，注意安全！"王仁贵喊道。蒙濛也跟着后面不停地叫着，挥舞着手臂。

"嗯哪，知道了！骑得慢着呢，放心吧！"玥儿在路的那边应着。

王仁贵眼看着他的表姐安全地过来了，总算松了一口气！成歆自从听到王仁贵等他姐之后，他的心呀，始终是处在高度的紧张之中。柳欣欣、林一梅也向她挥手，招呼着……不一会儿，玥儿就来到了他们中间。

一见玥儿，大家都很客气，只见柳欣欣笑道："玥儿，你总算来了。我们正准备走呢！一听你要来，瞅瞅，这些人都在这儿等着呢！"

"就是的，我们正在这儿等着呢！哎……昨天我碰见你，怎么不说呢？要不然，咱们仨一起走该多好哇！"林一梅激动地说。

"谢谢你们了！真不好意思！昨天我还想着大家都知道这事儿呢！"玥儿抱歉地笑道。然后，她的目光不由自主地落在了成歆的身上。

"噢！这是我姐孟玥。"王仁贵向成歆介绍。

"你好！欢……欢迎你参加我们的活动！"成歆激动地紧握着孟玥的手说。

"谢谢，给你们添麻烦啦！"孟玥激动地说。

这是成歆第二次见到孟玥，从他的眼神里可以看出，此时的他特别兴奋，只是上次见过一面，他至今难忘！孟玥也一样，虽然见过一面，但感觉好像非常默契了！

"哎？你们早就认识了吗？"王仁贵惊奇地问。

这一问，孟玥便不自然起来。成歆也不由得心头一紧，慌忙道："在你家见过一面，那天去找你，你不在，就碰上你姐了。"

这时候，蒙濛用胳膊肘捅了王仁贵一下，顺手将他拉到一旁，低声说："认识就认识呗！甭大惊小怪的。"

"嗯哪……对！对！"孟玥不太自然地点着头说。

成歆和孟玥这一微妙而细致的变化，早被那机灵的潘媛媛捕捉到了！她嫉妒地将脸扭过去，猛地抓一缕头发含在口中，不时地摇晃着身体。本来兴高采烈的她，瞬间变得无精打采了。不一会儿，她又镇静了下来，跟没事人似的，挽起成歆的胳膊，贴得很近，眼珠儿一转，计上心头，然后仰起脖子，微微吹了一口气，那刘海儿就顺势飘动起来，笑道："歆哥，人已到齐了！咱们该走了吧？"

"好的，出发——"成歆下意识地扒了一下潘媛媛的手说。

因为人多，大家伙儿推自行车的声音就显得稀里哗啦的，你挪我让，一个个都骑上了。"队伍"刚一上路，只听那个操着公鸭嗓的人张着没有门牙、说话直漏风的嘴，朝着一辆已经驶去的汽车直吵吵："这开车的胆子真大！敢跟交通局的人开玩笑。"说着，便回头跟自己的同伴胡嵬说："刚才多悬呀！擦边而过……"

胡嵬只管笑，没有表态。

"花珖鑫，你们交通局的人可真牛！"林一梅说。

"那当然，下次让我碰见那个家伙，扣他的车。"花珖鑫神气地说。

"乌云飘满天，牛在天上飞，为什么牛在天上飞？因为人在地上吹。嘻嘻，你就吹吧！花珖鑫。"林一梅作出一个往上吹的口型，逗得成歆他们直发笑。

"谁……谁吹了？本来就是的。"花珖鑫瞪圆了眼辩解道。

"哟？我问你，交通局有权扣车吗？那是交警大队的事儿。你呀，尽耍酷！"林一梅不客气地说。

花珖鑫张口结舌，说不下去了。

"哈哈哈！噢……"有人起哄。

"别起哄！"胡嵬带着一口宁夏腔，慢悠悠地对着那些人说道，"古人说得好哇！人不可貌相，海水不可斗量。珖鑫这个人，说大话儿都成习惯了！不说不张口……其实，这个人蛮有才气的！你们肯定不知道，他是个诗人。"说到

"诗人"二字,他的语气加重了,继续道,"在报刊上发表了好几篇诗歌。不但诗写得好,而且历史学得更好!各朝各代的事儿,都在他脑子里装着。对了!他最近忙着出一本诗集,书名叫啥来着?"他拍拍自己的脑门子,偏着头,睁着小眼睛问道。

经胡鬼这么一渲染,就产生了效应!成歆他们情不自禁地将羡慕的目光投向了花珑鑫。杨向荣一听是文友,急忙把手递过去,想握握诗人的手,沾点才气。此时的花珑鑫激动得呀,心差点飘到云端里去,别提多么自豪了,早把林一梅说的话撂到爪哇国去了。他喜形于色地说:"叫《断了线的风筝》,初稿已经完成,现在正在修改呢!"

"这就行了,人不管怎么样,都应该干一点有意义的事儿!"胡鬼笑眯眯地补了一句。

"他是个诗(湿)人,我还是个干人呢!"林一梅不屑一顾地翻了个白眼。

花珑鑫和胡鬼都没有理会她。

"哈哈哈……"有些人又笑了。

花珑鑫听见陈娜娜的笑声,不由得回头望了一眼。陈娜娜骑着车子,探着头,正用手捂着嘴笑呢!笑了一会儿,陈娜娜说:"花珑鑫,上次咱们喝酒的时候,你把假牙咽下肚了,怎么还没镶?"

"别乐了!那牙松了,不然怎能咽下肚去?前几天,我在医院刚咬了牙模,还没做好呢,就跟你们出来了。"花珑鑫解释道。

"你的牙是不是小时候磕掉的?"成歆关心地问。

"咳,别提了!小时候,上学时不小心把脸撞在课桌上,没想到门牙被磕掉了。我以为还能长呢!直等到三十多岁,还没长出来……"

"那不是乳牙,怎么能长出来?"成歆笑道。

"可不是,当时不知道呀!只好镶了一个。这牙镶得久了,结果一经那场酒就'牺牲'了!"花珑鑫说完,别人还没笑,自己先笑了。

谈笑之间,他们到了惠宁寺。

惠宁寺离市区大约有五公里的路程,坐落在贺兰山脚下一个高而阔的土坡上。据说,这寺址是明朝一位从北京来的高僧选的。人家懂风水,说这土坡就像个龟背,好得很呢!成歆他们站在土坡上,登高远眺,晓风徐徐……多亏昨夜飘下了一场雨,才使今天的空气变得格外新鲜,市区的轮廓线,才清晰地呈现在人们的眼前。要是平日那样燥热的天气,总觉着远处的市区被一片烟雾所笼罩,灰蒙蒙的,什么也看不清。这当然都是周围工厂烟囱的"杰作"!

大家伙儿兴致极高,有说有笑,指指点点。

成歆将大家伙儿带到一棵百年槐树之下,便说:"大家把自行车立在这儿锁上。休息一会儿,最多五分钟啊!完了,咱们就上山喽!"

"知道啦!"大家伙儿异口同声道。

于是,他们接二连三地将自己的自行车立好锁上。接着,仨一群俩一伙地在寺前走走看看,其余人则在树下休息。成歆哼着小曲,慢慢地从皮包里拿出一条长长的大铁链子,从两个车轱辘的辐条当中穿过,将其牢牢地连在一起。只听"咔嚓"一声,加上了一把大锁。就这么一声,成歆的心立即踏实了。然后,他轻松地点燃一支烟,又吸了两口,到王仁贵跟前聊天去了。休息完,成歆赶紧集合"队伍"并清点人数,开始沿着山间的羊肠小道向溪水沟迈进。小道弯弯曲曲的,远远望去,就像过去大寨的梯田一样。时而长,时而短,时而宽,时而窄。然而,又断断续续的,有的地方还有些陡峭。这下可把那些胆小的人吓坏了!特别是女孩们,她们小心翼翼地蹲在那儿,手扒着岩石艰难地挪动脚步蹭着走。一不小心,就蹭掉了几块石子,它们好像长了腿似的,迅速地滚下了山沟里。有的人吓得直喊:"妈哟!"紧闭着双眼不敢往下看,两腿打战,仿佛惊险得很。就这样,成歆他们翻过了一座又一座山。不久,他们便来到了一片广阔的平地。说是平地,其实就是一个高坡。高坡之上植被不错,碧绿碧绿的。有些说不上名字的植物,挺着顽强的"身躯"迎着强烈的阳光，裸根虬枝，其优美之姿如同盆景一般。有的树木叶子圆而小，硬而少，稀稀拉拉的。虽然绿，但属于那种苍莽的绿，可谓"苍绿"，一副老气横秋的样子。除了不知名的植物，还有几棵零星的灰榆、山杨、蒙古扁桃和矮小的酸枣树。成歃他们远远地就听见高坡之下有潺潺流水的声音，这水声传来之处就是今天的目的地——溪水沟。

沟旁是人工种植的一排排白杨树，因为靠近水源的缘故吧，其树枝繁叶茂，郁然成荫，刚好能乘凉！当然，成歃他们就选择在那儿"安营扎寨"。

溪水沟宽而长。宽呢，有二三十米。长呢，从溪水沟一直往里走，就到了内蒙古的阿拉善左旗。事实是不是这样？反正人们都这么说。说的时间久了，人们差不多也就相信了！

"哎，你们看呀！快来看呀！那是什么？正朝着对面山上走呢！走得好快，好像是羊……"蒙濛惊异地回头对大家说。

大家伙儿循着蒙濛手指的方向朝着那山上望去，果真是羊！他们心里激动，手挥舞着，嘴喊叫着。

"那是岩羊，在贺兰山里常见，是贺兰山的一大景观嘞！"王仁贵自豪地说。只见几只岩羊在山上不畏险阻，盘旋而上，不一会儿就不见了踪影。

"在哪儿呢？岩羊！"向阳踮着脚，睁着大眼睛，问前面的刘希超。

"那不是吗？"刘希超挤着眼睛道。

向阳听罢，伸着脖子狠劲儿地往山上看，可什么都没看见。她有些失望又不解地瞥了一眼刘希超，忽然说："你耍我！是不是？"

"那不是吗……"正说着，刘希超感觉不对，哈着腰本能地向后退了一步，准备开溜。

"我怎么啥都没瞅见？"邓玲显得有些急躁不安，在人群当中来回穿梭，时不时地踮起脚尖，东张西望着。

"瞅你急得，野羊早就走远了。我说我抱你瞅吧，你不干……这不，啥都瞅不着了吧？"二老邪嬉皮笑脸地说。

"去你的，你这好占便宜的家伙！"邓玲一扭脖子，抿着嘴，不好意思地笑道。

"我觉着你们这些人，少见多怪！不就是看见几只岩羊吗？至于这么兴奋吗？要是见到成群的蓝马鸡、野兔子、青羊和马鹿啥的。对了！还有金钱豹……"花珑鑫笑嘻嘻地说。

"哎，等等……我说，诗人同志，你刚才最后说的是啥动物啦？"没等花珑鑫说完，话头就被林一梅抢了过来。

"金钱豹，又咋啦？"

"你这人真有意思！金钱豹怎么能跑到贺兰山里呢？"

"怎么不能？贺兰山里还有狼呢！"

"没说狼，就说这豹……我告诉你吧！金钱豹是六盘山和中卫的香山里才有的，懂吗？"

"豹，贺兰山苏峪口就有，我有资料证明嘞！"

"你讲清楚，那是金钱豹吗？豹有很多种，懂不懂？苏峪口有没有豹，我看还两说呢！"

"你……"

"你们俩呀，就跟鸡掐架似的，一见面就掐上了！都掐了一个早晨啦！还没完没了的。这样有意思吗？"王仁贵带着笑，在当中插了一句。

两人都没有理会他，还在那"饸饸"。

"我好像在哪儿看过这方面的资料，贺兰山好像真的有豹。"仇毅刚抬起头说道。

"不可能！我问你们，贺兰山有啥呀？豹吃啥？"柳欣欣肯定地说。

"不是有羊有兔子啥的，吃呗！"蒙濛搭了腔。

关于贺兰山是否有豹出没，众人马上就分成了两派，争得面红耳赤，也没有得出什么结论。这时候,胡嵬笑了,什么也不说,悄悄地躲在旁边抽他的烟去了。

看到这种情景,站在潘媛媛和蒙濛之间的成歆倒是有点乐了。他冷不丁地看了一眼孟玥,向她点了一下头。接着,便面向大家严肃地说:"你们所谈论的问题都是过去的事儿了!豹,过去贺兰山里真有,这是地方志里记载的。是不是金钱豹?没说!只说有豹。当然,现在是没有了!不过,在山里偶尔还能遇见野兔子、呱呱鸡啥的。这不,今天又见到了岩羊,可喜可贺呀!"

"是的,你说得很对!一切都会好的。今后,随着物质的日益丰富,人们会越来越重视自然生态的问题!瞅瞅,我们今天看到了岩羊,豹说不定也就随之回来!"仇毅刚慢条斯理地说。

"喊!回来,瞧着吧!"林一梅瞟了一眼仇毅刚,不屑地说。

"这叫啥?这叫穷追不舍呀!岩羊回来了,豹在后面追着呢!"陈娜娜打趣地说。

"成歆,没想到你这个研究历史的也开始研究自然生态了。"柳欣欣笑着说道。

潘媛媛似乎很赞同柳欣欣的说法,笑得直点头,然后说:"行了!行了!不说这些了。咱们该下沟了吧?"

"走喽——"大家伙儿齐声喊道。

"泉水叮咚,泉水叮咚,泉水叮咚响。跳下了山岗,走过了草地,来到我身旁,泉水呀泉水……"邓玲就像个孩子似的,蹦蹦跳跳地唱着歌,第一个跑到了溪水边,蹲在那儿,用一双轻盈的小手一捧,恐怕水从指缝间流走,赶紧用嘴使劲儿一吸,道:"哎呀,真爽!又凉又甜呀!"说着就闭上眼睛,直晃小脑袋。

闻讯,大家伙儿有的急着伸手捧水,有的忙活着找下手的地方,在那儿晃来晃去,有的用水洗一把脸,直呼"爽",还有的已经喝上了,在那儿仰着脖子享受那份"幸福"！他们嘻嘻哈哈，你一言我一语地笑个不停。

"这山中的泉，就是清凉，好喝！"柳欣欣甩了甩手上的水珠道。

王仁贵叼着烟凑过来，蹲在柳欣欣的旁边，用手划一下水，说："水虽清，但无鱼。这不正应了那句古话'水至清则无鱼'吗！哈哈哈……"

"谁说的？那边泉眼就有鱼。一寸多长，身子是花的，嘴旁长有须子，像个老头似的。因此，人们叫它'老头鱼'。不信，你和蒙濛去看看就知道了！"柳欣欣笑道。

"真的！仁贵，咱们去瞅瞅，我倒要看个究竟。"蒙濛说着，就拍了拍手上的水，然后往裤子上抹两下，起身就要走。

"嗯哪！"王仁贵不假思索地应着。

"蒙濛，仁贵，甭去了！还远着呢。不一会儿，咱们就来活动了！对不，歆哥？"潘媛媛拦住了他们。然后，面对着成歆笑道。

成歆会意地点点头，并大声说："安静，大家请安静！现在不能到处乱跑了。咱们该活动了！邓玲……"

"哎——"

"你组织！"

"大家听我口令，慢慢到我这边来，手拉着手围成一个圈。对喽，就是这样，请坐下来吧！"邓玲拿着话筒细心地对着大家伙儿笑道。

圈成了。大家伙儿坐在一起，有的在说说笑笑，有的在窃窃私语，有的你看着我，我看着你，有的低头玩着石头，默默不语……

成歆接过邓玲的话筒，迈着四方步来到圈中央，道："这个活动，就是我们小时候玩的游戏——丢手绢。"

"哈哈哈！就是丢手绢呀！不会吧？"大家伙儿质疑着，还有人笑出了声。

"大家别笑！丢手绢游戏能使我们想起天真烂漫而又无忧无虑的童年，所以，我选择了它。游戏规则，大家想必都知道吧？我就不细说了！谁被抓住，谁就要表演一个节目。"成歆说完,迅速地回到了自己的位子上,向邓玲挤了挤眼,将话筒还给她。

"游戏开始之前,我们安排了两个特别节目。第一个节目,请歆哥表演一下他的看家本领——武术。大家说,好不好呀?"

"好!"大家伙儿鼓起掌来。

成歆起身向大家伙儿一抱拳,便来到圈内的空地。先练一趟子基本功,热热身,然后,又一抱拳道:"献丑!"正说着,猛回头,一转身,就地操练起来,动作敏捷、轻盈、灵活、多变,步步生风,拳拳有力。

大家伙儿看得直发呆,喊道:"好!太好了!再来一个!"掌声雷动。

盛情难却,此时的成歆正在兴头上,马上又练了一趟子拳。

"太好了!再来!"大家伙儿兴奋地喊道,有的甚至站了起来。

"请安静!因为时间的关系,歆哥不能再表演了!二老邪,就你闹得欢!听着,下一个特别节目你得上。"邓玲大声地喊道。

"我?哦,是!领导。"二老邪一指自己的鼻子,先是装傻,然后赶紧向她打个立正。

"第二个节目,由我和二老邪表演迪斯科。音乐,起!"

话音刚落,林一梅一按录音机开关,《迪厅劲爆》的音乐便飘出来。只听二老邪身上的金链子一响,人就到了空地,紧跟着邓玲像风一样地飘了过去,身轻如燕,点水无痕。两人手牵着手,不一会儿,忽然一松手,眼珠一转,面带微笑,迅速地摇晃着脑袋,手足自然随势而动,接着一顿狂舞起来。旋转、移动、空翻、滑浮、腾跃、刷腿,模仿木偶、机器人、擦玻璃、太空漫步、鬼步,头摇手转,抖动起伏,变化多端,跳得真是尽情尽兴,肆意洒脱。

"好,太好了!"

"哎呀,真过瘾!"

"啪啪啪!"热烈的掌声响了起来!有人为了看清某个动作的变化竟忘了拍

巴掌，张着嘴，手停在空中；有人站起身来，瞪圆了眼，忘了坐下来；有人在尽情地模仿，如醉如痴，神魂颠倒……

"再来一个！"忽然有人叫道。

"谢谢大家，谢谢大家……对我们的厚爱，迪斯科节奏太强，跳完贼累，请大家原谅！"邓玲喘着气，擦了擦额头上的汗，然后含着笑，双手合十，向周围的人点头致意。

"邓玲，甭理这帮小子，你坐下歇息！"陈娜娜说着，递给邓玲一瓶矿泉水，接着自言自语，"跳舞很累的！你们这些人知道个啥？"

邓玲接过矿泉水，没喝，直接递给了二老邪。二老邪一把接过，拧开瓶盖毫不客气地往嘴里倒。

"哟，二老邪你真行！我让邓玲先喝，你倒好，先喝了！"陈娜娜说。

"嘿嘿……我也渴了……"二老邪嬉皮笑脸地说。

陈娜娜一扭脖子，忍不住也笑了，又拿一瓶递给了邓玲。

邓玲接过喝了一口，缓了缓神，从林一梅那里接过话筒道："接下来，我们开始丢手绢。我先丢。丢，丢，丢手绢……"

"哎，还丢呢？这回丢人了，都丢大发了！你瞅瞅，嘻嘻……"刘希超用手捂住他那厚厚的嘴皮子，像牛啃草似的对着金仁轩的耳朵，压低了声音一顿嘟哝："黑牡丹的裤衩子掉了！"

"你小子说话真邪乎，不像正经人呀！"金仁轩回头应道。

"黑牡丹真有意思！她自己还没发现呢！"刘希超捂着嘴说。

"嘘！小点声！"

"轻轻地放在小朋友的后面，大家不要告诉他，快点快点抓住他，快点快点抓住他！"邓玲继续唱着，人群当中传来阵阵嬉笑声。

"姐姐，抓住你了！哈哈。"邓玲轻轻一拍孟玥的肩膀道。

"哎呀，吓我一跳！"孟玥惊道。她刚才低着头不知寻思啥呢。

"姐姐，请！"

"哎哟……"她为难起来，想了一会儿，对邓玲说，"我啥都不会，这样吧，我朗诵一首散文诗。诗有点长，就朗诵我认为最好的一段吧！题目叫《远方》。"

"好，大家欢迎！"

"啪啪啪"掌声又响起来。

掌声鼓舞着孟玥，她一挺胸脯，有些紧张地轻声道："这首散文诗是我在一份杂志上瞅到的，我很喜欢。无事的时候经常拿来读，已经记住了。其中，有这么几句：'总以为远方在发生着什么，发生着我向往已久的又从未想出的什么。总以为远方会寄来什么，寄来我梦寐以求的又莫名其妙的什么。总以为远方有呼唤如大雁在微醉的暮霭中飘曳。总以为远方有一朵微笑耽搁在深秋的风里憔悴在莫名的惆怅里，等待去收摘。总想拾起脚步走遍天涯海角……'就到这儿，谢谢大家。"

掌声又响起来了，花珖鑫和杨向荣两人好像比赛一般用力鼓掌。

"好！我问一下姐姐，是不是很喜欢文学？"邓玲就像电视台主持人似的问道。

"是的，我很喜欢文学！一有空闲就看上几段，从中能得到一些安慰与启迪！"

"好的！现在请姐姐丢。给点掌声！给……哎？"邓玲还没说完，就被林一梅一把拉了回来，对着她的耳朵说了几句，她的脸"腾"地一下红了，忙退出圈外。刘希超、金仁轩望着邓玲的背影，还在那儿"嘻嘻嘻"地笑着。

这个细节的变化，大家伙儿根本没有注意到，还在尽情地鼓掌。孟玥在一片掌声中，唱起了《丢手绢》。少时，她来到成歆面前，小声道："瞅瞅你后面是啥？"说完，一转身，不好意思地跑回了自己的位子上。

成歆忙回头一望："天哪，逮到我了！"

大家伙儿一听说话的是成歆，喧闹声立即小了，渐渐地静下来，将目光聚集在成歆身上，眼睛里闪着兴奋的光芒。

"成哥，谁让你多才多艺呢？不逮你，逮谁？"蒙濛拍了一下成歆的肩膀，说道。

"成歆，你还得表演呀！别辜负了广大人民群众的一片热情和期望。甭磨叽，赶紧的！"王仁贵开玩笑地说。

"瞧你这话说的，我磨叽了吗？仁贵，你别急！我肯定表演。这是必须的，你放心好了！"正说着，成歆已经做好了准备。

大家伙儿望着成歆，期待着他再次表演武术。

"喂，各位别激动！我知道你们喜欢武术。但歆哥已经表演两次了，挺累的！"潘媛媛显然有些不好意思，红着脸又说道："我替歆哥表演一个节目如何？"

"那不行！抓住谁，谁就表演节目，替不得！"有人说。

"不能替，这是游戏规则！"又有人说。

大家伙儿嚷嚷着，一片哗然。

成歆忙向潘媛媛挤一下眼，意思是甭说了。成歆将目光转向大家伙儿道："静静，静一静……"说来也怪，大家伙儿一下子就不叫唤了，都盯着他。

"不要误会！我没有让媛媛替我的意思。刚才我跟仁贵不是说了吗，我肯定表演武术，是不是？"成歆又看了一眼潘媛媛，笑道，"不过，这个先放一放，现在我先给大家唱个歌吧！歌名是《少年壮志不言愁》。"说完，就站起来拍着手，唱道："几度风雨几度春秋，风霜雪雨搏激流。历尽苦难痴心不改，少年壮志不言愁！金色盾牌，热血铸就，危难之处显身手，显身手！为了母亲的微笑，为了大地的丰收。峥嵘岁月，何惧风流……"

"大家一起来，好吗？"邓玲向大家伙儿喊道。

这时候，成歆和大家伙儿互动起来。歌声传遍了整个山谷，在山谷之中回荡着。除了歌声，隐约还能听见风声、鸟鸣声、羊咩叫声和涓涓流水声，默契地交织在一起，似自然交响乐，悦耳至极。

"喂，成歆，你转悠个啥？手绢扔给谁了？游戏继续……"王仁贵笑着说。

成歆回过头来，向王仁贵摆摆手，显得很神秘的样子，忽然间用手一推杨向荣道："手绢丢给你了，杨老师！"

邓玲见杨向荣好像有些不情愿，便向大家伙儿递个眼色，随之大家伙儿异口同声叫道："杨老师，快点来一个！杨老师，快点来一个！"

有的人甚至吹起口哨，开始起哄。

杨向荣不好意思地摸了摸后脑勺，略加思索了一下，说道："哎，别……大伙儿别闹……好吧，我给大伙儿讲个故事，这个故事是从我家邻居王孃那儿听到的。今天，我讲给大伙儿听一听。噢……我差点忘了！故事的题目是《蛤蟆丈夫》。古代有个寡妇很孤单，昼夜哭泣，感动了龙王。龙王派蛤蟆精去给寡妇做儿子。蛤蟆精脱下蛤蟆皮，变成一个英俊少年，来到寡妇家，说明来意后，寡妇非常喜欢！后来，寡妇为这个蛤蟆儿子娶了媳妇。婚后，小两口恩恩爱爱的，寡妇看在眼里喜在心上。可是好景不长，媳妇怀疑她的丈夫不是人。因为她发现丈夫行踪诡秘，白天从来不下地耕种，只有到了五更才下地耕种，趁着天不亮又悄悄回来。有一天，媳妇装睡，天快亮的时候，丈夫回家来了。她发现丈夫在屋里藏了啥东西，待丈夫重新躺下鼾声大作时，她就蹑手蹑脚地来到丈夫藏东西的地方，翻出来一看，她大吃一惊：原来是一张蛤蟆皮！媳妇惊慌之下，将蛤蟆皮烧掉了。事后，丈夫发现自己的蛤蟆皮被毁，非常难过，也很愤怒，头也没回就离家出走了。媳妇急了，马上追上去，二人又见面了。蛤蟆丈夫说：'我还有一年的时间，就修成人道啦！可你把它给烧了。这样，就毁了我的前程，也毁了我们的前程。咱们缘分已尽。'话说完，丈夫就不见了！媳妇喊着叫着，后悔得要命，于是在一棵桑树下上吊自杀了。她死后，桑树上生出了虫子，她托梦给婆婆，说这种虫子吃了桑叶，长大后能吐丝结茧，茧可缫丝织绸。自此，人们才知道养蚕。"

杨向荣讲完，只听"啪啪啪"的掌声响起。"好，讲得真动人！"邓玲不知不觉地从自己的位子上跳起来，手拍得很响，显得很兴奋。

"嚯！邓玲，你是不是想和人家来个东北二人转啥的？"蒙濛笑道。

大家伙儿朝着邓玲大笑起来。

蒙濛的戏谑把邓玲搞得不好意思了，她脸一红，一把抓住蒙濛，"胳肢"起来。

"哎呀！邓玲，放手哇！我不敢啦！"

"不行！叫姐姐！"

两人这么一闹，王仁贵、陈娜娜、花玓鑫、刘希超、林一梅等又活跃起来了！他们的嬉笑声，使本来很热闹的场面更加有趣了！有的在逗闷子，弄得大家伙儿笑出了眼泪，有的在帮腔，有的在痴痴地笑，有的在吹口哨起哄，有的在戏弄追逐……竟忘了丢手绢这档子事了！作为组织者的成歆和邓玲都不想让大家伙儿扫兴，也不加阻拦，顺其自然吧！然而，真有上心的人。柳欣欣耍着耍着，突然停了下来，缓了缓，说道："喂，大家别闹了！手绢该谁丢了？轮到谁了？"

"噢，是我……该我丢了！"杨向荣轻声答道，表情木讷。

就这样，活动又回到了正题。

一轮又一轮丢手绢，使每个人都有机会展示自己的才艺：唱歌，跳舞，学口技，说相声，演小品，诗朗诵，弹吉他……丰富多彩，好不热闹！

午饭烧好了。

做饭的胡嵬和仇毅刚拎着大饭勺子等待着。丢手绢的活动在人们的欢声笑语中结束。人群总算散了，大家伙儿纷纷朝着开饭的地方拥来。

"吃饭了，吃饭了！"胡嵬和仇毅刚向大家吆喝着。

大铁锅里正煮着羊肉，胡嵬和仇毅刚打开盖子，热气腾腾，用大饭勺子这么一搅，油汪汪、香喷喷的。

让胡鬼和仇毅刚做饭,这是成歆特意安排的。等到活动结束,午饭也就烧好了!

"香得很!大家都来米西米西……哟西……"王仁贵哈着腰,笑眯眯地说了一句不伦不类的"日语",并情不自禁地搓起手来。

他这洋相一出,可把大家逗坏了!

"瞧你,这洋相出的。"蒙濛瞥了他一眼。

王仁贵傻笑一番,顺手端起一饭盒肉递给她。然后,自己又拿了一份和几个馒头,随着蒙濛一道走了。他俩一走,其他人就围了上来,吵吵嚷嚷的。

"别急呀,都有份!咱们吃的是山珍海味,喝的是珍珠翡翠白玉汤。"胡鬼一边用大饭勺子舀肉,一边开着玩笑。

"哎哟喂,你真成了大师傅。"林一梅逗他。

胡鬼摇晃着脑袋瓜子,一阵傻笑,然后,又给站在旁边的向阳舀了一勺子肉。大家伙儿在极其愉快的气氛下用完了午餐。

"午饭吃好了,该自由活动了吧?"有人伸着懒腰说。

柳欣欣和杨向荣早就"预谋"好了,他们邀请大家一块去观赏岩画。不过,王仁贵和蒙濛要求到泉眼那头去看老头鱼。孟玥要去方便一下,两人等不及,先走了。潘媛媛拗不过大家伙儿,边走边看着成歆,很不情愿地跟着大部队去了。成歆心里惦记着孟玥,找了个借口留下来,胡鬼和花珧鑫也要求留下来陪着成歆。

过了一会儿,孟玥回来了。她看到成歆,脚步放慢了,心怦怦直跳。

"他们都走了!"成歆低声说。

"嗯哪!"孟玥觉得心里热乎乎的,轻松了许多。她下意识地用余光扫了扫胡鬼和花珧鑫,那两人离他们还远着咧!她的心这才放下些,轻轻地坐在成歆的身旁。

"你表弟和蒙濛等不及先走了。"成歆说。

"我就没打算去,在这儿看看风景挺好的,静静的……哎,你看那座山峰……"孟玥说。

成歆顺着她的手指看过去。

"真漂亮! 山上的石头都是红的。"

"再瞅瞅,那边……"

成歆顺着她的手指转过去。

"哎呀,那山头活像个猴子的脑袋,而且是仰着的。那个像乌龟,这个像骆驼,像老虎狮子,像森林草木……"成歆有些激动,他顺着她的手指的方向,看了一座又一座山峰,一遍又一遍地欣赏着。真是心旷神怡呀! 虽然绿色少了点,但是像中国山水画中的"点"一样,三三两两地点缀在山峰之上,苍苍莽莽,甚是美观,使人浮想联翩……

"美不美?"孟玥问。

"美!"成歆回答。

"其实呀,美无处不在……就看你能不能发现它了!"

"你说的这个美,就是自然之美! 是'原生态'……如今的人们喜欢'原生态'的东西。像沟里的古长城、烽火台,还有石桥、岩画群等景观,都是人们向往的地儿! 因而,引来了一些搞美术和摄影的,他们背着画夹子,拎着相机,寻找各种不同的角度,尽情地写生和拍照……搞出了许多美术和摄影的好作品! 你别说,一参展都得了奖了! 咱们眼前的这一切不就是现成的艺术品吗?"

"你倒很懂!"

"那当然喽! 对了,你在哪儿上班?"

"瞅瞅! 又来查户口了!"

成歆又不好意思起来。

"甭紧张,我告诉你,我在矿山机械厂上班,是个工人,有何指教?"

"没啥! 我随便问问。"

"你呢？"

"我在育红中学当老师。"

"噢，是个重点中学！你教啥的？"

"历史！"

"听我表弟说，你的书法写得不错！特别是行草书写得最棒！"

"别听他的，业余爱好罢了！"

"我父亲也是搞书法的，他在群艺馆上班……是馆长。"

"是不是孟善福馆长？原来他是你父亲，太好了！我想跟他学学书法啥的。你看怎样？"

"你还挺谦虚的，有机会带你见见他。"

"啥时候我去拜访他？"

"那就看你啦！"

"等这次活动结束，我找个时间就去！"

"行！"

两人正聊得高兴呢，隐约地感觉到前方有人影晃动，越来越近，叽叽喳喳地直喊累。他们回来了！本来相对寂静的空气顿时又变得热闹起来了。远处的山上传来几声老鸦的叫声……

六

  孟善福注意到另外几幅成歆的书法作品,将它们拉了过来,端详了一阵子,笑了,显得很满意的样子,不住地点头,手比画着,欣赏着……他抬起头望着成歆,说道:"这几张比刚才那几张临得要精到,要好得多!"说完,就将那双胖手从成歆的书法作品上慢慢地挪开,顺势稳当地坐在了椅子上,点燃一支烟,吸了两口,望着成歆出神。

  孟善福看见成歆的书法作品后,就想起了自己的学书法之路。父亲孟光是辽宁省某市某煤矿的工人,新中国成立前给小日本挖过煤。母亲孙立华是家庭妇女,但不幸的是很早就去世了。他和妹妹孟善莲是父亲一把屎一把尿拉扯大的。他上小学的时候,一天路过裱画店,被店里的书画作品吸引住了。他在门口往里看,装裱师傅看到他痴迷的样子,很稀罕他,就叫他进屋里看。他走到一幅临摹《石门颂》的书法作品跟前看了又看,很喜欢这幅书法作品,时不时用手比画着……想到这儿,他深深地吸了一口气。

  孟善福是个大个子,梳着大背头,但有点谢顶,面如满月,浓眉大眼的。别看他快五十岁的人了,要多精神就有多精神,一副艺术家的派头。他虽然胖了些，但行动很敏捷，特别是写起书法来一点不含糊，自如、洒脱、泼辣……颇有大师之风。因此，他的书法在本市小有名气。20世纪60年代，他从老家随着支边的人们来到大西北。本来他的目的是溜达玩玩，如果那里不好，再跑回东北不迟。他所在的厂子，是矿山机械厂，地处贺兰山深处。它的家属区则在山脚下不远的地方。极目远眺，山野、房屋、道路和树木，尽收眼底。可谓景色宜人。黄昏时分，几缕袅袅炊烟升起，鸟儿在树上悠闲地吟唱。这时，天空出现了绚丽的火烧云，将整个家属区笼罩在红色的光彩之中，宛如一幅色彩鲜艳的油画。啊，多么美丽的画卷呀！他天生爱静，这里的一切，不就是他梦寐以求的吗？他喜欢上了这里。

工作五年后，孟善福就和同厂一个名叫张怡娟的女工结婚了。婚后不久，张怡娟就怀孕了。在医院妇产科的病房里，临产的她做了个挺有意思的梦：两枝牵牛花，缠绕着一棵香椿树努力地向上"爬"着。"爬"得正来劲儿，忽然有一枝蔫了，逐渐枯萎，最后死掉了。她醒来一惊，就此产下了一双儿女。她吃力地扭过头去，望着那两个孩子，感觉很是健康。已经精疲力竭的她，只能用心去"抚摸"着那两个宝贝的小脸蛋，含着热泪欣慰地笑了。

张怡娟生了龙凤胎的消息不胫而走，家属区好多人都知道了。邻居们来自五湖四海，哪里的人都有，但人数最多的是东北人。说是东北人，如果刨根问底，十有八九是山东人，都是早年间"闯关东"过去的，算来已经好几代了。别看有的东北人平常说三道四、吆五喝六，甚至骂骂咧咧的，一到关键时刻，特别是婚丧嫁娶什么的，他们表现得格外热心，就像"及时雨"一样，说到，立马就到。像孟善福这样的，命可真好！得了儿子又得姑娘的有几个？真是少见呀！邻居们激动地议论着，能不去祝贺吗？他们就像赶集似的，左手提着鸡，右手提着鸭，不约而同地来到了孟善福的家，向他问长问短，热闹得像过年！孟善福此时此刻的心情，可想而知，春风得意！送走邻居，一阵口哨声伴随着他回到了上屋。

屋里，妻子张怡娟好像在等他。他刚一进屋，她就笑了，笑得自然而又甜美。他紧握住妻子那柔软的手，抚摸着，用心温存着。然后，又稀罕了一阵子孩子，胖乎乎的，惹人喜爱！他显然有些激动，愣了一会儿，手微微地抖了两下，便从两个孩子的脸颊上收了回来。这回消停了，该给两个孩子起名喽！他这样想着，恋恋不舍地离开了妻子和孩子。

走进书房，他静静地坐在椅子上，头脑中像过电影似的闪烁着无数个汉字……欣喜之余，他点燃了一支烟，又转了两下眼珠寻思着，好像想起了什么，捧起《新华字典》如饥似渴地翻阅着，翻阅着……忽然，他停了下来，手一哆嗦，烟灰掉在桌子上，琢磨一阵子，忙将宣纸展开，大笔一挥，写下了"玟"和"玥"两字。他终于松了一口气，好像卸掉了千斤重担似的。

孟善福的字好！正因为他的字好，才有机会从一个普通的工人，调到工会里去当副主席。后来，又调到市群艺馆做了馆长。如此看来，孟善福在人生的道路上是蛮顺当的。人往往就是这么走运！孟玟和孟玥的健康成长，使孟善福有了回乡探亲的想法。随着信寄去的还有六寸的黑白照片。看看，这小样，眼睛亮得像蓝天，樱桃小嘴，还笑呢！这是孟玟和孟玥五岁时的合影。远在老家的爷爷孟光看着照片都稀罕死了！最令他兴奋的是，用不了多久就要见面了，见到可爱的孙子和孙女喽！想到这儿，他的心里美滋滋的……

这俩孩子的姑姑孟善莲，是刚结婚不久的小媳妇。她没有工作，在家待着。除了做三顿饭、伺候男人之外，闲得无聊就到处走走，一碰到熟人，就唠个没完没了，等到人家愁眉苦脸地说："家里还坐着一壶水呢！"这才罢了。这不，听说哥哥一家四口回来了，她连忙赶回娘家看看。她虽然还没生孩子，但非常喜欢孩子，这下可有事干了，总想过把"实习妈妈"的瘾！于是，她喜出望外地将孟玟和孟玥兄妹接了过去。兄妹俩在姑姑家玩了一月有余，一天，孟善莲从床上的褥子底下翻出一个气球就用嘴吹起来，扎好。先让哥哥玩，然后再让妹妹玩。她这样想着，便递给了孟玟。不承想，意外发生了！孟玟毕竟是个孩子，见姑妈用嘴吹气球就学着叼在嘴里。气球扎得不严实，没过一会就缩成了小泡泡，孟玟还叼在嘴里玩，结果"嗖"地一下飞快地滑入嗓子眼儿里噎住了，把孩子憋得直翻白眼。孟善莲慌了手脚，浑身哆嗦，抱起侄儿就往医院跑，吓得孟玟哇哇直叫"妈妈"。

孟玟到医院已经来不及抢救了。孟家遭遇了这样突如其来的不幸，孟善福携着妻女就要离开这使他难忘而又难过的地方。他喟然长叹："玟儿，不要怪爸爸呀！我们将你扔在这儿，独自走了……"

孟玟猝然死去，最伤心的就是他的母亲张怡娟了。因为过度的悲伤，她一度就像祥林嫂似的，逢人就说她的"阿毛"如何如何，不一会儿，又沉默了，独自发笑，时而潸然泪下，时而又喃喃地唤着儿子的名字，恍恍惚惚，迷迷瞪瞪……医院诊断她得了精神分裂症，也就是老百姓所讲的"魔怔"，不但不能上班了，还得有人看护。从那时候起，孟玥就开始照顾妈妈的生活起居。别看她人小，却很懂事，不但给妈妈做饭洗衣，而且还给妈妈搔背揉肩、洗脸梳头。只要妈妈高兴，不管多么辛苦，她都不觉得什么！随着岁月的流逝，在丈夫和女儿的悉心照料下，张怡娟的病情慢慢地好转，脸色也变得红扑扑的，昔日那清秀而丰润的光彩又回来了。那失子的伤心事儿，好不容易渐渐地淡化了。

成歆听到孟善福的夸奖，心里顿时感觉热乎乎的。他充满自信地说："孟馆长，这几幅字是我今天早晨写的。我有早晚练字的习惯！"

他说得没错，就今天早晨那一阵子，他晨练回来，感觉格外地高兴。因为，今天是他拜访书法家孟善福的日子，这是他们已经约定好的。再过两三个小时就去！他决定先利用这点时间再写几幅作品。于是，他便将宣纸往桌子上一铺，抓起毛笔，蘸上墨，憋足了劲儿，笔走龙蛇，行气贯串，显得格外地轻松而又自如，一副神采奕奕的样子，一口气便临完了几张《圣教序》。然后，他坐在椅子上缓缓地将头仰起，用手刮了刮眼眶，好像轻松了许多。再过一会儿，就要见到孟玥的父亲了！他这样想道。此时此刻，他很激动而又紧张，心情变得复杂起来。

馆长办公室很宽敞,光线充足。门口左侧一字摆着几盆鸭掌木,根部湿润,花盆底下渗着一些水。右旁窗户下放着一张画案,上面堆着几刀宣纸和一些凌乱的字帖,还有笔墨纸砚什么的。面对门那块儿,放有皮质沙发、茶几、办公桌和书柜。当然,墙面上挂着孟善福自己的书作,办公室看上去蛮文雅的。成歘坐在沙发上又喝了一口茶,恭敬地望着孟善福。

孟善福吸着烟,笑道:"你这个习惯很好!也很科学,我年轻的时候,就是这么做的。效果好,进步也快!"又吸了几口烟,继续道:"练字,首先要读帖。字帖拿到手,必须琢磨它的笔画的来龙去脉,做到心中有数。其次呢?就是临帖了。"正说着,兴致就来了。他站起身,猛地将烟吸了最后几口,然后往烟灰缸里一摁。铺开宣纸,拿起毛笔,抓来《石门颂》的帖子扔在那儿,边临边讲道:"临帖不能看一眼,写一笔。总是这样的话,离开帖子,还是不会写。"成歘聚精会神地听着,直点头说对。孟善福停顿一会儿,偏着头,欣赏了一阵子,便继续示范着,讲述着……

"孟馆长,我斗胆问一句,当今的书坛流行一种书体,被人贬称为'丑书'。您对这种书体有何看法?"成歘小心翼翼地问。

孟善福将毛笔慢慢地放下,坐下来,沉思了片刻,然后道:"这个问题很复杂,有说好的,有说不好的!作为一种书体,它是探索,是尝试,不免会走一些弯路。但应该肯定的是:所谓'丑书',是比较前卫的。它领先潮流,形式新颖,字体多样,笔意超脱,给人一种耳目一新的感觉!它打破和超越了人们的视觉习惯。视觉习惯一旦被改变,有些人就不舒服……急了!说你是个另类。'丑书'就是书法中的另类。有些人神经过敏似的,过分地横加指责,一句话,你就不能跟他们不一样,否则……"他坚定地向成歘点头示意。听到孟善福的话,成歘微微一笑,点头回应着,顿觉心里敞亮了,甚是高兴。没想到像孟善福这把年纪的人能这么开明,思想这么进步,真是难得呀!他不由得佩服起来。

"其实,他们追求的是'拙'!没想到,拙得太过,反而'丑'了!这种书法探索或尝试注定是失败的,但并非一无是处。有些人抓住这一点不放,在大报小报上总会批评,也太过分了。"成歆气愤地说。

"是的!'拙'得太过,就走向事物的反面了!当然,失败乃是成功之母!"孟善福肯定地说。

这时,孟善福无意中望了一眼窗外,只见几只麻雀在槐树上婉转地叫着,他欣慰地笑了,然后,风趣地说:"瞅瞅,连鸟儿都赞同我们的观点!不管怎么说,作品一定要创新。当然喽!这条路肯定很长,其间当然会出现这样那样的怪现象……"他像个孩子似的,舞动着手臂,"说起来呀,虽然现在书法艺术有所发展,技法也丰富了许多,但从艺术修养上来看,我们和古人还差得远呢!古人比较全面,诗书画印皆通,是今人很难达到的。所以说,搞书画艺术的,还应该是个学者。这才符合当代的需要和要求!现在有些搞书画的,缺的就是这个。"

"工夫在诗外!不但要会写会画懂得艺术理论,而且还要读一些艺术之外的书。天文地理咱就不说了,像哲学、美学、文学、历史和建筑,等等,统统要懂一些。"成歆激动地说。

"咱们说到一块去喽,这就叫'志同道合'呀!也就是'同志'。我来问你,你们当老师的,是不是都读书啊?"

成歆想了一下,笑道:"教师爱读书的其实不多!说起读书,都说自己没时间。殊不知,时间是挤出来的!"

孟善福沉重地道:"有首歌唱得好!'不是我不明白,这世界变化快……'是这个世界变化快呀!快得使人目不暇接,人心也随之而动,变得浮躁而又无奈了!"

"人变得怪怪的,不知道干啥好了!但有一条,一切向钱看。一提钱,都精神了!"

"哈哈哈！你说得倒挺有意思的，也很直爽，是个好小伙子！你父母是干啥工作的？"

"我父亲在大修厂机电科上班，今年十二月就该退休了！"

"他今年五十啦？"

"没那么大，四十六了！"

"噢，是工伤，还是病退？"

"都不是！就是不想干了！"

"噢，是这样。"孟善福点头，"那你母亲呢？"

"我母亲是个家庭妇女，在家做家务。"

"一直没有工作吗？"

"年轻时，在绿化队干过临时工，马上要转正，表都填了，结果，替同伴说了几句公道话，惹恼了队长，就没转成。"

"哦！玥儿她妈年轻时，也在绿化队干过，转正也没转成，后来被招工到矿山机械厂了，才有了我们的那段姻缘。还好，多亏没转成，有时候还是个好事儿！这叫天无绝人之路。"孟善福说完，停了一下，又问道，"你家除了父母，还有啥人？"

"还有一个弟弟和爷爷，是爷爷将我们一家子带到大西北的。如今爷爷老了，退休已经十几年了。"

"噢，是这样！我有个小姨子，嫁到你们大修厂了。她丈夫也是我们东北人，他家是黑龙江省的，叫王永松。你认识吧？"

"何止认识，老熟了！是我家邻居，离我家不远，就隔一条小巷。他儿子王仁贵，是我最好的朋友，情同手足！我们经常在一起玩。最近，他找了一个对象，是四川人，两人可好了！有时候，也闹点小别扭啥的……"成歘说到最后，脸一阵热，寻思着是不是失言了，再看孟善福满面春风，也就抿着嘴笑了。

"仁贵处对象的事儿，我是知道的！那姑娘我见过，挺好的，模样也标致。就是脾气有点倔，年轻人嘛！"孟善福带着笑意说。

成歃会意地点了点头。

就在这时候，只听"当当当"有人敲门。

"进来，门开着呢！"孟善福叫道。

从外面进来一位姑娘。瓜子脸，盘着头，身材高挑，体态婀娜，穿着艳丽的花裙子，甚是好看！她走起路来轻轻地，手里拿着几张单子，笑盈盈地朝着孟善福走来。

这姑娘是陈娜娜，她走近一看，成歃也在这儿，忙将单子递给了孟善福，便和成歃闲聊起来。孟善福微笑着，把单子接在手中，虽然不想打扰他们，但看两个年轻人挺可爱的，没有忍住，随便问了一句："你们认识？"声音虽小，但显得很关心的样子。

"认识……咋啦？"陈娜娜娇声娇气地哼道，"馆长，我的好大爷，您快签您的字吧！"然后，噘着嘴看着他签。

孟善福故作姿态道："好，我签，我签！"忙将烟头摁灭，脑袋往左一歪，莞尔一笑，接着，戴上老花镜，用手点了点她，意思是：你这丫头真是厉害！不让我说话，竟成了你们年轻人的事儿了。他下意识地又看了几眼陈娜娜，便低下头，一张一张地签起来。

"你让孟馆长签啥？"成歃问道。

"报销呀！我马上就到外地进修去了。你祝贺我吧！"陈娜娜心花怒放地说。

"哦，我真替你高兴！我用口头表示一下，祝贺你！"成歃伸出手，做出要握手的架势来。陈娜娜激动地紧紧握住成歃的那双大手，说道："谢谢你的祝福！我太高兴啦！"

两人又啰唆了几句，成歃方知道让座。陈娜娜说不必了，还忙着呢。要走的时候，面对着孟善福，鞠躬道："您受累！馆长大人。"然后，不声不响地像风似的飘走了！室内留下了一阵香气。外面的阳光很强烈，将茂密的槐树叶子映在画案之上，斑斑点点，长长短短。孟善福望着她的背影，微笑着说："这丫头调皮得很！时不时地搞个恶作剧啥的，弄得人哭笑不得！就像个孩子似的。以后谁娶到她，谁操心呀！"就这一会儿，成歌整理好自己的书法作品，转身又坐在了沙发上，朝孟善福抿着嘴笑。

"这丫头的父亲和我关系不错！她父亲陈剑锋，在建材厂当办公室主任。字写得好，文章写得也好。人是个好人，就是有点倔。"他停了一会儿，又说道，"山东人的性格就是这样！他人称'倔老头'，正因为这点，我看升不上去喽！"

成歌听着，点了点头。

"陈剑锋这个女儿，是河南省一所艺术学校舞蹈专业毕业的，分到市三小当音乐老师，教了三年，就烦了，不想再干了，哭着喊着找她爸，要求调工作。她爸没招儿，左寻思右寻思，忽然想到我们单位了，让我出来帮忙。我跟文化局的领导熟哇！两个单位的领导一同意，就妥了！就这样，调到我们馆来了。"孟善福有意无意地用手敲响了桌子，又点燃了一支烟吸着，待了一会儿，继续道，"这丫头虽然调皮些，但工作很踏实，很有上进心！所以，文化馆唯一的进修指标就给了她。丫头别提多高兴了！说自己命好……"

成歌听完就笑了，觉得孟善福是个好人。这一老一少聊得正起劲儿呢，冷不丁地听到楼下吵吵嚷嚷的，不一会儿，就热闹起来了。

"我馆不是在学生放寒暑假的时候办了一些兴趣班吗？这是家长来接孩子了。"孟善福高兴地说。

"现在的家长都是望子成龙、望女成凤呀！"成歌风趣地说。

说到这里，两人都笑了。成歌下意识地看了一眼窗外，天已近黄昏。尽管这样，外面的酷热丝毫没有减弱。成歌知道时候不早了，便起身向孟善福告辞。

"好！有时间到家里来玩。"

七

时间过得真快，一眨眼儿的工夫，就到了立秋时节。

清早，一道明丽而柔和的阳光透过窗纱正照在熟睡中的孟玥脸上。一阵微风吹过，她竟然醒了，下意识地抚摸了一下圆润的肩膀，感觉有点凉意，忙将肩膀缩回毛巾被里。然后，从枕头旁摸来表一看，都九点多了！不管它，反正今天休息，她猛地想起，心里顿时没了紧迫感，轻松而踏实，又眯起了眼，微张着嘴，去享受这片刻的安静与惬意……

年轻人最容易恋床不起，特别是这个季节，令人难忘的光阴……本想趁着这个机会再慢慢地睡去，她却没了倦意，思想随之而动，漫无边际地想了一阵子的事儿。一会儿是幻想，一会儿又是现实，色彩斑斓，反反复复地……其间，她多次想到了成歆。那天，父亲高兴地从群艺馆回来，对她说了一些成歆的情况，对成歆颇有好感，直夸他不但书法好，人品也不错！当时，她实在是按捺不住内心的喜悦，兴奋了好几天。回想到这儿，她脸一红，不好意思起来，忙将脸侧在一旁，想这样迫使自己不再想下去。在不知不觉之中，她的手毫无目地捋了捋头发，觉得它好像有点变化，急忙跳下床，坐在梳妆台前，照了照镜子，愣了一下神儿，双手来回摆弄几下头发，将其弄乱……不一会儿，又不由自主地笑了起来。然后，便侧着脸漫不经心地抓来一丝头发捻在手中，寻思着：头发该剪了！就是在这一念之间，她的脑海里浮现出两个人来：柳欣欣和林一梅。她一拍脑门儿，让她俩陪着自己去剪头呗！再顺便逛逛街，选几件自己想要的东西……想到这儿，一阵喜悦涌上心头。她很快地换上了白色的连衣裙，照了照镜子，准备给她俩打电话。

咦——门铃响了！

这声音的轻重比较适宜，很有节奏感，悠长而又顺耳。有意思的是，她感觉这声音仿佛很熟悉——难道是他！真的是他来了吗？正想着，心就怦怦跳起来，仿佛要蹦出来似的。她不由自主地捂住胸口，肯定是他！

她毫不犹豫地跑到门口，用力打开大门，惊喜道："成歆，果然是你！"

"哦……是我！"成歆愣了一会儿，笑道。

他们都很激动却再也说不出话来，四目凝视，心心相印，时间好像过了很久很久……孟玥头一低，脸就红了，含着笑便向屋子里走去，成歆来不及多想，情不自禁地摸着后脑勺，跟着过去了。

两人默默地来到客厅，孟玥沏了一杯茶，端到成歆的面前，说道："你还真的找到我家啦！"

"鼻子下有嘴，问呗！"成歆用手指了指自己的鼻子。

孟玥抿了一下嘴，朝着他笑了，坐在他对面，眼睛一眨一眨地，看了他半响。看着看着，就不好意思起来，又将头低下，慢慢地将手放在大腿上，搓着手背，摆弄着手指。

"你父亲呢？"成歆很不自在地用手摸了摸一卷书法作品，问道。

"我爸带着我妈去杭州疗养了，大概得待半个多月。"孟玥说完，只觉脸颊一阵热，心莫名其妙地又猛跳起来。

"真不巧！今天，我是来请教你父亲的。"成歆尽量掩饰自己的心情，不让对方感觉到是故意来找她的。说完,他环顾了一下客厅。

客厅虽然简陋,但很干净,显得清静而又典雅。顺着过道,能隐约地看见孟玥那温馨的小屋。孟玥好像猜到了成歆的心思,便含情脉脉地看着成歆道:"那是我的屋,想瞅瞅吗?"

"荣幸之至啊!"成歆赶忙道。

成歆进了屋,心里别提多高兴了!一股如花草的芬芳之气,弥漫在他的周围,清清的,淡淡的,似有非有,细品起来,又有点甜,其意绵绵……这是女孩子屋里特有的一种气息,像诗一般,像梦一样。成歆不自觉地坐在了床上,手刚好放在离枕头不远的地方。枕头靠里,扣着一本书,他只望了一眼,就将眼神往墙上的一幅字移动,是隶书,明代谢士元的《匡衡凿壁》:

入夜东邻火,荧荧照华屋。
凿壁引余光,经史了可读。
更阑灯欲烬,我读声更速。
当时善说诗,咸称有余馥。

"这隶书写得真不错,很有功底!"成歆不觉叹道。然后,站起身来细细地品。写得真好!刚健、古雅、秀美。继续往下看,落款竟然是"戊寅年六月孟玥书"。他看了一眼孟玥,显得很吃惊的样子。

"哈哈哈!没想到吧!"孟玥摆出几分淘气的姿态,得意地笑了。

"真没想到,你的隶书写得这样好。字如其人呀!"成歆说完,眼睛迅速地从横幅上移开,转向了孟玥。她那婀娜多姿的体态,使他的情绪变得热烈起来。他的脑袋突然空了,着了迷似的,一门心思地想:拥抱她吧!拥抱她吧!紧紧地……孟玥被他异样的目光看得更加不好意思了,但还是深情地望着他道:"你……你请坐……"成歆冷不丁地一愣,脑袋顿时清楚了,又回到了现实。

就在这时，门铃又响了，响得那样急促。

孟玥忙朝着门口跑去，嘴里应道："来了……"

大门又一次开了，露出两张笑脸来。

"哎哟！我猜是谁呢，原来是你们这两个鬼呀！吓死我了！"孟玥捂着一起一伏的胸口道。

"你说我们是鬼，我看你心里才有鬼呢！说，是哪个小白脸来了？"林一梅直截了当地说，东张西望地朝着屋里看了又看，好像在寻找什么。

"古代汉武帝有'金屋藏娇'之说。咱们的玥儿也玩起'金屋藏郎'的名堂了！嘿嘿嘿，藏的是谁？快让我们瞅瞅。"柳欣欣在林一梅后头一个劲儿地起哄。

孟玥被她俩演的这一出逗乐了，捂着嘴道："瞅啥？你们两个不觉得自己很滑稽吗？没别人，是……是成歆来了！你们真是的……还好朋友呢，尽捉弄人！"

"脸红了吧！我早就知道是他来了。"林一梅说。

"你咋知道的？"孟玥惊道。

"在门外，我们看见他的自行车啦！"柳欣欣补了一句。

"没想到吧？"林一梅反问道。

三个姑娘推推搡搡地回到了屋里。

"你们来了！我老远就听见你们在院子里吵吵嚷嚷的，快坐吧！"成歆站起来，欠身笑道。

"哟，成歆，果然是你！不必客气，我和欣欣是常客，你也坐吧！"林一梅摆手道。

柳欣欣看见两人客气的样子，身子往后一仰，捂着嘴，不禁大笑起来。笑罢，便跟在孟玥和林一梅的身后坐在沙发上。成歆则坐在旁边的单人沙发上，跷起二郎腿，点上一支烟吸着，面带微笑，静静地听着这三个姑娘在聊什么。

林一梅的头发不长也不短,烫着大波浪,乍看起来,显得很大气,奔放而又自信。她细长脸,大眼睛,白白净净的。然而嘴巴比较突出,不仅大,而且嘴唇尖而薄,正如相书上所说的"鸟喙"。她个头比柳欣欣略高些,属于中等个,但身材没有柳欣欣那样丰满,苗条得像舞蹈演员似的,真是天生丽质,匀称而又俊俏。她坐定后,觉得有点不舒服,就用双手按了按沙发的面,屁股又蹾了蹾,发现沙发有些地方有点硬,有些地方有点陷,就笑道:"我说,玥儿,你们家的沙发也太旧了吧?不是这儿有个包,就是那儿有个坑的,该换新的啦!"

　　"瞧你说的,沙发旧了点,还能坐!这套沙发虽不是我爸的命根子,也算是个宝贝啦!是我爸80年代初自己做的。他哪舍得扔呀!"孟玥笑道。

　　柳欣欣趁着这机会,也想试着蹾上几下。

　　"慢着!柳欣欣,你太胖,别再蹾……再蹾就塌了!"成歆插了一句。

　　"去你的!你总不说好的,尽逗我!"柳欣欣斜了他一眼,很快地将目光移开,然后道,"沙发还能用,就是旧点,不打紧的!换一下弹簧就行了。"

　　"喊!你们不觉得这种想法都过时了吗?就现在,谁还讲这个?过去缝缝补补地用着,现在都啥年代了,哥们儿,该醒醒了!现代化的社会就在眼前,我们的生活越来越好了!我们应该懂得超前享受哇!"林一梅得意扬扬地说。

　　"小梅,我就知道你要说这话。享受没错,但不能浪费,对不?"孟玥说。

　　"浪费?没钱的人,才这样认为呢!你说说,啥叫生活?啥叫活着?我跟你们说吧!人家有钱的,叫生活。像我们这样的,就叫活着。怎么比,可怜呀!"

　　"那好哇!你将来找个有钱的对象,那不就得了,尽等着享受!"

　　"你别不服气!现在是有钱人的天下。没钱啥都不是!寸步难行……懂吗,哥们儿?"

　　"今天怎么啦?尽谈一些没用的话题,成了金钱讨论会了!小梅,你不觉得这很无聊吗?"柳欣欣不满地说。

成歆在旁边只顾着自己吸烟，没打算说什么，眨巴着眼不断地朝着她们仨笑。

"你笑啥？"林一梅有点急了。

"噢，对不起！没啥……"

林一梅"喊"了一声，就将脸扭在一旁不再说了。

情况好像不对！小梅是个争强好胜的女孩，打小就这样，可别呛她了，快换个话题吧！孟玥寻思着，心里暗笑起来，便道："你俩没来之前我就准备打电话，叫你们俩过来聊聊。没想到，你们不请自来呀！"说完，她的眼睛不住地看着林一梅的脸。

"瞅啥呀，我没那么脆弱！你想说啥，就说啥呗！"

"瞧你这口气，这不是对我有意见吗？嘿嘿嘿……"孟玥赔笑道。

"甭理她，她就是这副尊容！"柳欣欣不客气地说。

"你才是那副尊容呢！欣欣，别看你是个老师，好像什么都懂，其实不然，你只懂教育，而不懂社会……"

"我不懂社会，你懂就行呗！"

"社会上有这么一句话嘛！"成歆微笑着，吸了一口烟，说道，"'有钱男子汉，没钱汉子难！'哈哈哈！"

"瞅瞅，同样是老师，人家成歆就明白这道理！有道是识时务者，为……"

"为俊杰！对吧？甭说了，我替你说了吧！"柳欣欣微笑道。

"欣欣，行了！别呛了，免得伤和气！你们两个瞅瞅，我这头发是不是长了？需要剪吗？"

"别急！玥儿……"柳欣欣说着，麻溜地从自己头上取下一根皮筋来，递给孟玥道，"你扎上，瞅瞅，好看不？"

孟玥接过来，顺手扎在头上，歪着头，问道："咋样？"

"你别说，这么一扎，真是个活脱脱的美人呀！"林一梅笑道。

"人家本来就是个美人！就像《红楼梦》中的宝钗似的。怎么说，美着呢！富态又匀称。"柳欣欣笑道。

"你们把我说得都不好意思了！头发就不用剪了？"孟玥不好意思地问道。

"那当然，比你披着头好看多了！"柳欣欣正色道。

"发型多变，是这个时代的特征，也是这个时代的需求。你别老留一种发型，变一变，可能更好些。"林一梅道。

"好，我听你们的，扎起来好了！"

因为这个头哇，三个姑娘说的时间太长太长了！这下子，可把差不多是"局外人"的成歆急坏了，暗自叫苦起来。就在今天早晨，他拿着自己的书法作品，再次到群艺馆去请教孟善福时，馆员们说他们的馆长去杭州疗养了。

什么？疗养去了！他寻思着，显得很吃惊的样子。他感觉很遗憾，但慢慢地又兴奋起来了……要不然，干脆趁这个机会去找孟玥吧！

"真是天赐良机呀！太好了！"他自言自语道。

向孟善福请教书法是个过程。通过这个过程，他想，进一步和孟玥发展成恋爱关系才是真正的目的。这么一来，通向爱情之路就变得自然、浪漫而又轻松了！他觉得美好而幸福的生活就在自己的眼前。他暗暗地庆幸……走，快走，到矿山机械厂家属区找孟玥去，他有些迫不及待了！拿定主意后，他从群艺馆跑出来，迅速地骑上自行车就走。可是，骑着骑着，他的心情矛盾起来，这样好吗？他问自己，她会不会说我是个不速之客，或者说打扰了她的生活什么的？不，她不会的！从她的眼神里可以看得出，她希望我去，一定是这样的！走吧，不能再犹豫了！机不可失，时不再来。行动吧！勇敢些……他鼓励着自己。然而，他转念一想，孟玥可是三班倒，这样冒昧地去，她能在家吗？不管那么多了。碰碰运气吧！于是，他的心早就飞到矿山机械厂的家属区了。

他们终于又见面了。正谈得好呢！不料柳欣欣和林一梅这两个姑娘来了。哎——好像半路杀出个程咬金似的，真要命！来就来呗，这顿白话，没完没了的！成歆看在眼里，烦在心上。本来，他这次是冲着孟玥来的，心急着呢，机会全被这两个丫头片子给占了。时间一秒一秒地流逝，成歆开始焦虑起来了。等她们走吗？什么时候是个头儿，等得起吗？再说，她们好像没有走的意思。算了吧，改日再说。他憋得没法，便开口道："你们俩在，那我先告辞了！"

"别介，成歆，大家伙儿好不容易又见面了！你是稀客，多待一会儿不行吗？"林一梅的眼睛直勾勾地望着他道。

"哟，我们说话，竟把你给忘了！"柳欣欣不好意思地说。

"其实，他也说了几句。"孟玥向成歆挤了挤眼，然后说，"都中午了，你们谁也别走了！留下来，在这儿吃午饭吧！"

"在你这儿吃啥吃？玥儿真是老土，到街上吃，才是新风尚！现在流行这个，懂吗？我请客，咋样？"林一梅慷慨地说。

"好呀，你请客！咱们就不客气了，走吧！"孟玥笑道。

孟玥的话音刚落，林一梅和柳欣欣就等不得了，急扯忙慌地推开门，骑上自行车就跑了。

街里真是热闹！来往的不是车子，就是人。时有小贩推着装满水果的车穿行其间，吆喝着……成歆他们将车子立在停车处，就大大方方地走进了步行街。

繁华的步行街是这个城市的主要看点之一。平时人就少不了，双休日和节假日更是车水马龙！步行街两旁的商业房共两层，其特点是淡雅素净、简约质朴、造型独特。然而，这一风格的建筑群没坚持多久，就被大大小小、色彩斑斓的广告牌所占据……

在这里，有些半大小子和小姑娘散发着小广告，见人就给，冷不丁地塞给你，把你吓一跳！来过步行街的人，都不免要去一趟街心桥，看一看，转一转，成歆他们当然也不例外。当他们过去的时候，街心桥下面已经围满了人，不知道在看什么。只见当中有一个老头，看样子六十多岁吧！正在不慌不忙地编织着各种各样的花，造型有鸟和兽，昆虫什么的，应有尽有……其手法娴熟，穿插有致，不一会儿就编好一个，然后，就插在旁边的草把子上。

"怎么是用草编的呀？真神奇！"一个姑娘惊讶地感叹。

"多少钱一个？"又一个姑娘饶有兴致地问道。

"两块一个！"老头笑容可掬地答道。

这一老一少的问答，引起了成歟的注意。他笑呵呵地弯下腰来，仔细地欣赏着，又情不自禁地用手抚摸着。只觉着这个物件光滑而又柔软，手感甚好，简直不敢相信是用草编成的。他忙道："拿一只'蚂蚱'，给您钱！"

"好！两块。"老头痛快地应道，嗓门很是洪亮。

"哎，成歟，让我们瞅瞅，摸摸……"三个姑娘齐声道，手也伸了过来。成歟还没有反应过来，这东西已经易手了。三个姑娘你抢我夺，最后，"蚂蚱"还是到了孟玥的手中，那两个只好噘着嘴，朝着餐馆的方向走去。

"到了，就这儿。"林一梅站住脚跟笑道。

"这么快就到了？"柳欣欣愣了一下，便回头喊道，"玥儿，到了，你甭玩了，'一家春'酒店到啦！"

孟玥将手中的"蚂蚱"收起，嘴里应着，笑吟吟地跟了上去。再看看，后面的成歟慢悠悠地走着，一副若无其事的样子。

酒店的生意不错，人多得跟什么似的，根本没有落脚的地儿。

"没地儿了。"柳欣欣摊开双手，焦急地说，眼睛看着林一梅。

"你瞅我干啥？到楼上，雅间。喂，服务员，楼上还有雅间吗？"

"有一间，牡丹厅，请吗？"一个带有陕西口音的女服务员道。

大家伙儿满意地笑着点头。

牡丹厅里有些闷热，虽然地方小些，但环境还算优雅。女服务员麻利地将窗户推开，厅里总算透了点气。然后，她把菜单递给了林一梅。林一梅很有礼貌地向她点了一下头，看了菜单一眼，没说什么，就交给了成歟。成歟将菜单前后翻了翻，又细细地看了看，便毫不客气地点了六菜一汤。女服务员拿着菜单走了。

菜很快上来了，三凉三热。林一梅又要了两瓶青岛啤酒，拿着起子，不慌不忙地将瓶盖轻轻撬开，动作熟练而又敏捷。只见白花花的沫子迅速地从瓶子里冒出来，她忙将瓶口对准杯子给每个人倒上，杯杯清亮，黄澄澄的……只有少许沫子浮在杯子里，很快也就消失了。

"哇！小梅的酒倒得好呢！没沫子。"孟玥羡慕地看了一眼林一梅。

"那当然，歪门邪道，杯壁下流。倒慢了，还不行，必须快！不然的话，准是一杯沫子，酒又不满，少得可怜！"林一梅甩了一下额头上的头发，自信地说。

"歪门邪道，你真逗！"柳欣欣笑道。

"现在不玩这个，有些事儿办不成的！"林一梅回应道。

"唉！现在……"成歆长叹一声，显得很无奈的样子。其实，他今天对林一梅的请客更感到无奈，心里总觉得把他和孟玥的事儿给搅了。

"成歆，我竟忘了！媛媛说你不胜酒力，连啤酒都不能喝，现在咋样？"林一梅问道。

"嗯……"成歆寻思了一会儿，说道："现在可以，早就练出来了。不练不行呀，办事儿要处处碰壁的！没辙呀！咱们干杯吧！"

"干杯！"林一梅大声叫道。

四个人站起身来一饮而尽。孟玥坐下来，脸红得像桃花，捂着嘴，含着笑，又咳嗽了几声。她用余光瞄了一下成歆，感觉心里踏实了许多。今天，她能喝点酒，都是为了他在这里的缘故。干杯那会儿，酒在她嘴里，涩涩的，难以下咽，但她还是勉强地咽了下去。

"玥儿，没事儿吧？"柳欣欣关心地用手拍了一下她的肩头。

"哟，这点酒，哪儿到哪儿呀？来，倒上，没事儿！"林一梅说着，就想往人家的杯子里倒。

"哎，甭倒！其实，我刚才是勉强喝的，这会儿想吃点菜……这啤酒味道有点不对！"孟玥欠了一下身，拿起餐巾纸轻轻地擦了一下嘴。

"不是味道不对，是喝不惯罢了！时间长了，练练就好啦！喝点茶，压压。"林一梅说。

成歆不知什么时候将烟点着了，急吸了几口，然后道："你们让孟玥吃点菜压压才对！然后再喝茶，知道吗？前后次序颠倒了不是？"

"成歆，小梅，不用了！"孟玥摆摆手说。

"噢，对！我……我这事儿闹得……"林一梅一拍脑门子，恍然大悟。

"来，我们吃菜吧！"成歆道。

"吃，大家多吃点！"林一梅涨红了脸说，"真不好意思！没吃之前，我还是给你们报一下菜名吧。刚才那个女服务员报了，但我想再重复一遍！这个叫凉拌四丝。四丝就是熟猪肚丝、猪瘦肉丝、香菇丝和粉丝。来，闻闻，这是啥味？这菜里还有鸡汤呢！"

"鸡汤，这可能吗？不会是调的味吧？"柳欣欣一惊一乍地叫道。

"欣欣，别激动！听小梅把话说完。我也喜欢做饭，咱们听下去好吗？"孟玥急道。

柳欣欣调皮地笑了笑，再也没说什么。林一梅白了她一眼，继续地说："下一道菜叫凉拌菜心。瞅瞅，除了有红辣椒，还加了米酒呢！"

"你说得真好！看样子，你是行家呀！真没想到……"成歆饶有兴趣地说。

林一梅好像找到了知音，深深地望了成歆一眼，很自信地点点头，笑道："我呀，是个厨艺发烧友，整天就琢磨着吃喝啥的！食谱不知看了多少了。现在，七个碟儿八个碗儿，都做得，我家的饭几乎都是我做的。"

"你爸你妈真有福气！有你这个懂事的女儿，还愿意做饭，如今像你这样的姑娘少喽！一梅，你接着说下去。"成歆开心地说。

"这道菜是凉拌金针菇，你们瞅清楚了没？金针菇和胡萝卜，还拌了点砂糖，有点南方口味啦！一个字，就是'甜'。是不是？"林一梅兴奋地说。

"听小梅这么一说，这盘凉菜更有滋味了！真是南甜北咸。来，咱们再品尝一下，感觉感觉！"孟玥说着，吃了一口，点了点头，伸出大拇指笑了！

"好吃，是好吃！"柳欣欣也点头道。

大家伙儿都在那里吧唧着嘴，点头称是。

"凉菜介绍完了，该介绍这热的喽！"林一梅得意地说，"青椒肉丝、姜丝大肠，还有一个五香猪肉。这五香猪肉，在这桌菜里是最贵的！也是最好吃的！"

"噢！是吗？这道菜到底多少钱一盘呢？"柳欣欣问道。

"欣欣，这个嘛？我先不告诉你。"林一梅慢慢地说，"嗯……说说它的配料吧。其实，这道菜是腌制而成的，腌的是五花肉。腌料有盐、高粱酒、五香粉和花椒粉啥的。五花肉用这些腌料抓拌均匀后，腌两天就入味了！再蒸熟。准备油锅，将熟五花肉炸香捞出，沥油，切斜薄片。吃的时候搭配蒜苗和蘸酱就行……"林一梅的话音刚落，成歆他们的掌声就响了！好像商量好了似的。林一梅虽然不好意思，但神情还是有点激动，忙说："非常感谢你们，得到了你们的认可和夸奖！拿筷儿，喝酒吃肉呀！"

午宴就这样开始了。气氛非常融洽，而且很亲切，像家宴一般随意。每一个人脸上都红扑扑的。酒当然是不够的，中途，林一梅又出去买了三瓶青岛啤酒。菜吃得差不多了，汤也端上来了。

女服务员放下汤，说道："豆腐鱼头汤。"成歆他们听后直点头，唯有柳欣欣嘴一撇，心想：还用你报菜名吗？小梅准知道咋做的，按她的性格，等不了一会儿准要说。

果不其然，林一梅仿佛猜到了柳欣欣的心思。她板板正正，端起了架子，二郎腿一跷，从成歆的烟盒里抽出一支，叼在口中。成歆眼疾手快地帮她点燃。林一梅若有所思地吸了几口，动作娴熟而又优雅，最后吐个烟圈，精神十足地说："这个汤呀！除了豆腐和鱼头之外，材料不外乎花椒、大料、味精和葱姜蒜啥的，很简单的！"刚一介绍完，米饭就上来了，热气腾腾，香气四溢。四个人都端起了饭碗，浇上汤，又夹了几口鱼头肉，边吃边说，东扯西扯。

饭吃好了。孟玥建议到她表弟王仁贵女朋友的茶庄那里转转。这下，正中成歘的下怀，他习惯性地看了一眼表，已经是下午三点多钟了。

蒙山茶庄离这里不远，步行街走到尽头左拐就到了。那是一条老街，那里的房子都是两层仿古商业房，把头的第一家就是茶庄。一推门，只见蒙濛正坐在王仁贵的腿上撒娇呢。看到有人来了，她头一低，麻溜地从王仁贵的腿上滑下来，不好意思地说："是你们呀！请进吧！"

王仁贵的表情很尴尬。

站在门口的孟玥看到这一情景，想退出来已经来不及了，忙将身子扭过去，红着脸说："你们……我什么都没看见呀！"

"仁贵，你还坐着干吗？姐和成哥他们都来了！你还像块木头似的！"蒙濛回头对着王仁贵说。

"嗯哪……我瞅见了！"王仁贵慌张地答应着。

他们坐了下来，环顾一周，只觉新鲜。室内装潢是中式的，古色古香使人仿佛回到了过去。环境幽雅、恬静，给人的感觉非常舒适。

圆形的落地罩将房子一分为二。罩外较大，两旁摆放着高大的货架。上面每个方格子里，都是用有机玻璃镶嵌的刘炳森隶书体茶名：蒙顶甘露、西湖龙井、黄山毛峰、太平猴魁、六安瓜片、信阳毛尖、洞庭碧螺春、江山绿牡丹、安溪铁观音、武夷大红袍、普陀山佛茶、云南普洱茶等。下面则摆放着各种各样的茶叶和茶具，真是琳琅满目。外围的木头雕花，和货架浑然一体。

罩内较小，靠近墙边立着一件精巧细致的博古架，里面摆设着各种样式的紫砂壶。其后，则是用板子相隔而成的两小间：一是休息间，二是卫生间。左边是通向二楼的楼梯。成歘他们眼前，摆放着一张仿古桌子，造型独特，显得古朴而又大方。桌面上横摆着玉质的茶盘,放着不同材质的茶具:紫砂的、陶瓷的、玻璃的、紫铜的,应有尽有。王仁贵不慌不忙地将烧开的水倒进紫砂壶里,闷了一阵子,然后把茶水倒入众多的小杯子里,每人一杯递给大家。成歆他们品起茶来,真是香气浓郁,绕齿不散。

"趁着喝茶的机会,消消食儿吧!今儿个米饭吃得太多了。瞅瞅,把我撑的!"林一梅故作姿态地说。

"可不是?这叫吃饱了撑的!"柳欣欣若有所思地继续说,"你可别说,今天的米饭香得很!是宁夏吴忠出的米吗?"

"当然是吴忠的米呀!"林一梅胸有成竹地说。

"何以见得?"柳欣欣将腰挺起来说。

"说啥呢?'一家春'酒店的老板我认识,是我一个朋友的老爹,我当然知道呀!"

"噢,原来如此!"

"吴忠的米是好吃,但比不上青铜峡的。那米吃起来才叫香呢!米粒跟珍珠似的,白花花、亮晶晶的,瞅着都心疼!更不用说吃啦!"

"是吗?我听说宁夏的米,永宁的最好。听说清朝那会儿是贡米!"孟玥说。

"其实,宁夏平罗、惠农的米也不错!都挺好的,就是不出名罢了。过去有人说'酒香不怕巷子深'。现在我看好东西也怕巷子深嘞!时代不同,观念也变了。这东西好呀,得宣传不是?等别人发现你,要等到猴年马月了。"成歆说。

"就是的,不宣传,谁知道你咋回事呀?"孟玥抿了一口茶说道。

大家伙儿听她这样说,都表示赞同。

蒙濛含着笑,望着孟玥,说:"你说得真好,是那么回事。嗯……我说你们既然来了,得乐和乐和不是?咱们到楼上耍耍麻将,怎么样?"

"这主意好!"林一梅说着,就起身上楼去了。

蒙濛跟着，时不时地用手比画着、讲解着，告诉大家墙壁上挂的国画都是仁贵画的。因此，她显得格外自豪。

柳欣欣、王仁贵也跟了上去，成歊和孟玥显然没有动的意思。

"仁贵、蒙濛，你们四个上去打吧！我俩不会，就留下来看着店吧！"孟玥朝楼上喊道。

"行！随便你！"王仁贵和蒙濛齐声道。

不一会儿，楼上就响起了"哗啦哗啦"的麻将声，伴随着说笑声。楼下，成歊和孟玥正在谈论他们的话题，距离很近。

八

　　成歆考上大学那年，离开"喜事来"艺术玻璃装饰门市部之前，他邀请几个和他朝夕相处的伙伴，晚上到"一家春"酒店吃饭，在一起热闹热闹，就算是欢送他了！

　　出发那天，王仁贵恋恋不舍地把成歆送上火车。随着成歆的父母回来的时候，他的心里突然感到空落落的，像少了点什么似的，一种莫名其妙的沮丧油然而生，他险些掉下眼泪。成歆是他最好的朋友，年长他一岁，打小就在一块，可以说是一起"光屁股"玩大的。没料到，这小子竟然考上大学走了，而且走得那样匆忙。我的天，这下把人给闹得，心里毫无准备，来个措手不及呀！这是他万万没有想到的。成歆好像没有跟谁说过考大学的事吧？无论什么场合都没有……噢，他想起来了！考前，成歆有个"异常"的现象。就是不管在家，还是在店里，他嘴里总是嘟囔着几句古文，或者历史年代、地理名词……要不然就是英语单词什么的。外人看见他这样，都以为他精神出问题了呢。作为朋友，王仁贵曾经问过他，你神经兮兮地干什么？成歆打马虎眼说，喜欢这些东西，背着玩呗。于是大家一笑了之。

七月，高考考了三天。成歆也有三天没有上班，说是请假了。王仁贵正纳闷呢，结果，人家考上大学了。他这才恍然大悟：原来如此！

收到录取通知书那天，成歆笑，他也笑了！两人笑的时候都含着泪花。知识改变命运！成歆的命运从此改变了，而他呢？王仁贵真有点自卑了。难道就在这个小店里打一辈子工吗？要不然，就像成歆那样考上大学走呗！哎……想什么呢？自己只是个初中生，不可能的！就连名都报不上，又何言考？想到这儿，王仁贵苦笑了一下。

"喜事来"艺术玻璃装饰门市部的老板贺建国，开店之前是个劳改犯。

他是天津下乡知青，来到大西北一个县里插队，干了几年表现不错，就被抽调到这个移民城市里市办的化工厂当会计。这小伙子，人长得精神，脑瓜好使，也会来事。就这一点，就赢得了厂领导和工人们的好感，年终评先进，他从来没有落下过。如鱼得水的时候，他却犯了一个不该犯的错误，挪用公款，被公安抓了。此事一出，全厂职工一片哗然，有的说，这是什么人呀？贪污我们的血汗钱。还有的说，平常看着挺好的，怎么就问题严重了呢？甚至还有的说，不是你我想象的那样，这人是有靠山的，背后肯定还有什么人给他撑腰……说什么的都有。

开公审大会的时候，他的"陪绑"是女的，大修厂有名的"破鞋"李红杏。公审完之后，公安人员毫不客气地将这两人押上一辆解放牌卡车，拉走了。他后悔死了！当初，他只是想买一辆自行车，还差六十块钱，就动了挪用公款的心思。本来他想等下月开工资就补上。没承想，还没来得及补，就被上级派来的工作组给查出来了。这个时候不管他说什么都无济于事了。他落了个公审逮捕、丢人现眼的下场，被判处有期徒刑五年。

服刑期满之后，他出来了，总算又感受到了阳光的灿烂。但工作没了，老婆孩子也不见了。当然喽，热炕头也凉了。他看见这凄惨的场景，不禁抱头痛哭起来，这咋办？今后怎么生活呀？他想到了死！然而，转念一想：好死不如赖活着！我得在社会上拼一拼，也许还有活路。他擦干眼泪，振作精神，想做个小买卖什么的。没本钱，借吧！他求爹告奶奶地借了个遍，可一分钱都没借到。有的人见到他，像见到鬼一样，远远地就躲开了。后来，还是当年他那个"陪绑"李红杏帮了他，借给他五十块钱。这下子，可救了他的命啦！他凭着这五十块钱，靠卖瓜子发了。后来，他用多年积累下来的财富，在市里找个好地段开了个店，名曰"喜事来"艺术玻璃装饰门市部。此店经营玻璃、玻璃画、镜子和照相器材等。别说，一开张人就很多，买玻璃和玻璃画的，采购照相器材的，镀镜子磨花的……生意好得什么似的！顾客多，回头客更多，真是红火得很。吃水不忘挖井人，他想到了李红杏。如果没有人家李红杏的帮助和支持，怎能有他今日的发达？这人得报恩不是！于是，他邀请李红杏和她的丈夫王文进到店里来做客，吃了一顿饭，还送了礼物，好得就像一家人。从那以后，李红杏来得就勤了，有时带着丈夫来，有时自己来，自己来的时候多些。时间久了，就引起了贺建国的后老伴的注意和猜疑。

贺建国的后老伴，叫依碧如。他刚开店的时候，需要一位美工。经人介绍，离婚多年的她就来到了店里工作。两人在一起工作一年后，贺建国觉得她挺好的，就向她提出了个人问题。依碧如感激他平常帮助自己，是个可靠的人，就同意了！她长得白白胖胖，中等身材，对吃穿很讲究，对化妆打扮也是一样。她脸上的粉搽得很厚，香味扑鼻，能传出八里地去。因此，人家都管她叫"八里香"。她爱画画，特别是玻璃画，画得相当棒！但是，她画画有一个毛病，就是用色偏爱粉红。无论画什么，都要涂上几笔粉红色。贺建国看不惯她这一点，说她总是按自己的性子来，画得不符合实际。可时间久了，他也就不说了。她愿咋地就咋地吧！

她有两个和前夫生的女儿。大女儿依芬，正在陕西省某医学院读临床医学研究生。小女儿依芳，毕业于宁夏某技工学校，现已分配到大修厂机电科工作。刚好，厂里派给她的师傅，是成歆的爸爸成国祥。

成国祥那段时间正为儿子的高考落榜而闹心呢！依芳看见自己的师傅这样子，很是心疼，便安慰他说："成师傅，要我说呀，让成歆到外面打打工，边打工边学习。这样，才能使他的情绪变得好些。也许来年能考上呢！如果不嫌弃的话，先到我家的店里去干几天，咋样？"

成国祥点点头道："唉……那就麻烦你了！"

于是，依芳就把成歆介绍到贺建国的店里干活了。

没多久，成歆又介绍王仁贵来了，算是做个伴。由于两人都会画画，工作任务不外乎画玻璃画。

王仁贵很感激成歆给他找了个这么合适的工作，干的又是他最拿手的活计。他特别喜欢画画，打小就照着画报或小人书画动物、画古人、画花鸟、画英雄人物什么的，画什么像什么！到这个店里上班，他如鱼得水，乐着呢！

玻璃画的画法挺简单的，就是将现成的画垫在玻璃底下，用毛笔拓描下来，再添上几笔广告色，最后涂上油画色，就妥了！玻璃画的这些"技巧"，对王仁贵来说简直就是小菜一碟。因此，他的玻璃画越画越好，也能卖出好价钱。贺建国这个乐呀，说是要给他涨工资。王仁贵一听，高兴死了！因为这个，还请成歆吃了一顿饭。从这以后，他干劲十足！早晨来得比谁都早，扫地抹桌子，样样都干。他这么表现自己，就是想让老板的承诺早一点兑现。

一天，他打扫完卫生，待着无聊，就冒冒失失地到了后屋。后屋是镀镜子的地方，"闲人免进"。他心生好奇，想进去看个究竟。进去一看，哇！好大的房间，由于灯光较暗，显得又长又深。在许多木架上，平放着三十几块已经镀好的镜子，显得冷冰冰的……他正寻思着，感觉好像有什么动静，忙回头用眼一扫，发现离墙不远处立着柜子，在墙和柜子之间，帘子已经卷起，里面放着一张钢管床，老板娘露着白皙的脊背坐在上头，只有两腿还在被子里。不用说，她刚起床，还没穿衣服。她微微一动，床就"吱呀吱呀"地响个不停。这时，王仁贵不知怎么，在那儿睁着大眼珠子咧着嘴傻掉了！他只觉得血直往上涌，心跳加速……坏了！我就是个流氓，他下意识地想。

事后，他有些后怕，还好老板不在。不然的话，他肯定要挨骂。贺建国恐怕要骂他个狗血喷头，然后不让他干了，撵出去也说不准，这是他所担心的！

第二天，他一见老板娘，脸就不由自主地红了……而老板娘呢，根本不知道有这回事，谈笑自若。

一年过去了，直到成歆考上大学走了，给他涨工资这事儿，还是没有落实。是不是黄了？王仁贵这样想着。本来王仁贵是不在意钱的，他做事交朋友用钱都特大方。而如今和以前不同，他恋爱了！自从他和蒙濛的关系确定之后，他今天给蒙濛买点零食，明天给蒙濛买件衣服，时不时还看场电影，吃个馆子，然后再卡拉OK一回。日子一长，他有点吃不消了，钱总不够花。所以，他现在特别在乎老板给他许的愿：给你涨工资！

不知道是谁在背后说老板死板，抱怨老板特别抠，不给员工涨工资，光知道让员工干活，这不是资本家那一套吗？这话传到贺建国的耳朵里，他叹了一口气，没说什么，就回后屋待着去了。员工们看到老板这样子，便悄悄地都忙自己的活计去了，店里鸦雀无声。许久，贺建国出来，笑道："这一会儿，工作先不做了，开会。"员工们马上放下手里的活计，眼睛都瞪圆了，在那儿等着，听着……有一个员工麻溜地将"盘点"的牌子挂了出去。贺建国缓缓地来到沙发旁坐下说："今天，我给你们上一堂'政治课'！是谁说我光派活不涨工资来着？说这话的，摸摸自己的良心，我贺建国是这种人不……"贺建国本来笑着说的，说着说着脸就变了，继续道，"你们嫌我给钱少了，要求涨工资啥的，我早就说过，等忙完这阵子，就给你们涨。这可好，就等不及了！"这一番话把几个伙计说得头也不敢抬起来，默默地听着。这时，王仁贵在心里咒骂。

没过多久，工资还是涨了！每人涨十二块钱。王仁贵心想：什么？才涨十二元……这也太坷碜人了！他心里不痛快，想到了辞职。他把这一想法告诉了蒙濛。蒙濛说:"辞!干下去还有啥意思吗?你们老板这么抠!不行的话,就到我这儿干吧!"王仁贵点头称是,心里当然很乐意。可贺建国不同意他辞职,说过段时间再给他单独涨工资。好说歹说,王仁贵又勉强干了一个月。

蒙濛将蒙山茶庄从这繁华的地段搬走,完全是为了王仁贵。王仁贵这个人脸皮薄,平常走路也是沿着墙边走,恐怕碰见熟人。他辞职后,不想在这条街看见他们老板,抬头不见低头见的,觉得特别别扭。于是蒙濛就把店搬到老街去了。

老街经过重修,两旁的营业房都改成了仿古建筑。门前都立有两根红色的柱子,从远处望去,红彤彤的一片,就像朝霞与晚霞,美丽极了。因此,人们称赞这里为"红光大街"。他们在这里租了一套上下楼的营业房。房间蛮大的,又装潢一番,都是仿古的风格。一楼是营业厅。二楼用板子隔出三小间来,门窗全是雕花的。前两间是喝茶打麻将的地方,后一间是画室,专为王仁贵准备的。在这里,茶香、墨香,加上稀里哗啦的麻将声,雅的俗的样样都全了,好像这才是生活。

王仁贵画了两幅玻璃画,蒙濛为了让画跑跑汽油味,就把它们立在门口。恰好这个时候,仇毅刚路过这里,收住脚步,细细地瞅了许久。

蒙濛往外一瞧,认得是仇毅刚,忙叫道:"仇老师,进来坐坐呗!"

"这画是仁贵画的?"仇毅刚问。

"那当然!咋样?"

"不怎么样!"

"你说啥?"

"谁在背后议论我呀?"王仁贵正下了一半楼,便停在那儿问道。

"仁贵,你听他说的啥呀?咋这么说人呢?"

"就是不怎么样!"仇毅刚又说道。

"那你说说,哪儿不好?"王仁贵指了指椅子,笑着说,又向蒙濛递一个眼色，示意给他泡茶。

仇毅刚没有客气，坐下后，就单刀直入地说："玻璃画虽好，但不是艺术，是技术！画一辈子只能成为画匠，成不了画家。再说了，这种画已经快过时了，用不了多长时间，就无人问津了，很快就会被市场所淘汰。不信，你就走着瞧吧！"他的一席话，把王仁贵说得心服口服。

"那咋办，我们应该画啥？"王仁贵惊道。

"赶紧转型，画国画。"仇毅刚摸了摸自己的长头发说道。

"国画？"

"嗯！"

打这以后，王仁贵从画玻璃画转向了画国画。他照着仇毅刚的意思，原来的那些画具都不要了，玻璃、宣传色和油画色统统扔掉。他将画室重新布置了一番，又从古玩市场买来一个简易的竹书架，把有关书籍和宣纸摆上去，再在桌子上铺好毛毡，放好笔墨纸砚及国画颜料。他大大方方地将宣纸展开，挥毫在纸上画了第一笔。

"哇，这是咋回事儿呀？洇了一大片。"王仁贵嘟囔了一句。

再试试，他想。第二笔下去，仍然洇开了。他感觉好奇怪，心里有些慌，忙打电话向仇毅刚请教。对方说："是墨的浓淡没掌握好，多摸索几次就好了。"后来，仇毅刚又来了几回，给他示范和讲解了几次。这下子，王仁贵总算掌握了墨的浓、淡、干、湿、焦五色在宣纸上的变化与表现。仇毅刚还建议他先从白描、工笔学起，再到小写意大写意。他把人物、山水、花鸟、鱼虫和禽兽等科目都学了个遍，但最拿手的还是工笔花鸟，活灵活现，特别令人喜爱。就这样，他夜以继日地画了三年，终于画出了名堂。

这不，市文联要搞一次书法美术摄影展览，已经邀请他参加了。他正创作一幅《寒林图》，是连工带写的。画累了，便下来和蒙濛亲热亲热。就在这个时候，孟玥和成欸他们来了，他只好应付了一阵子。把他们从茶庄送出去的时候，已经是晚上九点钟了。他望了望他们的背影，感觉他姐和成歆之间好像有什么事儿，如果真是这样，那媛媛能乐意吗？人家可是大学生！唉……不是好事儿哟！他苦笑了一下，正要上楼忙着画画，只见蒙濛"哗"地一下把卷帘门拉下来了。她突然地从后面搂住他，吻他的脖子，吻他的耳垂，情意绵绵……他先是一惊，心里毫无准备，愣在那里，不知道干什么好了。她似乎感觉到他的疑惑，便说："你不是想要吗？"这话仿佛点准了他的"穴"，像过电似的，促使他迅速地"苏醒"过来，他猛地一转身，将她牢牢地搂进怀里，拼命地吻她，感觉天旋地转。

他不断地抚摸着她的脊背和腰，恐怕她跑掉似的。

"噢……轻点……捏疼我啦！"她喃喃地说。

他已经控制不住自己的情感，心里火辣辣的……

九

路灯渐渐地远去，矿山机械厂家属区到了！本来半个小时的路程，经成歆他们一走，就变成一个多小时。虽然有自行车，但差不多都是推着走的。

"今天真爽！吃喝玩乐，样样都没落下。天色已晚，咱们各回各家，各找各妈。"林一梅高兴地一挥手。

"谢谢你，成歆！把我们三个女的送回来。"柳欣欣笑道。然后，转过身去又对孟玥说："哎，我说，你们俩好好的！嘿嘿嘿。"

"快走吧，你们两个！"孟玥不好意思地说。

"那我们可走了。再见！Bye-bye！"她俩异口同声地说，把手放在嘴上来了个飞吻。

"哎呀，这两人咋搞这出呢？整得人怪不好意思的。"孟玥说完，头一低，脸红了。

"她们真够热闹的，走一路，白话了一路。"成歆朝着她们的背影轻声道。

"嘿嘿，她俩性格就这样，多少年过去，都长不大，还像个孩子似的。我已经司空见惯了。嗯……咱们也走吧。"孟玥看了一眼成歆，说道。

路上已经没了行人。过了一会儿，孟玥微微一笑，便大方地伸出自己的手挽起了成歘的手，紧握着。不知不觉到了她家门前。他们面对面，无语，都在看着对方的眼睛，睫毛历历可数，气息仿佛交织在了一起。成歘下意识地往下低头，慢慢地将嘴凑过去。孟玥没有躲，也没有犹豫，反而仰起头，微微地把眼闭上。他们亲吻了。

今晚好静呀! 没有一丝风，月亮光像舞台上的灯光一样，聚集在他们的身上，形成了光圈，环绕着他们，好像这世界只有他们两人了。人影、树影交织在一起，斑斑驳驳，格外地好看。他情不自禁地将她抱紧。

"嗯……你干啥呀？快把手放开！"孟玥羞答答地说道。

成歘听孟玥这么一说，心里就着了慌，迅速地放开手，红着脸忙道："对不起! 玥儿，我……我太喜欢你了，有……有些激动！"

此时，两人也就自然地将手松开了，但都感受到一种舒适与满足。成歘整了整上衣，孟玥也捋了捋头发。

"时间不早了，我该回去了。"成歘首先开了口。

"明天有事儿吗？"孟玥问。

"有，在学校值半天班。"

"那好吧!"孟玥低头想了一会儿，便道，"明天我去找你。"

"那好，明天见!"

在孟玥的目送下，成歘恋恋不舍地趁着月色骑着车子走了。

在这个移民城市里，有三所重点中学。一所是市二中，一所是成歘所在的育红中学，另一所就是市四中了。提起育红中学，本市的人们再熟悉不过了。它是所老学校，是大修厂在 20 世纪 60 年代建的一所九年制的学校，最早名曰育红学校。到了 80 年代初，中小学才分家。中学部留在了老校区，更名为育红中学。再往后呢，就被矿务局"整编"过去了，但校名不变。

育红中学坐落在民生路上。它的右边一百米处是民生路派出所，再往右走，则是民生路市场。学校的左边,是个十字路口,上下班的时候,自然车水马龙,总有交警在此指挥。育红中学的周边环境不错,挺安全的。校园很大,恐怕是全市最大的,教学楼、综合楼、实验楼、办公楼、图书馆和体育馆一应俱全,绿化也搞得蛮好的。走进校园,宽阔而又敞亮。

清早,一阵鸽哨声,几只鸽子从后面的家属区飞来,慢慢地落在操场上,"咕咕咕"地叫个不停。有的在觅食,有的在嬉戏,还有的在找水喝,东转西转,蹦蹦跳跳,可爱极了。

"成歆,你瞅瞅,鸽子落在了操场上。"在门房陪着成歆值班的孟玥说。

"那就到外面瞅瞅吧!"成歆高兴地说。

他说完,就拉着孟玥的手,从门房里出来,走到树荫下站在那儿,看着那几只鸽子。两人时而比画,时而点头,时而微笑,幸福之感在脸上显现。

"鸽子比人活得还自在呢!"孟玥说。

"那当然,鸽子想去哪儿就去哪儿,不像我们教师,假期还得值班。不过,我们学校老师多,每人只值半天班。"成歆说。

"我记得原来教师不值班呀?起码我们上学的时候不用。"

"都啥年代了,啥都在变……现在,假期值班制度化。"

"看来,你们领导对这项工作很重视。"

"既然人家安排了,咱就得遵守。"

谈兴未尽,只听大门"咣当"一声响,两人一惊,忙回头望去。成歆好像看见了潘媛媛的背影,她气呼呼地走了。

"是媛媛,我瞅见了。成歆,她咋不进来呀?"

"让她进来干吗?挺闹心的!"

"你这么烦她,是为了啥呀?"

于是,成歆将他和潘媛媛交往的经过,原原本本地讲给了孟玥听。成歆"交代"清楚之后,孟玥的脑子里闪出一个念头:他是属于我的!永远……

想到这里,她莞尔一笑,脸立即涨红了。她慢慢地走近他,将脸贴在他的胸前。这时,她仿佛听到他的心在跳,很是强烈,靠在他身上,就有一种安全感,好像避风的港湾一样。她正想着,感觉腰间一紧,成歆的手将她搂抱得紧紧的,她的心别提多温暖了!

天微蓝,云稀薄高远,清风徐来,树上的叶子晃了两晃,喜鹊惊叫了几声,就飞走了。

"瞅瞅,树上还有喜鹊盯着咱们呢!"孟玥故意逗他道。

"不管它们!"成歆干脆地说。

时间过得好快,上午就这样过去了。成歆决定带着孟玥下馆子,然后到太玄观去游玩。出发之前,他在门房打了个电话给他妈。

电话通了,里面传来李桂花的声音:"歆呀,上午媛媛去找你没有?"

"哦,来了……"

"那好,那我就放心了!"

"妈,下午我俩到太玄观去玩玩。中午就在外面吃了!"

"那好吧,你俩好好的!"

"嗯哪!"

通完话,成歆将电话撂了。站在电话旁的孟玥急坏了,埋怨他说:"你怎么骗你妈呀?这样将来你妈能接受我吗?"

"玥儿,别生气!是这样的,媛媛总到我家缠着我,我妈还以为我俩在处对象……你别说,这媛媛可会来事儿了,一来二去,我妈还挺喜欢她的。我妈是个急性子,急得很。要是说了真话,那也太刺激她了!我想先稳住她,缓一缓,再找个机会跟她说明白就是了。"

"那好吧,只能这样了。"孟玥说。

是的,李桂花确实有点神经质。

这话说来就有些长了,但还得慢慢地说。其实,李桂花的文化水平可不低，别看她是个家庭妇女。20世纪60年代末，她在老家的时候，初中毕业了，同学们就在一起谈志向。大部分人说考技校，还有一部分人说考中专，少部分人说上高中，将来出来考大学。当然，这少部分人说上高中的，学习成绩没的说，是有把握的。最让人担心的或发愁的就是这中等生，高不成低不就，只能选择考中专，但把握也不是太大。这些人里就包括李桂花。她报考中专，没有一个同学看好她，就连老师也是这样认为。结果，一个班三十人去了八个，只有她李桂花和另外两个人考上了师范学校。师范两年，时间很快就过去了，李桂花到该出嫁的年龄了。就在她参加工作的这一年，经人介绍，认识了成歆的爸爸成国祥。那个时候，只要认识了，双方都没有意见，就离结婚不远了。婚后的他们，感情是不错的。不久，成歆就出生了。孩子刚出生的时候，成国祥还不好意思呢，羞涩得就像个姑娘，不敢靠近孩子，耷拉着脑袋坐在凳子上，脸通红通红的。说来也怪，李桂花生了孩子之后，身体总不是太好，老是闹病。今天好了，明天又坏了，班是上不成了，干脆辞职吧！在家养孩子，待着待着，病也就神奇地好了，再也没犯过。孩子长到一岁，她出去找工作，经朋友介绍，到县小百货商店当了一名售货员。别看长了个西葫芦脑袋，但她格外聪明。就拿算账来说吧，人家都没算完，她早就在那儿等着了，结果跟用算盘一样准确。所以，小百货商店的经理就看中了她，让她当了会计。她从售货员到会计，只不到半年的时间，人们都说她算是走了鸿运。

　　售货员张海燕，是个手脚不干净的女人。有一回，店里短了五块钱。经理问谁都说没有拿。经理就急了，今天谁也不许走，一查到底！结果，在会计室里搜到了这五块钱。售货员们目瞪口呆，她们都不相信眼前的这一幕就是现实。因为她们曾经怀疑张海燕，知道她手脚不干净。这赃物是什么时候转移到会计室的？不可能是李桂花干的，我们非常了解她！但这么想有用吗？事实胜于雄辩，这是自古以来不变的道理。赃款就摆在那里，有理也说不清了。因此，李桂花就这样稀里糊涂地被开除了。她又一次失去了工作，精神上受到了很大的打击。经过医院的治疗与调理，她慢慢地恢复了正常。再往后，就随着支援大西北的"队伍"举家迁徙到贺兰山脚下的这座移民城市。可她在生活中偶尔还是会暴露出另一面，神经质，一犯病就骂人。当初在老家的时候，谁惹着她了她就这样。所以，家人不敢让她受一点刺激。

中午，值班的老师曹淑萍接班了。成歆和孟玥在饭馆里简单地吃了点蘑菇面，又买了一斤玫瑰香葡萄和两斤樱桃，让孟玥拎着坐在自行车的后座上，就朝着太玄观的方向骑去。

太玄观，在距市区大约二十公里的一个古县城里，是明代永乐年间修建的楼阁式的道观。至今已有六百多年了，算是历史悠久了。有的老人说，这座道观的前身叫青牛观。相传贺兰山里出过一个青牛精，为非作歹，为害一方，弄得百姓苦不堪言，神仙也没了辙。有一北方大神，名曰真武大帝，心生一计，将石头点化成美女，让她迷惑青牛精。青牛精上当了。这时，真武大帝现身将其制伏。后来，人们为了纪念真武大帝，就建了这座青牛观。有人较真，找来地方志查，结果只查到了"真武堂"，没有发现"青牛观"这个字眼。奇怪，这难道是民间的讹传吗？然而，真有一位老人家站出来说，他来支边的时候，在这个庙确确实实看见了三尊塑像，其中就有一尊是青牛的形象。又有一位老人说他也见过，一点都不差。

通往太玄观的路比过去宽了许多，路边的树长得很茂盛。

成歆骑着自行车，看见路旁有几条河沟穿插其间，周围长满了芦苇，有的地方密，有的地方疏，其间还有大大小小的沙丘，隐约能看见上面有些绿色，东一丛，西一丛，稀稀拉拉的……如果定睛细看，能发现那绿色里还藏着比麦粒大点的红色果实，圆圆的、肉肉的、水水的，使人眼馋。如果再抓上一把，塞进嘴里一嚼，又酸又甜。不过，这东西不能多吃，吃多了会拉肚子。人们管这东西叫"红豆豆"，却不知道它的学名叫什么。自行车慢了下来，成歆用脚蹬了一下地，自行车立马停了。他忙回头对孟玥说："玥儿，快下来！瞅瞅，红豆豆。"

"你背我!"孟玥一挺胸脯,眯着眼睛道。

他毫不含糊地将她背起,虽然重些,但心里乐着呢!掂了掂,还行!又迈了几步,没等到地方,孟玥就从他背上滑了下来。

"哎,你怎么了?"成歆喘了一口气,吃惊地问道,两眼瞪得溜圆。

"我挺胖的,怕累着你了。"孟玥说完,头一低,抿着嘴笑了。

两人没走多远也就到了大沙丘上。

"这就是红豆豆,我小时候没少吃它,甜着呢,你尝尝!"成歆笑道。

"我才不尝呢,埋汰!"孟玥看了他一眼。

"不埋汰,拿着吃。"

"咱们瞅瞅就行了,别破坏生态。"

"你说得对。"成歆笑了,拍了拍她的肩膀。

"这东西越来越少了!"孟玥轻声道。

"是的,人进沙退。红豆豆自然就少了,以后说不定要没了。"

"搞城市建设吗?"

"就是!"

他极目远眺,只见几株孤零零的沙枣树耸立在那里,好像在等待着什么。过了一会儿,他才回过头来对孟玥说:"咱们走吧!"

自行车的速度很快,将两边的树木和那零星的房屋远远地抛在了后面。路渐渐地变得宽广而又漫长,人也多起来,县城到了,太玄观就在眼前。如今的太玄观已经进行了维修和彩绘,并塑了神像,焕然一新,还被市政府定为市级重点文物保护单位。此观气势雄伟,结构严谨,高低错落,雕梁画栋,飞檐层叠,珠联璧合……钟楼、鼓楼、回廊、门洞、配殿,如众星捧月一般烘托着主体建筑,前后两院风格统一。可喜的是,市政府还在太玄观的基础上又扩建出一个公园来。这样,道观与公园有机地融为一体,名曰太玄观公园。

公园占地面积不大，但小而美。石桥、水榭、亭廊、假山、碧树、花丛……江南园林应有的，在这里也都能看到。然而，有一点江南园林是绝对没有的——树丛中偶尔能看见一两株沙枣树的影子，流露出一点大漠风情。

门口，游人挺多，成歆买了票，两人手挽着手进去。过了山门，来到一殿，有些游人往里看了看就走了。三三两两的香客进进出出，烟雾袅袅……

"我们也去烧支香吧！"孟玥建议。

"你信吗？"成歆反问道。

"不信！"

"那就没有必要了。"

"嗯……我想让神仙保佑咱俩嘛！"

"那好吧！"

孟玥到门口买香去了，成歆在这里等她。等了一会儿，觉着无聊，便抬头望着门上一块匾额慢慢地欣赏、品味……其匾文为著名书法家王鸿宾书写的"城隍殿"三字。王鸿宾的字越看越好——舒服、柔和，而且养眼。细细品之，简直就是一种精神享受！好东西就是这样，知道它好，但就是不知道它好在哪里。

"成歆，你看得这么认真……香买来了。走呀，进去烧吧！"

"玥儿，我看到这块匾所题的字，顿有如饮佳酿、如食甘饴的感觉。越琢磨越有味道！"

"哎呀——咱们出来玩来了，别老琢磨这些。走吧！"

"好……就走，就走！"成歆说完，下意识地跟在孟玥后面加快了脚步。

"哎——玥儿，香不能这么插呀！先中间后两边，先左后右，而且两边的有点斜度才行。好——好——对！就这样，点上吧！"

孟玥将香点着，只见一缕青烟升起，便双手合十，闭目默念。在她的右边，有个姑娘双手合抱成"太极"，闭目默念良久后，又跪下磕头，这样的动作连续做了数次。

"玥儿，你许个愿吧！"

她默默地点点头。俄顷，两人转身出来，绕过东面的观音配殿。

"成歆，我刚才上了香，却忘了看是给哪位神仙上的了！"

"不用看，我知道！"成歆略加思索，又问，"上面匾额题的是什么？"

"是城隍殿呀！噢……我明白了，供的是城隍神呗！"

"对喽！就是城隍神。"

"哎！是城隍神不假。不过……他姓甚名谁呀？"

"这个……不知道。等一会儿，找个老道问问不就得了！"

说来也巧，两人刚想往上走，迎面就来了一位道士。此人圆脸黑须，中等身材。虽然胖些，但步履轻健，看上去大概有五十多岁。

孟玥看见，忙上前问道："师傅，我请教您一个问题。"

"什么问题？说说看。"道士和蔼地说。

"城隍神是谁呀？"

"噢，我寻思是什么高深的问题呢，原来是个不是问题的问题。"

孟玥听后一愣，带着疑问望着他。接着，那道士不紧不慢地说："城是指城墙，隍是指没有水的城壕，城隍神是古代的护城之神。一般来讲，上至京城大邑，下至边陲小镇，都有供奉城隍神的城隍殿或庙。其实，城隍并非固定一神，去世的文臣武将、英雄豪杰，皆可立为城隍。如汉将纪信，为兰州城隍；清将陈化成，为上海三城隍之一。正因如此，每个人的心中都会有自己的城隍。"

"嗯……有点明白了！《聊斋志异》里第一个故事就是《考城隍》，讲的是一个普通的庠生宋焘死后也成了城隍神！"孟玥说。

"什么人都可以做得城隍。因此呢，你的问题就不是个问题了！"道士说完，向孟玥一拱手，飘然而去。

"这老道真是个方外高人呀！说得太好了！"成歆望着那道士的背影叹道，"玥儿，不知你注意没有？老道一拱手，那手势很像太极图哇！"

"我注意到了！嗯……我……我有点不好意思了！感觉我上香的时候，双手合十不对！"

两人说着，也就随着人群过了上有"仙路"字样的门洞，登上了南天门。南天门的院墙回廊东西连接着钟楼和鼓楼，这里就是人们所说的"晨钟暮鼓"的地方了。当然，回廊还在延伸，直到三清殿的后面，这就是前院的布局。前院的主体建筑是两层的楼阁，其上是玉皇殿，其下是三清殿。三清殿里端坐着三尊塑像。其像面容慈祥，目视前方，好像正在审视着这个世界与众生。

"这回瞅仔细了！别等出来再问这神仙是谁了。"成歆笑道。

"哎哟……至于吗？我瞅了，中间这个是元始天尊，左边的是道德天尊，也就是太上老君。右边的是灵宝天尊。这还用问吗？上面有注明，再说了，《西游记》我也不是没看过，别的神不认得，这'三清'还是认得的。"孟玥噘着嘴说。

成歆听后直点头，连连称是，然后道："玥儿，再烧一回香吧！"

孟玥将香点着插上后，两人也就退了出来。走着走着，就看见墙上有一幅叫《姜子牙鞭打张奎》的壁画，成歆说："这幅壁画是现代人画的，线条画得很结实，也很老到，有一定功力！"说着，就回头，指了指对面那幅叫《太上老君擒多宝道人》的壁画，又说："那幅壁画，和这幅壁画同出一辙，风格相同，所描绘的故事都是《封神演义》里的。可见，小说的影响力有多么的大，多么深入人心！"

成歆说着，两人的脚步不知不觉地就到了后院，此院是回廊的终点。它的结构和前院差不多，只不过钟楼和鼓楼的位置是文昌阁与关帝阁。它的主体建筑比前院三清殿高一层，是三层的楼阁，而且两边各有一配殿。所不同的是，它的环境比前院显得暗些，是前院三清殿将阳光挡住的缘故。

在三清殿背面的墙上，画了一幅教化性的《二十四孝》宣传画。此画篇幅很大，占了整整的一面墙。有七八个人在这里观看，时而指指点点，说说笑笑。成歆看了一眼，便对孟玥说："古人讲孝道没有错，对家庭和社会起着稳定的作用。但有些孝讲得有点过了，愚了！像《埋儿奉母》《恣蚊饱血》等，就让人费解！"

"你说的我懂，就是口头上表达不出来。"孟玥说。

"这叫'心有灵犀一点通'呀！"成歆刮了一下她的鼻子道。

孟玥不好意思地摸了摸自己的鼻子，便含着笑将头低了下去，不再言语了。

文昌阁和关帝阁上各有飞桥一座，它们像彩虹似的连接着前院和后院的主体建筑，使其浑然一体，珠联璧合。那三层的楼阁，第一层便是无量殿。无量殿里很宽敞，神像也多，主要供的是真武祖师。孟玥进去不管三七二十一，先烧香再说。然后，用手天真地数着："一二三四五……一共七尊神像。上边三尊，分别是真武祖师、雷祖、炎帝真君。这个……下面左侧两尊，是赵公明、马华光。右侧又是两尊，是王善、刘元靖，没了！"数完，像孩子似的做个"没"的手势。然后，又翻了翻眼睛。

"你数它干吗? 香上完，走人就行啦！"成歆说完，不觉笑出了声。

"你别说，这神像塑得倒不错！栩栩如生。"孟玥惊奇地说。

"还算传神吧！"成歆严肃地点了点头。

绕过配殿三官殿，就转到无量殿的背后。其后有门，门里左右各有楼梯一对。楼道窄而暗，楼梯只能容得一人向上攀登。孟玥小心翼翼地跟在成歆后面，老半天才从"天窗"钻出来，总算又见到了太阳。成歆双手掐腰，不禁冒了一句："登斯楼也！"然后就大笑起来，孟玥看着他，自己也笑了。登上第二层三皇殿，三皇殿不像下面的无量殿那样宽，那样大，神像又多，只有三尊塑像。中间的是天皇伏羲氏，左边的是人皇轩辕氏，右边的是地皇神农氏。

"这三位，可是咱们的老祖宗呀！玥儿，上香。嗯……给我几根，我也上吧！"成韵激动地说。

"好！给你。"孟玥高兴地说。

香已经点燃，烟慢慢地升腾起来。

成歆缓了缓，然后道："咱们的祖先就是伟大！创造了灿烂的文明与文化，应该得到后人的尊敬和祭祀。像伏羲发明了八卦，首先使先民们知道了方向。如果算上珠算，再加上四大发明的话，中国就有'六大发明'了！"

第三层和第二层是一样的，都得从狭窄的楼梯小心翼翼地爬上去，这就是三母殿。此殿里供奉着王母、地母和斗母什么的。在这里，成歆牵着孟玥的手看了又看，摸了又摸。

两人下了楼，回到三皇殿。沿着三皇殿东侧的飞桥慢慢地又转回了前院的主体建筑——三清殿的第二层。那是此观的中心建筑玉皇殿。

玉皇殿的空间和无量殿相比小一点，神像也减少了两尊。殿里数玉皇大帝的神像最为高大，显得高高在上。在他的神光下，左侧是文昌帝君、殷洪。右侧则是太白金星、殷郊。一文一武，一老一少，虽不多，但代表着诸神围其左右，如众星捧月一般。好个神界，组织森严呀！

"有个成语故事，叫'一人得道鸡犬升天'，是和他有关吧？"孟玥望了一眼玉皇大帝的神像，便回过头来朝着成歆笑道。

就在这时候，他发现周围没人，就迫不及待地抱住她，吻她……

"我被你吻晕了！你那手……嗯……"孟玥瞥了成歆一眼，用手扒拉着他的手，急道，"头上三尺有神灵呀！特别是在这儿，可别……"

"不管那么多了，我爱你！"成歆激动地说。

这时候，只听"噔噔噔"的上楼声，有人来了！孟玥紧张起来，忙将成歆推开，整理一下头发和裙子，并让成歆打开大门。门刚开，那几个人也就进来了。他们看了几眼这两个年轻人，仿佛有什么疑问似的。孟玥的脸通红，没敢看他们，便低着头，跟着成歆下楼去了。

回去的路，和来的路是一样的，并形成了一个圈，有环抱之感！这就是太玄观最大的特点。两人经过配殿洞宾殿，回到了后院，在西侧的关帝阁前停下脚步。成歆仰望着关公那面如重枣的脸膛，没有说什么，只是庄重地上了香，拜了拜。他们沿着回廊，绕过前院，并穿过上有"云梯"字样的门洞来到了地面。城隍殿这个时候的人渐渐地多了，香火也旺了起来！它西边的配殿娘娘殿里，上香的人也不少，大多数是妇女，还有孩子，偶尔出现几个男人……

"这又是一位女性之神！"成歆回头跟孟玥说。

孟玥挽着成歆的手笑了。

十

当初，本地人是不吃鱼的。那时候，凡是有河沟的地方，水都清着呢！到处都能看见游来游去的鱼，根本就没人去捞去捕。后来，支援大西北从事三线建设的人们从"五湖四海"来了。他们看见河沟里这么多鱼，说本地人不知道捞，也不知道捕。于是乎，不管大人还是小孩子都下河沟里去捞去捕。然后，把鱼开膛破肚，洗巴洗巴，煮着炖着吃了。这下子，本地人就知道了！这鱼吃起来蛮香的。他们也跟着支边的人学着做鱼吃鱼了，而且，在这个基础上，做出了本地的风味。

现在，人们的生活慢慢地好起来，也开始讲究美食了，整天就琢磨着吃好喝好。有些人锻炼得差不多是"美食家"了，不管他们身在何处，只要闻到香味，就知道是什么菜、咋做的。这虽然有些夸张，但能证明小城的人们喜欢吃喝的基本情况。于是，随缘而聚，吃饱喝足，他们觉着值！因此，吃出了水平，喝出了境界。有人说，这小城简直就是个"美食城"呀，随便到一个地儿，就能吃上美味佳肴。

大酒店也好，小饭馆也罢，那里的菜谱汇集南北，其中不乏地方风味。其实，吃也就吃个地方风味。像羊蹄子、羊杂碎、牛肉拉面、手抓羊肉、羊肉搓面、爆炒羊羔肉、羊肉小揪面、羊肉臊子面、沙湖大鱼头等。除了这些之外，还有一种地方风味，叫凉皮。在这里，我们重点去说它。早先，小城没有一家卖凉皮的。后来有两个陕西省妇女，人长得挺老胖的。有人就给她们俩起外号，一个叫大老肥，另一个叫二老肥。她们在汽车站的前面摆个凉皮摊子，刚开始没人吃，有的人更不知道这是啥玩意儿，问都不问便走开了。别说，总有人好奇不是，就抱着尝的态度吃了，吃着吃着觉着好吃，就到处嚷嚷去……吃的人就变得多起来。这凉皮经过她们的改良，倍加地道好吃，很快就传了出去，并成为地方风味小吃的"名片"。不用说，这种美食也吸引着许多外地人来这里品尝。凉皮好吃，在于调料。用调料制成水，如咸盐水、大蒜水、大料水、花椒水、味精水等，最少六七种。把凉皮切好，看起来薄、透、亮、筋、弹，再切上少量的面筋。如果是回民开的店，还要放上三四片羊肝。但羊肝这东西，爱吃的人不多，甚至不吃。时间长了，店家也就不放了。撒上点香菜、黄瓜丝、花生碎和胡萝卜丝什么的，浇上香醋、酱油、蒜泥、辣椒油、芝麻酱等。最后，关键的是再倒上一两勺子红辣椒搅拌在一起，这才叫色泽鲜艳呀！就这样，味就出来了。柔、软、滑、爽，有嚼头，口感甚佳。做凉皮虽然挺麻烦的，但本小利大，有点本钱的人就能经营。因为这个，开凉皮店的人越来越多，差不多每条街道都有几家，做的水平也就越来越高！凉皮的价格，从两毛五分一直涨到今天的六七块钱。不管怎么涨，小城的人们从夏天吃到冬天，吃的人有增无减。每逢大姑娘小媳妇们碰到一块，准有人会说："走，咱们吃凉皮去！"可见，凉皮这东西得到了小城人们的喜爱和认可。听说，这里的凉皮还空运到北京上海广州去了。这还不算，有的经营者还将凉皮店开到了大洋彼岸的美国。

  凉皮店开得很多，名店也就多了起来，大约有十来家吧。在十来家里，数依萍凉皮店的凉皮最好吃，人也最多。瞅瞅常来吃她家凉皮的人咋说的吧：

吃来吃去，还是依萍家的凉皮好吃。嚯，都成了广告词啦！

在韩依萍凉皮店的门外，有五六个女的，边唠嗑边排队。再看马路对面，正有两三个女的朝着这走来。店里两个女服务员忙得不可开交，老板娘忙切着凉皮，嘴里还时不时地应着顾客。切完又手脚麻利地将它搅拌好，让服务员端给顾客。就这样，一遍又一遍地重复着同样的动作，人似乎是个机器了。有的顾客爱吃辣，多放几勺油辣椒，将凉皮拌得红红的。说要的就是这个劲儿，吃起来就一个字——"爽"！有的辣出了汗，大张着嘴，就"哈——哈——"几声，辣出了眼泪和鼻涕，用手扇乎着，抓来一沓餐巾纸擦了又擦。

刘希超张着他那厚厚的嘴皮子，边吃边说："你刚才说的是谁？"

"哎呀，你这个人光顾着吃啦！竟然没听我说啥。"向阳接着又逗他说，"呵呵，你这耳朵，我真想把它拧下来，叫你再故意装聋是不是！"

刘希超听后，身子一歪，下意识地捂住耳朵，忙道："不要，我听着呢！你……你说……"

"对你这种人，就得说两遍，真费劲儿！就那个啥……就上次吧！咱们到溪水沟去玩的时候，我感觉成歆和那个叫孟玥挺漂亮的女的，好像有事儿！"

"他俩有啥事儿呀？"

"你是真不知道，还是假不知道？"

"我……我……"

"你别我我了，他俩好像好上啦！"

正在忙活的韩依萍听到这儿，心中"咯噔"一下子，刀险些切在手上。她镇静了一会儿，速度放慢了些，便抬头看了看那两个年轻人，上下打量了一番：那小子"由"字脸，小平头小眼睛，蒜头鼻子下生得厚厚的一张嘴皮子，显得蛮可爱的！虽然坐着，但可以看得出个头不高。那姑娘呢，倒挺秀气，白净、圆脸、短发。个头也不高。两人的穿戴嘛，蛮朴素。他们好像感觉到了老板娘往这里看,忙将声音压低些,此时的韩依萍就听不清他们在说些什么了。

韩依萍继续切她的凉皮。

"老板娘,我不吃香菜。"

"我的,辣椒放少点。"

"胡萝卜,不要!嗯。"

"我那份,不在这儿吃,带走。"

"好的!好的!"韩依萍不急不缓地应着。

凉皮很快切好了。那个女顾客咧着大嘴,笑嘻嘻地拎着一塑料袋起身而去。她的身后,又走了三位。这下可好了!终于轮到了门外排队的那五六个女的。她们麻溜地进去占了那几个空位子等着。刘希超和向阳吃完凉皮,两人便起身笑呵呵地走了。就这一会儿,韩依萍有意无意地又望了他们几眼,直到他们的背影消失。

走到外面不远处的刘希超对着向阳说:"这个老板娘长得可真漂亮!嘿嘿嘿,虽然四十多岁了,头发还是挺黑的,腰倍儿直,不显老哟!你瞧见了没有?"

"我说你这人除了吃,就是喝,还看美女。而且看的是老美女!怎么着?你就这出息呀!哎哟,别看了,小心闪了腰,走你的路吧!"向阳不耐烦地说。

"嗯哪!哎——等等我……"刘希超快跑了几步说。

顾客吃完将碗往里一推,一个个陆陆续续地走了。剩下的那两三个磨磨叽叽地吃着,等她们磨叽完,天已近黄昏。刚才还是熙熙攘攘的,这会儿就冷清了下来。韩依萍解下围裙,用手捶捶老腰,抬头望了一下天棚后,又轻轻地叹了一口气。

就像向阳所说的那样,韩依萍是美女,年轻时有"赛西施"之誉!瓜子脸,柳叶眉,穿着一身蓝西服,既精神而又利索。当下她已有些发福了,那细高挑儿的身材成为过去,昔日的风姿吸引着人们羡慕的目光。当初,她从陕西老家到这个城市的矿区投奔她大爹韩若水，因人长得漂亮，刚一到没俩月就被矿区的小伙子们盯住了。有些小子围着她看，有的甚至跟着她，都想着讨她做老婆。她哪能看得上这些煤矿工，于是便昂着头走掉了。

这样一来，不乏有些小子托人到韩若水家里说媒。韩若水可知道他这个侄女，别看从农村来的，人老实也不太爱说话，但心高，准不愿意……私下问来，果真如此。韩若水摇着头含着笑出来，对说媒的人说："俺这女子现在还不想找对象，谢谢你们了！"他婉言拒绝了，但总有一些不死心的，接二连三地找人来提亲。这回可把这位当过兵的老人闹腾得头都大了，想躲都来不及。心想这女子长得漂亮，不见得是好事儿，遭人惦记，这样下去怎么得了？他寻思着，都睡不着觉，心烦意乱的，正愁着呢，恰恰这时候，他的东北战友潘启明从城里来看他。在一块喝酒聊天时，才知道这潘启明和老伴蒋玉英只育有一男，像个宝贝疙瘩似的。韩若水一听，立即转忧为喜，趁着这酒劲儿，忙将自己的想法说出来，潘启明什么也没说就点头了。

下个星期日，潘启明果真领着他的宝贝疙瘩潘崇刚到矿区来相亲。这潘崇刚长得是一表人才，英俊着呢！不用说，一见面就被韩依萍看中。这下子，两方的家长高兴得什么似的。不到半年，韩依萍就嫁到了潘家，过上了属于自己的城市生活。那么，今后的韩依萍幸福了吗？并没有！这个潘崇刚，就像韩依萍后来所说的那样：他就是长了一身好皮囊，其实什么都不是！干什么都不行，吃什么都没够。在家里，什么都不干，不管老婆孩子，也懒得在西北建筑公司上班。然而还不消停，隔三岔五地聚些狐朋狗友在家里吃喝。伺候这些人的，当然是她韩依萍。其间，有个小子趁着别人不注意还摸了她一把。看看吧！这小子交往的都是一些什么货色，没个正经玩意儿，就像《水浒传》里的泼皮一样。

当时，社会上掀起了一股"下海"经商的潮流。懒得上班的潘崇刚蠢蠢欲动，闹着要"下海"。这自然遭到父母的反对。他不管不顾地辞职了，又偷拿了父母的一本存有五千多元的折子,南下广东。不过,他临走时对韩依萍说:"你……你哭啥?老子又没死。等我挣了钱,咱们就搬到南方去。在那儿吃香的喝辣的,懂吗?"韩依萍哽咽了几声,再不想说什么,只能认命了。后来,老爷子从儿媳妇那里得知他的宝贝儿子南下广东后,气得话也说不出来,从此就一病不起。老伴一看,人都成这个样子了,她本来就病病歪歪的,一下子也倒了。这回可苦了韩依萍,伺候公婆六年之后,两位老人先后去世。

韩依萍的女儿潘媛媛是在没有父爱的情况下长大的。媛媛依稀地记得:她的爸爸好像很英俊,个子又高。后来,不知为什么,爸爸走了。再往后,妈妈总说爸爸不好,如何如何。因此,在她小小的年纪里,爸爸给她留下的印象,就是个大坏蛋!因从小没有父爱,媛媛备受妈妈的疼爱甚至溺爱。再说潘媛媛打小就很乖巧,说话都说的是大人话,整天把妈妈哄得高高兴兴的。韩依萍卖凉皮回来,再累也要和她心爱的女儿耍上一会儿。直到耍得困了,就不知不觉地搂着娃娃睡着了。早晨起来,母女俩才发现自己是和衣而睡的,不觉相对而笑。就这样,小媛媛是在充满母爱的环境下长大的。在学习上,她用不着妈妈操心,学习成绩一直不错,大学毕业后被分配到本地,当了一名中学教师。

刚才,刘希超和向阳所说的那段话,在韩依萍的心里激起了不小的波澜。她有些着急不安了,心想,得赶紧回去吧!问问我那可怜的孩子,这……这到底是怎么一回事呀?想到这儿,便随口冷冷地说了一声道:"下班!"两个女服务员惊异地互相看了看,又看了看老板娘,就匆忙地走了。韩依萍把店关了,又将卷闸门拉下来锁上,骑着自行车就走了。

韩依萍的家住在靠近路边的楼房里。那里并排着六栋楼房,第一栋第一单元的一楼便是她家了。这楼房呀,是西北建筑公司的家属区。在它的里头,是纯一色的一栋又一栋的红砖平房。当然,六栋楼房和红砖平房的周围,种有两排的槐树和柳树,环境还是蛮好的!再沿着这六栋楼房往上走,过两个十字路口,就是成欷所工作的学校了。

一楼很方便，前后都有门。前门走人，后门便是院子了。韩依萍掏出钥匙将后门打开，把自行车推进院子里，就要进屋，发现屋里好像静悄悄的，感觉情况不太对，她的心有点毛了，忙冲向丫头的房间。只见自己的丫头连鞋都没脱，就趴在床上睡着了。头发有点凌乱，脑袋偏向右侧，眼眶红红的，显然是哭过了！左手窝在腹下，右手还攥着呼机。咋了？这……她看见自己的丫头这个样子，心里不禁一惊，这丫头早晨出去还好好的，这会儿就……

"媛媛，醒醒，你这是咋啦？"韩依萍惊慌地问道。

"妈……"潘媛媛看见妈回来了，立即翻起身，坐在床边，用手捋了捋长长的秀发，"妈！你啥时候回来的？"

"刚到家！我的孩子……"

"嗯哪！"

潘媛媛再也没有理会她的妈妈。打个哈欠，揉揉惺忪的眼睛，轻轻地拍了拍几下脸颊。站起身，脚步轻捷地来到桌前，从搪瓷盘里拿出杯子，然后倒一杯凉开水，猛地喝了几口，便无精打采地坐在椅子上，歇了歇，才用手又擦了擦嘴巴上的水。

"媛媛，你别折磨妈妈了。你这是怎么了？"韩依萍哭出来了。

"妈……没啥。"

"那你怎么哭啦？"

"真的！没啥，我这是头疼……"

"你吃药了吗？"

"吃了。"

韩依萍听后，不哭了，挨着丫头慢慢地也坐了下来。就这样，母女俩又沉默了许久。瞬间，屋里又静了下来，静得只能听见自己的耳鸣声，韩依萍上火了。不一会儿，她自己感觉有点饿了。哎哟，你看我，这娃准饿了吧？她忙问道："媛媛，还没吃饭吧？妈这会儿就去做。"

潘媛媛木呆呆地点点头。

她知道成歊今天早晨值班，于是去买了个呼机，想让成歊见识见识，其实就是在他面前显摆显摆。刚买好，便一路小跑，跑到了育红中学。她正要推开大门进去，远远望去，愣住了！孟玥和成歊……她看到眼前的这一切，怎么可能？她怀疑着。她揉一揉自己的眼睛，这回看得真真的！看孟玥得意扬扬的样子，真叫人受不了。这下，可把她气坏了，小脸煞白，不知所措……于是"咣当"的一声，她一摔大门独自走了。此刻她恨死孟玥了，竟和自己抢心上人，这是她所不能容忍的。她心想，你算个什么东西？不过是个工人罢了。于是，她举起自己的小指头，朝着它"呸呸"地啐了两下。你能跟我比吗？她想，我是教师，你哪儿行呀！你就是长得白净，我也不差呀！凭什么歊哥喜欢你？她这样想着，脑子里忽然闪出一个词来，就气急败坏地骂道："呸——不要脸的！"但是，骂有什么用呢？只能痛快一时，解决不了任何问题。她回到家里，刚一进门，眼泪就像断了线的珍珠一样，从眼眶里不断地掉下来。她实在控制不住自己的情绪，就"哇"的一声扑倒在床上痛哭起来，哭得那个伤心，只觉着昏天黑地的。不知道过去多少时间，她哭累了，困劲也来了……在不知不觉之中，又昏昏沉沉地睡着了。韩依萍回来时，才将她叫醒。

"媛媛，趁热吃吧。妈下的面。"

"嗯，妈，你也吃。"

韩依萍吃了几口，无意中抬了一下头，看她的丫头还愣着呢，又催了几回，她那宝贝丫头才知道吃，吃是吃了，但总是一副呆呆傻傻的样子。

"媛媛，你今天到底咋了？你要急死妈妈吗？"

"妈，甭问了！就是那事儿……"她还没说完，便哽咽起来。

听话听音儿。听丫头这么一说，韩依萍就明白了。就是在店里，那两个年轻人所说的那件事是真的。哎呀——愁死我了。咋办？这事儿还是发生了。就是没想到，来得这么早，又这么快。不过，长痛不如短痛，这样也好。其实，这是在我预料之中的。韩依萍想着,于是劝女儿:"我早就说过,媛媛,你们俩不合适。你咋就不听呢?性格不同,咱就不说了吧,而且人家成歆根本就没有看上你。他第一次来家里,我就感觉到了,我的丫头呀,俗话说,强扭的瓜不甜。你总是把我的话当成耳旁风。还苦苦地追,这又何必呢!结果怎么样,这又能怪谁呢?只能怪你自己。"

"妈,你别说了,我明天就去找他。"

"啥?你还不死心吗?"韩依萍说着,急得都要拍大腿了。

"不是。明天,我把话跟他说清楚。我……我从今往后,再也不烦他了!"

"噢……这就对了!丫头,知趣吧。"

韩依萍总算松了一口气,苦笑了一下,继续吃她的饭。对于妈妈的担心,做女儿的一点都不以为意。她的心里,总有自己的小九九。

第二天,韩依萍早早地把饭做好,而且是两份,天天这样。吃完饭就辛苦地赚钱去了,而她的丫头媛媛此时正在酣睡。韩依萍知道,女儿不睡到中午才怪呢!

中午,一道热烈而明快的阳光,映在淡绿的窗帘上,色彩很柔和,使整个房间处在朦胧的状态。潘媛媛也从朦胧中醒来,伸个懒腰,又打个哈欠,突然嘴一咧,下意识地用手往下一摸,只觉屁股底下有什么东西硌了一下,忙将那东西拿出来一看,原来是呼机。她看到它,又险些掉下泪来,用手轻轻地搓了搓那呼机,顺手就将其扔到枕头边去了。她闭上眼睛,将手放在肚子上,开始"冥想"起来……

这时,一只麻雀在窗户外的防护栏上蹦蹦跳跳地叫着。经鸟儿这么一闹,潘媛媛就没办法"冥想"下去了!她微微地睁开眼睛,已无意看那鸟儿,用手干搓了把脸,顺势将十指插进头发里,挨着头皮狠劲儿地往后梳理着,感觉轻松了许多。看看表,时间不早了,忙从床上跳下来,站在门后的大镜子欣赏着自己的身体。不一会儿,她想到了什么,莞尔一笑……

潘媛媛站在镜前，左转右转地又欣赏了好一阵子。她对自己的身体是满意的——苗条、白皙、光滑……不过，在她的身上有两处瑕疵。一在脖子上，是红点，二在肩膀头子上，是黑痣，这是她所遗憾的事情。因为这个，她特意到乡下找郎先生去看相。郎先生是当地十里八乡的名人，不但精通相学，而且还懂得六爻、风水、太乙、算命和奇门遁甲等诸术。看一个准一个，可谓应验颇多。但他也有马失前蹄的时候，自己老婆跟人跑了，他竟然没算出来。于是，东寻同行掐算掐算，西找行家占卜占卜。东曰在东南，西曰在西北，莫衷一是。他东寻西找，毫无所获，只能独自叹息，在家等待。媛媛说明来意后，郎先生让她坐下，便开始在她身上"摸骨"，从头至尾摸个遍，说是蛮好的。她问，她身上有红点与黑痣什么的，好不好？郎先生装了一阵子神，突然睁开一只眼，就像个大铃铛似的，惊道："贵不可言！"她一听，高兴得都找不到北了，甩下二十元钱走了。镜子里的她，用手又摸了摸那"贵不可言"的红点与黑痣，心里感到一阵安慰，然后钻进了卫生间冲起澡来。不一会儿，澡洗了饭也吃了，碗和筷子都放在桌子上，还没有收拾，她坐在那里呆呆地想着。去成歆家跟他说……哎！这是没有办法的办法，真不好意思。正思量着，她感觉脸烧起来，心跳得厉害……下意识地捂着心口，静静地又待了一会儿。又想，跟他说"这个"好吗？是不是太……那个了？……她感觉心跳得更加厉害了。

我毕竟是个姑娘，真羞死人了！人家会说咱不正经的。此刻，她的眼前突然冒出成歆来，骂她不要脸什么的，什么难听就骂什么……她拼命地捂住耳朵喊道：我不要——不要——眼泪就下来了。她镇定了一会儿，发现眼前这一切不是真的，是幻觉。这才深深地叹了一口气，将身子靠在沙发上，擦了擦眼泪，便望着太阳发呆，心里想着，自己该怎么办呢？就这样，她心一横站起来，对着镜子梳头、吹风、搽粉、抹油……最后，还向自己的胸前喷了些浓浓的香水。这回，该选衣服了。俗话说得好，人靠衣，马靠鞍。平常她最喜欢穿的是牛仔衣和牛仔裤，今天要穿就穿和孟玥一样的白色连衣裙，倒要成歆看看，谁更漂亮……

此时,她习惯性地看了一眼表,时间还早,才两点钟。她又叹了一口气,漫不经心地抓来遥控器将电视打开。她连续换了几个台,总不如意,干脆关掉电视不看了。她心里烦死了,觉着好没意思,又回到自己的屋子里躺着去了。

外面的天气还好,蓝蓝的天空,淡淡的云彩,鸟儿在树上叫着,不一会儿也就飞走了。

时间过得很快,已经到了下午四点多钟了,潘媛媛迷迷糊糊地躺了好一阵子。她下意识地知道时候不早了,便立即爬起来,坐在梳妆台前,又照照镜子,整理整理头发,感觉还好,起身便出屋,朝着成歆家的方向走去。

到了成歆家门口,她将耳朵贴在门上听了听,才小心翼翼地敲了几下,手就慌忙地收了回来,忐忑不安地在那里等候着。

门开了,里面有人探了一下头,正是成歆。

"歆哥,你在家呢?我寻思着你去约……"

"约……约什么?进来,我有话跟你说。"

"跟我……"

潘媛媛跟着成歆进了屋,环顾一下,发现他的弟弟成祎不在。她坐在床边,脸上虽然带着笑,但眉宇之间透露着诡秘之态。成歆觉着很怪,上下打量了她一下,才发现服饰好像"孟玥"化了,但长发仍然飘飘……他也没多想,便道:"你甭这么看我。今天,我想跟你说正经事儿呢。"

"正经事儿?你说,我听着呢。"潘媛媛说完,就竖起耳朵等着听呢。

"其实,我不用说,你早就知道。"成歆说。

"怎么可能?你神神秘秘的干吗?"

"这有啥神秘的。昨天中午,你没看见吗?"

成歆直巴楞登地说了这句话,显得生硬而又无情。话刚落地,只见潘媛媛受不了啦,眼睛一红,泪就滚了下来,随之哽咽起来……好半天,才说出话来："我看见了，你们那亲热的样子……我好难受……"

潘媛媛这么一哭，成歙就于心不忍了，他看她伤心的样子，心里就着了慌，早已不知所措，手放哪儿都不是，不知道是什么时候从何处摸来手绢，缓缓地递给了她。

"我才不要呢！用不着你同情我……"潘媛媛狠狠地一甩手道。

成歙叹了一口气，双手抱住后脑勺，顺势往后一仰，就慢慢地倒在被子上。

潘媛媛一惊，马上不哭了，问道："你怎么了？你……"

"不怎么，我累了，想眯一会儿。"成歙有气无力地说。

听成歙这么一说，潘媛媛像着了魔似的，就感觉热血直往上涌，心跳得很厉害，那跳声自己仿佛都能听见，她有些兴奋了——不管那么多，心一横，将身子一倾，扑向了成歙……

这时，成歙的脑袋"嗡"地一下就蒙了，眼前一片空白……怎么回事？他毫无准备，就被潘媛媛搂住脖子，疯了一样吻。这下子，可急坏了成歙，折腾了半天才把她推开。他迅速地站起身来，忙道："你冷静点，你……"

潘媛媛紧跟其后，从床上跳下来，涨红了脸，含着泪花，头一扬，说："如果你愿意，我可以跟你睡一觉。"说完，就羞愧难当地朝着屋外跑去。

屋里充满了香水味。成歙下意识地用手擦了擦脸，火辣辣的，心里感觉一阵厌恶与无奈。

十一

寒露到了。清早,天色阴沉,那朦胧的太阳透过高大而茂密的槐树,将孱弱的晨光撒向草坪。小草乍醒,好像它昨夜的美梦被打扰了。不信,看它身上的露水还在。它似乎提醒着人们:深秋将尽,天渐渐地冷了。街头小巷,两旁的杨柳随风飘摆,显得有气无力的样子,偶尔有几片叶子被吹落……这个时候,开始有三三两两的行人,缩手缩脚地走动起来。

坐在窗前的成歆搓搓手,下意识地拉开那蓝色的窗帘,继续读他的书。过了好一阵子,他若有所思地将胳膊一屈,看了一眼表,好像心里有什么事似的。读书速度显然快了些,一目十行。原来,孟玥昨晚对他说,今天早晨十点二十分,请他看电影,美国大片,叫《泰坦尼克号》,听说电影蛮好看的,已经是一票难求。成歆当然很高兴,也很激动,天还未亮就醒了,趁着弟弟成祎还在熟睡,便悄悄地爬起来,打开台灯开始读书。这是他多年的习惯,每天早晨得读几十页书。

天已经老亮了。他无意地抬头看窗外,吓了一跳,不知道什么时候,他妈李桂花隔着窗户,哈着腰,咧着嘴正往屋里看呢。于是,他定下神,本能地唠叨了一句:"哎呀——妈呀,我当是谁呢?原来是老娘呀!"

"咋地?成歆,吓着了?哈哈哈——"

"妈,没有。"

"吃饭了。瞅瞅,你弟弟这个懒鬼还没起呢。像他这样,明年中考,能考上高中吗?真愁人!快叫这懒鬼起来吃饭,麻溜地……"

"哎呀,这么大的声音,尽听你们的啦!"成祎伸懒腰道。

"哎,你这孩子咋说话呢?麻溜地,起来吃饭,你这个懒鬼!"李桂花就像下命令似的,说完就进里屋去了。

说实在的,他家并不富裕。如今呀,日子虽好了些,但过去过穷日子节省惯了,每日三餐还是简简单单的。饭菜不外乎馒头、稀粥、白菜、韭菜、豆芽和豆腐,等等。要不然,就是咸菜、大葱蘸大酱,最好的算是炒鸡蛋什么的,很少吃肉。尽管如此,总不会忘记给老人做一份"小锅饭"——猪头肉、香肠和猪肝,再买上一瓶老白汾。

爷爷成志远饮了一杯酒,就着猪头肉,那神情很是惬意自在。成歆的爸爸成国祥正低着头喝粥,看见儿子来了,忙问道:"成歆,你弟弟呢?"

"他洗完脸就来啦!"成歆如实回答。

"不管他,谁来谁先吃。"成国祥绷着脸,面无表情地说。

等到成祎坐在饭桌前的时候,成国祥已经吃完,看了他一眼,没说话,就想回屋里休息去了。走到半道,又折回来,对成歆说:"媛媛请你看电影,得赶紧地吃,马上九点了……别耽误正经事儿!"看这样子,他父亲和他母亲一样,都看上了潘媛媛,觉着这姑娘还是不错的,可谁知道,他那儿子中途就跟孟玥好上了,这老两口子,还蒙在鼓里呢!成歆听后,点了点头,并加快了吃饭的速度。

小城的电影院八层台阶,显得又高又大。这时的太阳虽然变得明亮起来,但天还时不时地刮着冷风。尽管这样,也没有阻挡住人们看电影的热情,三一群，两一伙，不约而同地聚集在电影院门口。不一会儿，门口也就堆满了人。当然，还有人陆陆续续地朝着这个方向赶来。台阶下，卖瓜子的、卖水果的，还有卖纯净水的和卖爆米花的吆喝着……买东西的人，走了一拨，又来一拨，好像压根儿就没有断似的。

成歆远远地就看见了孟玥，喊道："玥儿，我在这儿呢！"

她定下神儿，看得真真的，忙撇开人群，便从电影院门口的台阶上跑下来。到了他跟前，慢慢地将手中的一包瓜子向前一递，轻声道："吃瓜子。"

他走近她，用手搂住她的腰，亲切地说："我是不是有点晚了？"

"不迟，刚刚好，快吃瓜子吧。"

"等一会儿，我去买两瓶纯净水。"

"不用，我买好了，在包里。"

于是，成歆抓一把瓜子，捏出一颗，就往嘴里送。她看着他吃，心里别提多高兴了。说话之间，人越聚越多，扶老携幼的，唤弟呼兄的，寻朋找友的，到处都能听见有人嚷嚷、吹口哨、嗑瓜子和骂骂咧咧的声音。

"开门了——开门了——"

不知是谁喊了一声，人们立即涌动起来，空气顿时变得嘈杂起来。

再看，台阶下的人们开始像潮水一样涌向电影院门口。哎哟！看把人给挤的，唯恐自己进不来似的，那些嘈杂的声音，便从外面带到了里面……吹口哨的、嗑瓜子的、大声嚷嚷的、打闹骂架的、来回走动的、喷云吐雾的。这些且不说，单说右边厕所这门，不知为什么，总是关不严实。那气味窜进来，又骚又臭，难闻死了。就在这个时候，电影院所有的灯一下子全灭了，黑乎乎的，伸手不见五指。看样子，电影马上就要上演了。音乐响起来了，同时，也闪出了立体的阿拉伯数字"20"。哎呀——这阵势……到底是美国大片，就是不一样，真是盖了帽了！

过了一会儿，对话开始了，电影正式上演了。

成歆和孟玥的座位，刚好在中间的中间，那可是"皇帝座"呀，不管从哪个角度来说，在这里看电影都是最佳的位置。因此，这里的票实在是难买。但不是绝对的，如果人去得早，还是能买到的。过了一会儿，人多起来，就不一定了。这不，孟玥约成歆看电影心切，特意起个大早，也就买上了中意的票。她这个高兴呀，用嘴便在两张票上吻了又吻……

电影已经演了一阵子了。

头顶的那两道光柱，时而弥漫着烟雾，令人捉摸不透地扩散在人们的周围。这下子，可忙坏了巡视员老文，挺着大圆肚子，拼命地用手电筒朝着那冒烟的地方照呀照……随着手电筒光的方向，有人本能地也朝着那个方向看过去，无意中也就影响了人们看电影的心情。

"看回电影，咋这闹心呢？"孟玥说。

"嘿……这多好，戏里戏外都看了，两份。真是难得，平常想看还看不着呢。"成歆笑道。

"哈哈哈，你在说反话。"孟玥笑道。

"我这人，就善于说反话。正话，咱不会说，也学不会……"成歆还没说完，就将嘴凑上去，想趁此机会吻她一口。

"嗯……好好看电影。"孟玥用手将他的嘴挡住。

这一挡，成歆觉着她的手好柔软，好香。他想着，就灵机一动，便道："你看那儿……"乘其不备，还是吻了她。

"嗯……你馋猫……坏死了！"孟玥的头不自觉地倒向了成歆的怀里。

成歆搂住她，并抚摸着她的秀发，吻了又吻……那秀发散发出一股清香，扑面而来，感觉温馨而又舒适。

"我父亲回来啦。"孟玥笑道。

"哦……是吗？"成歆松手道。

"那你还不赶紧去见他！"孟玥忽然从成歆的怀里挣脱出来说。

"我当然要去，但不是现在，得找一个好机会。人嘛，要讲究个'天时地利人和'，对不对呀？"

"嗯……德行样……你……"孟玥不好意思地低声说道。这下可把她逗乐了，身子一斜又倒向了成歆的怀里。

头顶的那两道光柱，还在继续闪着，但电影已经进入了尾声。就在这个时候，有些人"嚯"的一下站起来准备走了，还有人已经离开了座位，像炸了锅似的，推推搡搡地往外走，边走边回头看，停停走走，人陆陆续续地越聚越多。巡视员老文进来，将大圆肚子往前一挺，瞪圆了眼睛，想喝住他们，让他们回去，坐下来看完，但没有成功，自己却被挤了出来。这场景，就像发生了一场骚乱。

"哟，咋都这样？怎么像逃荒似的？"成歆不快地说。

"就这素质，没招儿！"

电影演完了。成歆和孟玥走的时候，电影院里也就没几个人了。

刚一出来，容易产生视差。成歆手搭凉棚，感觉太阳格外地耀眼，周围的景物五光十色的，好像变得贼亮贼亮的，白花花的……站了一会儿，视力才恢复。

"哎，玥儿，咱们去哪儿呀？"成歆揉了揉眼睛问。

"到'一家春'酒店，我请客。"孟玥兴奋地说。

"好! 我接受你的邀请。"成歆愉快地答道。

孟玥看他正儿八经的这个样子，捂着嘴直乐。两人正要走，只听脑后有人喊他们："成歆，孟玥……"他俩回头一看，咦! 杨向荣。

"哎哟——是老朋友呀! 很久没见，你这是……"成歆快走了几步，忙抓住他的手说。

"可不是咋地，很久很久没见了。我在瞎溜达。这不，就碰上你们了!"杨向荣说。

"算起来，大概快俩月了吧？走，到'一家春'酒店，咱哥俩好好唠唠，走。"成歆回头看了看孟玥，说道。

孟玥笑着点点头，没言语。

"好的！"杨向荣爽快地答应了。

"一家春"酒店的生意真好，客人特别多，划拳声，伴随着阵阵说话声，烟雾缭绕，仿佛全是人。成歆他们在里头转了半天，硬是没找到座位。上楼又下来了，雅座也是人。咦？今天咋了！根本就没落脚的地儿。

"得，我们出去吧！另找。"成歆自言自语地说。

孟玥挽起成歆的胳膊就往外走，杨向荣跟在他们身后，拉开一点距离。他们又找了一阵子，好像这一带的餐厅都满员了。无奈，继续往前走。走了几步就到了一个十字路口旁，发现有一家餐厅，名曰"九阳砂锅酱肉馆"。成歆他们不管好不好，见餐厅就进。这里虽然客人较多，还好有一桌空着。老板见他们进来，很是高兴——这几天想什么来什么，就剩这么一桌，还……正想着呢，就听见成歆对他说："老板，我们三位，您给安排一下呗！"老板乐呵地直点头，忙说："没问题，就这儿吧！"

这仅剩的一桌，靠近墙角，相比之下还是比较清静的。成歆对这地方还挺满意。他让孟玥和杨向荣先坐下，然后，自己也坐了下来。歇了一会儿，他从兜里掏出一盒烟来，"啪"的一声，就扔在饭桌上，显得很有派。然后，他便拈出一支叼上，又将其点燃，一股烟就冒了出来。

不一会儿，女服务员走过来，此人不但又黑又胖，而且人高马大，前挺后撅的。她将手里的菜单递给了成歆，并粗声粗气地说："先生，想吃点什么？"这冷不丁地被叫"先生"，成歆只觉着不好意思。他抿着嘴笑了起来，心想：不叫先生，又叫什么呢？叫师傅，好像不太合适。叫同志，怎么说呢？好像有些过时，听起来也很别扭。

成歆看了一下菜单，对着孟玥和杨向荣说："转了半天，咱们只得吃砂锅啦！每人一份好不好？"那两个点点头。

"我要砂锅排骨。"成歆说完，就将菜单递给了他俩。

孟玥接了过来，很有礼貌地又转向了杨向荣，便道："你先请吧，杨老师。"

杨向荣没有客气，由于他高度近视，看菜单时，眼镜几乎和单子蹭在了一起，背仿佛瞬间弓成了虾米。坐在旁边的孟玥看到他这样子，不禁捂着嘴笑了。杨向荣看了她一眼，没说什么，推了下眼镜，对着成歆说："我要一份砂锅冻豆腐，咋样？"

"挺好的呀！玥儿呢？"成歆说。

"我……我点份砂锅麻辣素什锦。"孟玥没看菜单就说出来了。其实，她和她的父母在这儿吃过饭，所以她知道。

"好的！"女服务员立刻就用笔记下，扭过身子就要走的时候，突然听见成歆喊道："哎——等等，再来两盘凉菜，嗯……皮冻，还有花生米。"

"两瓶青岛啤酒！"杨向荣急忙地说。

"对，我差点忘了！"成歆又补了一句。

"噢！"女服务员应着。

一会儿，凉菜和啤酒就上来了。成歆顺手拿起一瓶啤酒，用起子将瓶盖撬开，给每人都倒一杯。

"成歆，我就免了吧。你俩来就行了呗！"孟玥笑着说。

"今天高兴，你少来一点点，意思意思就行。"成歆说。

"没事儿，没事儿的，不喝也行。"杨向荣忙点头说。

仨人说着，各自站起身来端起了酒杯。

"为再次相聚，干杯！"成歆说。

"干杯！"

两个男的一饮而尽，可孟玥面有难色，喝了一口，就觉着还是那马尿味，勉强咽了下去。她忙夹起一块皮冻，很斯文地将它放进嘴里，慢慢那么一嚼，筋筋的、爽爽的、凉凉的。嗯……只觉着有点酸，正寻思着……不料，成歆先发了言："老板，这拌得也太酸了吧？"

"加点酱油，就合口啦。"杨向荣慢条斯理地说。

"知道啦，加……"老板连头都没回，对着那女服务员说。

"这回，就有嚼头喽！"成歆满意地说。

"就是，有味啦！"杨向荣插了一句。

成歆又要给每个人倒上酒，孟玥说她不要了，他也没强求，嘴里还唠叨了一句："玥儿，你随便吧。"就这样，这哥俩儿第二杯便下了肚。你一杯，我一杯，最后不知道喝了多少杯，他们显然喝得很是高兴，脸都红了，成歆的话也多了起来。

"这次市美术书法摄影展览，怎么没见你的作品？"成歆问道。

"这事儿，我知道，市文联通知我了！可惜的是，那段时间，我们学校很忙，正在搞教研活动啥的。"杨向荣回答。

"那你交上一两幅旧作去应付一下，不就可以了？"成歆吸了一口烟，点了点头说。

"旧作都展过，再拿出来展，怕别人笑话。这样做，也不尊重人。"杨向荣正儿八经地说。

"你说得没错，这是展览呀，还真的不能拿旧作应付。"成歆说完，就不好意思起来。

"学校教研活动越来越多，几乎天天在搞，把人搞得十分紧张。为了提高教学质量，不这样搞也不行。就是累点、辛苦点……"杨向荣微笑着说。

"一切为了学生，为了学生一切，必须的。"成歆严肃地说。

"怎么天天搞？"孟玥不解地问。

"不是的……"杨向荣夹着一块豆腐，探着头，对孟玥说，"嘿嘿——我说得有点夸张，反正搞得挺频繁的。这样的话，艺术创作也就没时间了。"

这时，女服务员端着滚烫的砂锅，放在桌子上，"咕嘟咕嘟"地冒着热气。这无形中打断了杨向荣的话，他愣愣地看着那女服务员默默地走进了厨房。

"玥儿，你的砂锅麻辣素什锦上来啦。"成歆说完，又回过头，对着杨向荣说，"快，夹着吃，你们吃。"

"嗯哪！"杨向荣拿起了筷子。

"这就是形势。"成歆吸了一口烟，接着说道。

"形势？对我来讲，就没有所谓的形势。我压根儿就……"杨向荣说。

"哎——杨老师小心，快把头抬起来，服务员又把砂锅端上来了。"孟玥担心地说。

"哎哟，我的砂锅排骨也上来啦。快，你们来吃。"成歆高兴地说。

"还有一锅呢。"女服务员喜笑颜开地说。

瞬间，女服务员紧张地又端来一锅，放在他们跟前，热气腾腾的，把成歆热得直冒汗，忙道："杨向荣，你的砂锅冻豆腐也上来了，趁热吃。"

"好……好好……不客气。"杨向荣说。

"这东西不能趁热吃，里面全是热水，得放在小碟子里，一会儿再吃。"孟玥笑着说道。

"我看也是，差点上当。"杨向荣忙将放在嘴边的冻豆腐放回小碟子里。

"你这人太老实，老实得都犯傻！"孟玥看了他一眼说。

成歆听他们说话，笑了笑，再也没说什么，只是猛地吸了几口烟，将烟蒂摁在烟灰缸里，给自己倒一杯酒，喝了下去，继续听他们说。

"听欣欣说，你不喜欢当老师是吗？"孟玥严肃地问道。

"没错，就是的。我压根儿就不喜欢当老师，高考那会儿，我的分数只能上中专，还是师范。没办法，人总得有个职业啊。"杨向荣不快地说。

"高中毕业生上中专有点可惜了。"孟玥说。

"可不是吗？就差十三分。唉！都是命。"杨向荣说完，又叹了一口气。

"不管怎么说，已经当上了老师，就得干好。"成歆直截了当地说。

杨向荣一听成歆这么说，感觉不太自在了，头便低了下去，并摘下眼镜，捏了捏鼻梁。

"噢！是这样。我听欣欣说，你和她是同一所师范学校毕业的。"孟玥看了一眼成歆，对杨向荣说。

"是的！不但是同学，还是同桌呢！"杨向荣夹了一口菜，塞进嘴里说道，"后来，又戏剧般地分在一所学校里，同一个办公室，还对桌。"

"是吗？这还真有点意思！"孟玥笑道。

"她还领导咱呢！她是组长，是音体美组的组长。"

"哎哟——那就更有意思啦！"

杨向荣听孟玥这么一说，不好意思起来，本来喝点酒脸就红，现在更红了。

"这可能是老天的有意安排吧。"孟玥诧异地说。

成歆无意地看了一下孟玥，没有说话，便又从烟盒里抠出一支烟，将其点燃，吸了一口，朝杨向荣眯着眼睛笑道："来，咱哥俩儿再喝一杯。"

杨向荣下意识地用手扇了扇眼前的烟，端起杯子，看了一下杯子里的酒，也笑了。两人的杯子"叮当"一声，又碰在一起，一饮而尽。

"我觉着吧，你……你是不是看上人家柳欣欣了？"成歆将杯子放下，眯着眼，微微一笑道。

"我看是。"孟玥插了一句。

杨向荣吃了几块豆腐后，一抬头，听他们这么一说，脸红得就像茄子的颜色——紫了。他寻思了一阵子，便微微地点点头。

"你这人挺爽快的，挺好。要不，我明天把欣欣约出来？"孟玥探了一下头说。

"就是，明天下午，你把她叫来，咱们到小树林玩玩，你看怎样？"成歆笑着说。

"好哇！咱就约，哈哈哈……"

杨向荣没有说话，只是直勾勾地朝着他俩傻笑。

"就这么定啦！"成歆拍了拍杨向荣的肩说。

这时候，已经是下午三点多钟，吃饭喝酒的人走得也差不多了，但他们三人仍然还在那儿唠个不停，显得悠闲自在。

十二

  公路立交桥的下面是绿化队的三号苗田，人们习惯管这个地方叫"小树林"。从桥头往下看，虽然有些树木的叶子已经金黄了，但仍然是生机勃勃的，就像一片碧海，有风吹过，一层又一层地涌向远方，一望无际。在这林海之中，如果有游人沿着小径走过的话，就能看见勤劳的绿化工人踏着落叶，用割草机工作的身影。割草声、流水声、鸟鸣声和风声，穿梭其间……

  小树林的深处，时而传来一阵阵男男女女的欢笑声。

  今天的四个人，每人都要出一个节目，这是成歇说的。最后是成歇表演的武术。当然，那是压轴好戏，人人都喜欢看。

  一阵子掌声后，柳欣欣激动地说："这个，我也想学。"

  "啥，你也想学？"成歇惊讶地问。

  "嗯。咋地，不行吗？"柳欣欣不服气地回答道。

  "行，有啥不行的。我收高徒，当然行。你说，啥时候学？"

  "就现在。"

  "哟——急了点吧。"成歇寻思了一会儿，笑道，"那好吧！"

成歆又回到那空地，扭扭腰，伸伸胳膊，踢踢腿，然后，站在那儿，一拍胸脯，说道："欣欣，你真想学的话，得了解本门派武术的历史。这样学起来，你会更有兴趣的。"看他这架势，就像金庸笔下的武林高手一样。

"成歆是历史老师，时刻都想着找个机会讲历史。"孟玥笑道。

"这就是当老师的'职业病'，我有同感。"杨向荣接着说。

柳欣欣微张着嘴，脚外八字地站在那里听着。

成歆听他俩这样说自己，也就笑了，说："你们把我当成'机会主义者'了，不能听你们的，我得开讲。"他面向着柳欣欣，讲道："中国武术门派林立，光说这大的，就有六个。"于是，他用手指边数边说道："首先是少林、武当、昆仑，然后就是峨眉、华山，嗯……还有崆峒派。那小的呢，也就是支派，就多了去了。像我们家，就属于这支派，叫教门弹腿。到我这儿，已经三代了。"说完，又拍了拍胸脯，显得很自信的样子。

"艺传三代，就是世家了。武术世家！"柳欣欣插了一句。

"可以这么说吧。"成歆昂着头说道，"其实，这个弹腿，应该叫潭腿。嗯……三点水的潭，也就是水潭的潭。据说是山东临清龙潭寺的昆仑大师所创，并借用龙潭寺的潭字，命名为潭腿。潭腿，潭腿，肯定是讲究腿上功夫的。而且，出腿很快，大腿带动小腿，力发于脚，弹如弹丸，瞬间将对手击倒在地。所以，又叫弹腿。"

"哎哟喂——今天，我可长知识啦，平常咱俩在一起的时候，你没跟我说过这些呀！"孟玥看了他一眼笑道。

"我这不是要收徒弟了吗？得露一手不是？"成歆说。

"哦，原来是这样，应该，应该！"孟玥肯定地说。

柳欣欣一听，一伸脖子，就抿着嘴笑了。笑得那样甜美而自然。

"欣欣，咱们继续吧。"成歆又说。

"嗯，那好，继续……"柳欣欣笑道。

成歆低头踢了几下地上的石子，又看了柳欣欣一眼，然后说："我们门派，分为十趟弹腿和十二趟弹腿。我们练的当然是那个多的，十二趟弹腿。起式为羊蹄式。那么，在没练之前干什么？我们首先学两个桩法。一是浑元桩。这个桩比较简便，很容易掌握，也不算太累，适合初学者练。其次是马步站桩。这个强度较大，是很累的，能坚持五分钟就不错。这两个桩法能练好，有了基础，站稳脚跟，才能开始正式教程。我们还是先简后难吧，先练浑元桩。"

"好的！"柳欣欣瞪大眼睛应道。

"那行，咱们就开始了。听我口令：自然站立，脚跟相对成四十五度角，全身放松，耳听呼吸。同时，两膝微曲下坐，如坐高凳，两手自然舒展，抱球于小腹，微闭双眼，调息，调息，再调息……"成歆认真地教授着。

再看柳欣欣，摇摇晃晃，整个身子向前倾，屁股撅得老高，似乎要倒的样子。

"哈哈哈……哎哟，欣欣的姿势，咋这么难看呢？"孟玥笑道。

杨向荣也笑了。不久，又不好意思地低下了头。

"你的姿势也太好看了吧？瞅瞅，你把屁股撅得那么高，恨不得撅到天上去……"成歆开玩笑地说。

这下，柳欣欣不干了，红着脸说："你这人，总在笑话我。真是的……"还没说完，就怒气冲冲地站起身子，向成歆快速地走过来。

今天，柳欣欣真的急眼了。成歆见势不好，扭头就朝着那密密的树林中跑去。

一眨眼，两人都消失在密林之中。只见树木摇晃几下，柳欣欣便抓住了成歆。她毫不客气地伸出小胖手，捶打着成歆的背，嘴里还叨咕着："让你说我，让你说我，还说不说了？嗯！"

"哎哟——徒弟打师傅了，打师傅了！打……嘿嘿嘿……"成歆说完，就嬉皮笑脸地乐了。

柳欣欣听到这儿，便住了手，气喘吁吁地说："要不是看在你是我师傅的面上，我绝不饶你。坐下，咱们唠唠。"

成歆闻声就坐在土包上，无所事事地揪一片叶子，攥在手里玩弄着。过了一会儿，成歆扔掉手里的叶子，说："你觉着杨向荣这个人咋样？"

"啥咋样？"柳欣欣反问道，显得很惊讶的样子。

成歆寻思了半天，眨了眨眼，又道："他好像对你有意思。"

"这个……我当然知道。"

"哦。那么，你为啥不积极呢？"

"除非他亲口对我说，我……我肯定不会主动的。"

"我觉得吧，他挺有才华的，人也不错。"

"知道。刚才我不是说过了吗？他得亲口跟我说……好了，不说这些，咱们走吧，不然的话，他俩该着急了。特别是孟玥，明白吗？"

"明白——"

成歆站起身来拍拍屁股上的土，就跟着柳欣欣往回转。

孟玥老远就看见他们"师徒"俩，不紧不慢地朝着她和杨向荣走过来，便玩笑道："你们跑哪儿传授武林秘籍去了？哈哈，这么长时间。"

杨向荣傻傻地也笑了几声。

"是的，我们刚从华山论剑圆满归来。玥儿说得对，武林秘籍已传给了我的徒儿。"成歆边走边说道。

柳欣欣听后，立即在前面站住了，斜着眼看他道："你听好，是徒弟，不是徒儿。甭总想着占我便宜！"

成歆停在那儿不走了，马上双手合十，打哈哈地说："哦——是徒弟，是徒弟！"

柳欣欣显得很无奈，再也不想去理他，只是在那儿跺脚而已。

"你们师徒俩演的哪一出哇？说翻脸就翻脸！欣欣甭理他，他就这样，逗你玩呢!"孟玥笑道。

柳欣欣没有说话,便扭捏地坐在孟玥的旁边。接着,成歆也挨着杨向荣坐了下来。刚一坐定,正好这树上就落了几片金黄的叶子,恰恰落在成歆的身上。他随手拾到一片,叹道:"一叶知秋哇!"

"秋天的景色是美的,而且是唯美的。当然,也是充实的季节,多彩的季节,突变的季节,回归的季节,更是收获的季节……大半年都过去了,我却没有啥收获。"杨向荣苦笑道。然后,他的眼神落在了孟玥身上。

"杨老师,你的前面几句说得挺好的,而且富有诗意。后面的……"孟玥停顿了一会儿,又道,"后面的几句好像有点……怎么说呢? 有点悲观了吧!"

"他的想法可多了,又多愁善感的。"柳欣欣抬起头来对孟玥笑道。

"欣欣,你不知道,这学期的暑假,我认识了市文化局的局长。我眼前一亮,这不是天赐良机吗? 恰好这局长还喜欢喝茶,我就投其所好,请他到仁贵和蒙濛的茶庄里品了几回茶。"杨向荣兴高采烈地说。

"这回成了吧?"柳欣欣没等杨向荣把话说完,就插了一杠子。

"嗯……我心里总觉着二乎乎的。"杨向荣笑道。

"这叫模棱两可。这样不行,你得早拿定主意。"柳欣欣急道。

成歆看到他俩这般"热乎",心中暗喜,忙向孟玥递了个眼色,意思是说,咱们闪了吧。

"噢……好,你们先说着,我俩到那边看看去。"孟玥说。

"哎,怎么说? 玥儿,在一起说个话呗,这样热闹。"柳欣欣说。

"我知道。我俩想到那边晒晒太阳,我觉着这儿有点凉。不是为了别的。"孟玥说。

"那好吧,一会儿去找你们。"

"没事儿,你们慢慢来。"

成歆在前面一摆手,孟玥像孩子似的蹦跳了两下,一搭成歆的手就随之而去了。杨向荣下意识地看了一眼他俩的背影，很快又回过头来，跟柳欣欣聊他的话题。

"那局长说了，借调……"杨向荣说。

"现在都是这样，先借后调，实际上就是调。不过，得有编制。"柳欣欣关心地说。

"这才是问题的关键。"杨向荣睁大眼睛说。

"所以，你要考虑考虑……"柳欣欣小心地说。

"我考虑了。那局长也说，得等，但不知道等到啥时候了，说不好。"

"就是呀，这个……"

"我在接触那局长的时候，又认识了一位画家，我真幸运，这就是我一直崇拜的人哪。你猜是谁？是王志军，知道吗？"

"王志军?!"柳欣欣惊喜地说，"我周六下午看报纸的时候，无意中看见介绍他的文章和画。整整一版，好羡慕呀。听说版面还要钱，是这样吗？"

"你说的那报纸我也看了。是的，版面费用四千。不过，报社将他的画收藏起来了，就等于用画顶了。"

"噢——是这样。报上说，他今年才入中美协。"

"就是因为这个，成了专家了，还享受政府特殊津贴。不易呀！"

"只要你努力，也能行。"

"话是这么说，听他们局里人说呀，他请他们吃饭的时候，都激动得哭了，说几十年的奋斗没有白费。哎哟喂，真不易，但也引来了同行的嫉妒和诽谤，说啥的都有! 说王志军老师请客送礼了，认识中美协的人了，为了这还搭进了自己的漂亮老婆……哎哟，至于吗？简直就是胡说八道。再看王志军，不以为意，只是微微一笑。"

"大度，真是大度！"

"人家王志军是干啥的？都四十多岁了，不惑之年，啥没见过，啥不懂呀!

理他们这些小人干啥？"

"就是的，嘿嘿嘿。"

待了一会儿，杨向荣一拍脑瓜儿说："咦……不对呀！说了半天好像跑题了。你刚才一打岔，我忘记说到哪了。"

"你说，认识画家王志军。"

"哦……对对，我想起来了。画家说，如果有人退休的话，编制就空出来了，你得熬时间——等呀，嘿嘿……"

"啥？熬到猴年马月，天哪……"

"你以为呢？"

柳欣欣默然了。杨向荣叹了一口气，又道："我看是没希望了。本来我想得挺好的，进去之后，就去文物所工作。除了画，我还喜欢研究文物，在这方面下了不少功夫，看了不少的书。这个，你也是知道的。我本想好好地努力一把，当个副所长啥的。"说完，他一晃脑袋瓜子，意思是说梦想破灭了。

"现在这情况，编制有了，不一定给你。你得找人。不过，你性格内向，不找人家，这事儿呀，十有八九成不了。哎……你就先在学校里蹲着吧，再等时机。"

"你说得一点都不假。白白搭了我几幅作品。只能这样了，还能怎么着……"

柳欣欣好像想起了什么，眼珠一转道："哎——对了，你等等。你这个事儿，最好再问问孟玥，她爸是群艺馆馆长，也许能帮你忙。"

"是呀，我怎么没想起来呢？这事儿……她爸准能跟领导说上话。"

"陈娜娜，你应该知道吧？"

"知道，知道……"

"就是她爸整进去的。"

"哎哟喂，我这事有门儿，有门儿。这个……这叫啥来着？这叫'山重水复疑无路,柳暗花明又一村'。嘿嘿嘿……"

"甭自我陶醉了,还不赶紧找他们去,跟孟玥说说,看看都啥情况。"

"走,咱们走……"

他跟着柳欣欣走了几步,回头又道:"哟——我怎么觉着这会儿有点凉?"

"都啥时候了?寒露了,该凉了。"

话音刚落,只听见他们后面有割草机的声音,由远而近,拼命地响着,好像在催他们快点走似的。这时,正蹲在土坡上的成歆冷不丁地一回头看见了他们,便对着孟玥道:"他们好像谈完了,过来找咱们了!"

孟玥顺着成歆的目光正朝着他们笑呢。

"你俩倒是好,上这么高,晒太阳……"柳欣欣笑道。

"呃,咋地,不服吗?"孟玥挑了一下眉毛说。

"这让我倒想起了一些懒汉,早上起来不干活,先找个地儿晒太阳。然后呢,就在家等着吃救济。哈哈哈……"

"去,我看你没话说了,净说那些没用的。"

"哎哟,徒弟回来了?就等着你们来享受这明媚的阳光呢。"成歆笑道。

"这才像师傅的样儿!来,拉我一把……"

不一会儿,她和杨向荣就占领了有利地形,又望望那太阳,感觉格外地亲切。于是,她便叨咕一句:"可找了个好地方!"然后安稳地坐了下来。

成歆吸了一口烟,又看一眼对面的杨向荣。杨向荣也看了他一眼,没有说话,便将目光转向孟玥了。这会儿,他看着孟玥出神,好像要在她那圆润的脸上找点什么似的,嘴角微微一翘,嘴唇却慢慢地合上了。柳欣欣看他吭哧瘪肚的样子,只觉得好笑,对着孟玥道:"刚才,他说他想跟你说个事儿。这不,见到你,又没词了!"

"杨老师,啥事儿呀?说吧!"孟玥笑道。

"嗯,这个……"

"甭吞吞吐吐的，真是的。哎哟，愁死我了，看他平常夸夸其谈，一碰上正经事儿就掉链子。这样吧，干脆我替他说得了。"柳欣欣笑嘻嘻地说道。

这下好了，都成柳欣欣自己的事儿了。这一切，好像都是应该的。一阵微风吹过，将孟玥额头上的刘海儿吹得有点乱了，她随便用手捋了捋，习惯性地向左甩一下头，做出认真听的样子。

"他吧，哎……"柳欣欣无意中瞟一眼杨向荣，继续道，"是这么个事儿，他不是老吵吵调工作吗？这回有信了。"

"噢，真的？"孟玥笑道。

成歆刚吸一口烟，手还没离开嘴边，就瞪着眼睛，听他们在说什么。

柳欣欣点点头说："不过，他所调的单位，嗯……文化局现在还没有编制，说是有人退休才有，现在只能借调。你看，你爸是群艺馆馆长，能不能帮他这个忙？"

"可以是可以，我得回去问我爸。编制这东西，有人退休了之后是啥情况，还不太清楚呢。"

柳欣欣一听，有点急了，便道："那么，陈娜娜咋进去的？"

"哟，陈娜娜那会儿，还没编制这档子事儿呢。那时候，只要双方领导同意就能进来。"

"唉，也是。"

"我妈也这么说，'你干啥都赶不上趟'。今天说的这事儿，轮到我，又要编制了。"杨向荣抬起头说道。

"呀……呀呀……你说话了——不是不说吗？"柳欣欣说着，又将脸扭过来对着孟玥说，"不管怎么样，你还是跟你爸说说，试试呗！"

"说呀，我肯定说。这忙不帮也得帮，你说是不？"

"那是呀！"

突然，一阵风将林子吹响，随后又飘落几片金黄色的叶子。成歆赶紧把烟掐灭，忙说："看样子，要变天了。这儿不能待了，咱们走吧。"

"天还早，去哪儿？"孟玥问。

"咱们这样，离小树林不远的地方，有个路口，沿着路口走下去，就是北山乡了。乡里有个老中医，我跟他很熟。咱们到他那儿玩玩。"成欹忙说。

"我看行。"杨向荣说。

"咱们走吧。"

十三

女儿的话就像圣旨,疼她的父亲肯定照办。孟善福凭着老脸,去找了一位老关系。两人一见面,寒暄几句就进入了正题。人家挺客气,还带着几分尊重:"嗯……孟馆长,您推荐的这位老师,条件还是不错的。可是,文化局那边,如果有人退休了,那时的编制情况有啥变化,我还说不准!我看这事儿急不得,再等等吧!"

柳欣欣给杨向荣传话,杨向荣没有气馁,表示再等机会。

于是,柳欣欣又跟杨向荣说了一件事。在中层干部会上,高校长传达了一个市教育局的通知。大意是:为了丰富教师的业余生活,局里举行中小学首次"清水泉杯"青年国际标准舞比赛。各学校先初选,评出两对优秀的选手参加正式比赛。

"这个'清水泉杯'青年国际标准舞……"杨向荣头枕着椅子的靠背念叨了一句。

"你讨厌!甭给我念秧子,这次活动,是清水泉天然纯净水有限公司出资赞助的。就凭这个,你得参与。"柳欣欣严肃地说。

"我知道……"杨向荣答道。

"不但参与,还要得名次,懂吗?"柳欣欣又强调了一下说。

"知道了,知道了!"杨向荣坚定地应道。

"那好,明天就操练!"柳欣欣肯定地说。

"是,Yes!"杨向荣站起身来,向她敬一个礼笑道。

"嘿嘿嘿,看你那样子……"柳欣欣笑道。

很快学校就有八九对青年教师参加了初选,结果柳欣欣、杨向荣和李平、金仁轩胜出。当然喽,那两个音乐老师的国标舞水平总比他俩好。

柳欣欣是个很要强的姑娘,哪肯屈居第二,于是,她请她的好朋友陈娜娜前来指导他们。这么一来,可急坏了在她旁边的李平、金仁轩这两位音乐老师。他们齐声道:"柳老师,我的组长,她要是来的话,我俩感觉特别没面子。好像我们无能似的,你看,这……"

"别这样想,我是给你俩分忧呢,懂吗?这样的话,你们就轻松点,不用操心我们了。我相信,有娜娜的指导,加上抓紧时间练,我们学校有希望在全局拿上好名次。"

"话是这么说。其实,我俩完全能顾及你们的,这不是啥事儿。再说了,都是为了学校,应该做的。"李平笑着说。

"你俩的意思我知道,就这么定了。"柳欣欣坚决地说。

"那好吧。"李平看了柳欣欣一眼,低声道。

陈娜娜刚从大修厂的家属区——红光院居委会——下基层回到群艺馆,屁股还没挨着椅子,就接了柳欣欣的电话。在电话里头,柳欣欣就像下命令似的。而陈娜娜呢,只能在那儿含着笑应允着:"嗯,好的。欣欣,我知道了,放心吧!"她放下电话,歇都没歇一会儿,就又风风火火地出去了。

大约二十分钟后,陈娜娜就到了柳欣欣的学校。刚一进校门,校园的右侧,好像有人叫喊了两声:"姐——姐——"她以为喊她呢,推着自行车站在那儿听着。

"我有这么老吗?你这样叫我,真烦人!"有位女生喊道。

她寻思了一会儿,侧目一看,见是两个高年级学生,一个男生在追逐一个女生打闹着。那女生似乎急了,冷不丁地停在那儿,瞪着他,不走了。两人梗着脖子僵持着。

陈娜娜觉得蛮有意思地摇了摇头,忍耐不住,就笑出了声。来到车棚,将自行车立好锁上,背着包,陈娜娜就朝着柳欣欣的办公室走去。

推开门,里面的人就叫道:"哎呀,你可来了,我们正聊你呢!"

"是不是?我这不就来了吗!"陈娜娜高兴地说。

柳欣欣跑过来,拉住她的手道:"哎哟,我的大小姐,还是这么漂亮!看你这身穿戴,就是与众不同!"

"要不然人家怎么是群艺馆的人呢?"李平逗道。

"那当然,这还用说吗!"陈娜娜斜了一眼李平道。她下意识地用手摸了一下小肚子,在屋里又转了一圈,裙子随风飘动起来。

"好了,娜娜,你们都跟我来。"柳欣欣热情地说。

"走喽——走喽——"大家齐声道。

这时,柳欣欣敲开语文组办公室的门,向班主任刘旭侠老师借了一把她班教室的钥匙。她一摆手,那四个年轻老师也就跟着过去了。

"我们学校是个老学校,条件不是那么好。因此,没有排练的地方,只能借用教室。"柳欣欣边走边说。

陈娜娜听着,只是点头,说着也就到了五年级一班的教室。柳欣欣小心翼翼地将门打开,说了声:"各位老师,请——"

教室大,窗户多,因而显得敞亮。里面的桌椅干净又整齐。

"咱们把中间的桌椅搬到两边去,腾出来,好用这个地儿呀!"柳欣欣面对着大家伙儿笑着说道。

"就是，自己动手，丰衣足食嘛！"杨向荣说着，又故意地扭了两下腰，就立即动起手来。"哈哈哈……"他那诙谐的语言和滑稽的动作，惹得大家伙儿都笑了起来。

"哎——娜娜，你不用动手，你是客。"柳欣欣忙拉住陈娜娜的手臂说。看到这儿，金仁轩和李平也笑着过来说不用的，多大点事儿！

"没关系，没关系的……"陈娜娜站在旁边忸怩了一下，不好意思地说。

这会儿，就没她的事了。她实在感觉无聊，就将目光慢慢地转移到眼前一块黑板报上，原来是国庆专栏。上面写道："想我国是个强国！乾隆皇帝收复了大明朝，康熙收复了台湾……多少皇帝抵抗了外表的侵略者。"她看到这儿，心中一惊，不觉"啊"的一声，说出了口："我的天哪，这写的是啥？牛头不对马嘴的。"搬桌子的那几位，听她这么一念叨都愣了，什么情况？忙挤在一块，一看都乐了。

"这学生缺乏历史知识吧！瞅瞅，还有错别字呢，把'外国'写成'外表'了！"柳欣欣严肃地说。

"没办法，老师只管教，学得好坏，全在学生自己。你们说对不？"杨向荣说。

"不说这个，咱们还是准备操练吧！"没等杨向荣说完，陈娜娜就插了这么一杠子。

"嘿嘿嘿！"金仁轩又笑了。

"娜娜是个急性子的人，比较务实。按她说的去做，咱们就准备吧。"柳欣欣向大家微笑着说。

听陈娜娜和柳欣欣这么一说，杨向荣立即不说了，就等着跟大家练舞呢。

"我说，金老师，你这个英俊小伙儿，还在笑。别光坐着抽烟，你管音响。"陈娜娜说。

金仁轩听到这儿，这个气呀，一百二十个不愿意！啥玩意儿？你成了主角，我们反而成了配角。凭什么？要不是组长要求，我早就反出南天门了。其实，别看他想得这么横，但面上还是笑嘻嘻地应着："好好好……"将烟头扔在地上，用脚踩灭。

"哎哟，你这个人真是……"陈娜娜忽然说道。

"嘿嘿嘿，不好意思，我捡起来，扔进垃圾桶就是了！"金仁轩笑道。

"欣欣，别说了，咱们抓紧练舞吧。快三慢四，也就是华尔兹和布鲁士，咱们得按国际的标准练。嘿嘿，来吧，老师们，跳起来！"陈娜娜笑道。

"娜娜，就看你的了！"柳欣欣高兴得都合不上嘴了，向他们几个打个响指。

机灵的金仁轩一听，立即从桌子上跳下来，将录音机上的播放键往下一按，音乐便从音箱中放了出来。听了一会儿，确定是快三后，他才顺手将那烟蒂捡起来扔进垃圾桶里，麻溜地跑到李平跟前，抱紧她的小蛮腰，仰颔抬颏，鼻子朝上，很快地就进入了角色。音乐回响在整个教室，好像渗透了他们的每一根神经与每一个细胞，滚烫的音符热烈地跳跃起来，几位舞者舞步轻盈，旋转快捷……陈娜娜看到这里，真是心花怒放，便道："跳得蛮欢快的，不错！"正说着，嘴就哼起了曲子，手脚不由自主地随之而动……忽然，她不知看见了什么，自己停了下来，忙说："停——停停——"此言一出，四个人全愣了，不约而同地停下了脚步，都看着她的脸。

柳欣欣问："怎么了？娜娜，别一惊一乍的。"

听柳欣欣这么一问，陈娜娜本能地捂着鼻子想笑，然后一仰头，说："没有啥！就是……杨老师的舞步，好像有点小问题，可能是个人习惯吧！"她停了一下，没有忍住，最终笑出了声，接着说，"总觉着他的舞步别扭。不过，不仔细看，看不出来的！"

杨向荣可不好意思了，下意识地将右脚往后面挪了挪，黯然地说："可能扳不过来了，已经成这样子了。"

柳欣欣看一下杨向荣，感觉他情绪还好，忙问："向荣，是哪年的事儿？"

"前年夏天的事儿。"李平插了一句。

"李平说得对，就是那年的事儿。他参加教育局篮球比赛，脚受了伤，踝骨骨折了，留下了后遗症。是吧，向荣？"柳欣欣说。

杨向荣默默地点了点头。

"哦，原来是这样。对不起，让你难受了。"陈娜娜不好意思地说。

"没事儿，没事儿……"杨向荣低声说。

"好，咱们继续吧！伦巴、探戈啥的，统统都来一遍。"陈娜娜朝着杨向荣微微一笑，然后又转向那仨人示意道。

金仁轩只要闲下来，就坐在桌子上不断地抽烟，让这宽敞明亮的教室，硬是有了浓浓的烟味，反正那四人已经习惯了。就这会儿，他冷不丁地听陈娜娜这么一说，忙从桌子上又跳下来。他想：哎，简直待不成！只要活着，还得蹦呀！他晃悠了两下，便迅速地来到音响旁，手放在播放键上狠狠地一按，音乐便"爆"了出来，声音洪亮、热烈、沉稳，很有刺激性，使整个教室又沸腾起来。曲子终了，接着又是一曲，连续不断，好像磁场一般吸引着大家，每个人脸上都露出了兴奋的笑容，气氛非常地融洽。

时间过得真快，在不知不觉之中，天已近黄昏，连树上的喜鹊都叫了几遍了。陈娜娜看了一下表，忙道："时间不早了，今天大家表现得都不错。就到这儿，留着力气，今晚在舞厅里跳吧！"

柳欣欣他们一听"舞厅"二字，人更有精神了。

十四

又一曲终了。跳完舞的人们，都又回到自己的座位上。也有三一群俩一伙边走边聊，优哉游哉的。他们好像天生就愿意站着似的，自然也就没了位子。但总有个别姑娘，毫无顾忌地坐在男友的大腿上，邓玲就是其中一位，她调皮地将二老邪嘴上的香烟拔掉，自己又吸上两口，"咯咯咯"地一笑，又给他放回嘴上插好。二老邪被她摆弄得就像个木偶一样，怎么着都行。舞厅里气味很大，除了女人的胭脂味，就是男人的臭汗味与烟味了，三者合一，慢慢地弥漫在空气之中。

舞厅的球灯又旋转起来了。灯光忽明忽暗，但色彩斑斓，就像柔和的河水一样，映在每个人的脸上和身上，闪来闪去的。音乐一响，蹦迪就开始了。年轻人是喜欢这刺激的，一窝蜂地都去蹦。座位上剩下的，大多数是年龄偏大的，像杨向荣那样的就在那儿闲坐着了。本来他想去跳来着，他那受过伤的右脚，却是很不争气的，临上阵，反而尿了。于是，他向他的同伴们摆摆手，表示他有新的情况，又坐了下去。杨向荣默默地想：今晚跳了好几场舞，可能有些累着了。我这受过伤的脚就怕这个。

其实，杨向荣不善于交际，朋友也屈指可数，平日里总是独来独往，很少参加聚会。自从认识了成歆后，朋友们聚会的机会算是多了起来。尽管如此，他的朋友圈还是有限的。因为一般人他也看不上眼，必须能入他的"法眼"才行。因此，有些人说他"孤傲"。

记得有一年，他师范毕业刚上班不久，就碰上教育局举办篮球比赛，要求每所学校都要参加。于是，选拔队员的任务就落在副校长董小茜的身上。由于小学男教师少，她第一个就想到了杨向荣。杨向荣的性格，她是知道的，她跟他商量："比赛不白比，给每个队员都买一套运动服。另外，还发五十元钱，这样可以吧？"结果杨向荣的反应是：给我一万块钱，我都不去。因为我对那玩意儿不感兴趣！把个董小茜闹得很尴尬……事后，老师们知道了，都觉着杨向荣太虎了，就给这位副校长出了个主意，说音体美组的组长柳欣欣和杨向荣关系好得很，好像在处对象，让她去说服他，准行。董小茜笑了，知道里面的门道了。

这事儿就这么说成了。

这年头，私人关系还是很重要的嘛！董小茜无奈地笑了。当然，杨向荣是深爱着柳欣欣的。在她的面前，他有无数次想说"我爱你"，但不知为什么，他见到她嘴笨笨的，连话都不会说了，只能用行动来表达这份情感。

蹦迪的人们正蹦得欢的时候，杨向荣好像发现了什么，眼前一亮，一个熟悉的身影在里面晃来晃去……哦，是他！他怎么来了？杨向荣觉着好奇怪。正寻思着，不觉叫出了声："成歆……"

成歆耳朵还挺灵，眼睛寻着那声音的方向，"哎"了一声，也就从沸腾的人群中钻出来。

"在这儿呢！"杨向荣伸着大长脖子，一挥手，成歆便迅速地来到他身旁坐下。

杨向荣看见他都高兴死了，激动地说："没想到，在这儿碰上了你。"

"是呀，我也纳闷呢！在我印象中，你好像从来不出入这些场合。今天，是怎么一回事儿呀？"成歆明知故问，然后点燃一支烟，吸了两口，一仰脖子将烟雾吐出来，眼睛看着好像正在流动着五光十色的天花板。

"我……我那个啥……"杨向荣磕磕巴巴地说。

"啥吞吞吐吐的？我在里面都看见她了，跳得正起劲儿呢！"成歆说。

杨向荣红着脸，再也没说什么，低下头笑了。

"你就偷着乐吧！"成歆眯着眼睛又吸了一口烟。

"乐……乐啥乐呀？"杨向荣含着笑，说着说着又把头低了下去，停了一会儿，才抬起头来说："你别这么说，搞得人怪不好意思的！"

"怎么？"

"我现在挺难的。"

"难为情是吧？"

"就是。"

"你得跟她提……这事儿，幸福掌握在自己手里，懂吗？"

"我啥都懂，就是……"

"就是关键时刻掉链子。"

"就是……嘿嘿……"

"'就是'……你就知道'就是'，再'就是'，就飞了。瞅你这胆吧，老鼠似的。"

"哎，不说这个了。你怎……怎么来了？"

"尽打岔。"

"嘿嘿嘿……"

"本来我今晚在家看书来着。仁贵来了……知道吧！他说他表姐找我，就是那个孟玥。"

"我知道。"杨向荣连连点头道。

"还说孟玥在他家等着呢,我不敢怠慢,就去了。一见面,就激动地聊了老半天,突然她拉住我的手说,特想去跳舞。我说,想去就去吧!这不,我们几个就这么来了。"

"你们几个?"

"嗯……我,孟玥,还有仁贵和蒙濛呗!"

"哦,我说呢,干啥事儿都跑不了那两人。"

"没辙,他表姐让他俩跟着。"

"看样子,孟玥这个人还是有点传统。"

"传统不传统的,那啥……她在他家里住,不好意思不叫他们两人呀!"

"必须的,这面子得给。"杨向荣一歪脖子说道。

"我来的时候挺晚了,票都卖完了,没办法,硬着头皮买了几张高价票。"

"啥?有人贩票?"

"瞅瞅,多新鲜。看你这书呆子样,现在啥不贩呀?除了妈不贩,其他的啥都可以贩!"

"哟,这帮二道贩子,胆够大的。"

"经济搞活嘛,胆不大怎么行?"

杨向荣抿了一下嘴,正想张口说话,怎奈舞厅的照明灯忽然亮起来,又一曲终了,跳完舞的人们纷纷地从舞池之中向四周散去,熙熙攘攘,有说有笑,又搂又抱,甚至有打情骂俏的,好不热闹!随后,各找各的座位去了。

"瞅瞅,她们回来了。"成歆兴奋地笑道。

"嗯哪!"杨向荣点头应道。

"我回来了!瞅瞅,我又带回了一帮人马来。"柳欣欣用手绢擦了擦额头上的香汗说。

"你是她们的头儿吗?不带行吗?真是的!"成歆看了她一眼,然后又吸一口烟说道。

"嗯！是我带来的，咋地？我还带来一位舞蹈教练呢！"柳欣欣斜了他一下说。

"成歆，没想到吧？舞蹈教练竟然是我。"陈娜娜凑过来说。

"我早就知道是你，还有我不知道的事儿？"

回来的人越来越多，打断了他们的对话。过了一会儿，成歆和柳欣欣又一问一答地说起来。看样子，两个人很是开心。这时候，蒙濛像个孩子似的，蹦蹦跳跳地来到成歆跟前说："成哥，我说呢，你怎么跳了半截子就跑了？原来，你和你的这位文友跑到这儿参禅悟道来了。嘿嘿，真好玩！"说着说着，就毫不客气地挨着柳欣欣坐了下去。

柳欣欣低着头，抿着嘴，用她那圆润的肩膀头子，轻轻地撞了蒙濛一下，两人相对而笑。随后，双方的手紧紧地握在了一起。这时，蒙濛好像感觉到了什么，急忙抬头，就看见孟玥已经站在自己的眼前了。刚要说话，孟玥客气地朝她笑了笑，她脸一红，不好意思起来，忙道："哦，是姐姐呀。要不，你坐我这儿？"说着就要起身让座。

"蒙濛，别起来，我站着就行，没关系的。"孟玥赶紧地按住她说。

"这样吧，姐，我去仁贵那儿挤一下。"

"哎哎……使不得……"

"哟——让来让去的，不行的话，你就和成歆挤在一块得了。"柳欣欣竖起大拇指说。

孟玥一听，脸"腾"地一下就红了。然后说："哎呀妈呀……你真是的！那不行，我有点胖，坐……坐不下……"

"借口，都是借口！"柳欣欣大声道。

"好好好……我就坐在蒙濛的座位上，这下行了吧？"孟玥一副"惹不起躲得起"的样子。

有人在偷笑。

不知道什么时候，蒙濛早就跑到王仁贵的跟前，往他腿上一跨，坐定。杨向荣看到此景，一咧嘴，然后就装模作样地将目光移向别处。

"敬酒不吃，吃罚酒！你……"柳欣欣看着孟玥小声笑道。

孟玥没说话，只是一个劲儿地笑。

"看你把孟玥给说的！"成歆将烟按灭后说。

"没事儿，我们经常这么逗，从小就这样……"柳欣欣笑道。

"是这样的，在一起就逗着玩。"孟玥含着笑说。

"这才叫朋友，怎么闹都没事儿。"柳欣欣说。

"是朋友就得这样，默契又有担当。"蒙濛说。

"默契对着呢，但担当就不见得了。我有一个朋友，小名叫黑子。去年，他邀请我去他家玩，去一趟当地的山里。刚进山沟里，突然蹿出一条恶犬来，张牙舞爪，凶得很。再看黑子这小子，不见了，就剩我一个人了。咋办？危急之时，我捡起一块大石头，将恶犬打跑。只听有人在叫我……抬头一看，嘿——这小子在山头上站着，叼着烟直乐。我这个气呀！"王仁贵比比画画地就像说评书一样白话着。

金仁轩看一眼李平，两个人都忍不住哈哈大笑起来，其他人你看着我，我看着你，随后都笑了。周围的人不知道这里发生了什么事，伸着脖子好奇地朝着这个方向看了又看，有的甚至站了起来。

"有啥好笑的？你们这些人，大惊小怪的。"王仁贵问道。

"你那说话的表情和动作，逗死我了！"陈娜娜擦了一下笑出来的眼泪说。

"人家没笑你，是笑黑子呢。你可真逗！"蒙濛不经意地看了一眼陈娜娜，回头轻轻地拍了一下王仁贵的头。

"噢——那就好。"王仁贵憨憨地笑道。

"这个叫黑子的，算啥朋友呀？跑都跑了，还站在山顶上抽着烟笑话人。啥玩意儿！"杨向荣没好气地说道。

"不气不气,有啥气的,这不算什么出奇的。"成歆说着说着,表情就变得严肃起来,"我爸给我讲了这么一个事儿,那才叫又可怜又可气呢。他说,他在老家河北的时候,他们有个外号叫刘大姑娘的女同事,长得还行,后来脑子出了点问题,再后来……好像他们单位把她劝退了。"

"你说你说,往下说……"杨向荣着急道。

"她跟我爸说了她的事儿。她有个好朋友,还是老乡,关系好得不得了,跟亲姊妹似的。有时候,她还帮她的朋友带孩子,在她家吃饭,也是常有的事儿。晚了,也就在她家住了。就这样,特别信任她。所以,她一发工资,就把钱交给她存上。结果呢,你猜怎么着了……"成歆显得很神秘的样子。

"噢,出什么事儿了?"杨向荣瞪着眼珠子惊道。

金仁轩好像没有注意成歆说什么,在那里习惯性地举着夹着香烟的手,低着头,和李平窃窃私语,毫无反应,而孟玥她们都聚精会神地听着。

成歆继续说着:"出事儿了!老家来电报说她妈病了,她急呀,去找她的朋友,要钱回家看看老妈。她的朋友也急了……"

"给了?"杨向荣关心地问。

"没有!不但没有,反而问她,你啥时候交给我的?这一问,问得她目瞪口呆。得,人家不承认了。你说气人不?"成歆说。

"咋,钱混没了?"金仁轩正和李平甜蜜蜜呢,忽然惊道。这回,他倒听见了,也精神了,搞得李平张口结舌地望着他。

杨向荣斜了金仁轩一眼,心里感到一阵厌恶。俗——俗人一个!本来,金仁轩的形象在他眼中还算可以,听了上述那句话,完了,他立刻对金仁轩不屑一顾了——这人怎么没有同情心呀?他想着想着,又感到有些后悔,今晚就不该来,如果不是为了柳欣欣,为了这次国标舞比赛,他才不会来呢!今后,再也不想交往这种人,啥都不是。他好像看透了金仁轩。当然,平常在大面上还得过得去,这是做人最基本的原则。

"那是呀……这钱没了，人就完了。"李平缓了一口气说。

"人完是完不了，就是到后来，脑子有些问题了，用东北人的话说，魔怔了！唉……"成歘接着说道。

"我说的不是这意思，是另外的一层意思。你不可能不知道吧？"李平解释道。

杨向荣听后，暗想：这个李平，和金仁轩是一样的。这叫什么人找什么人，王八瞅绿豆——对上眼了！一丘之貉。打这之后，他开始鄙视他们了。

成歘刚要张嘴说话，就被孟玥给打断了，她说："这人咋这样呀？毫无信义可言。交人还不如喂条狗，狗喂熟了，还有感情呢！真是的……"

"就是的！人得讲信义，才能称之为人。否则，猪狗不如。"成歘严肃地说。

成歘和孟玥所谈的内容，李平根本没有兴趣，而且认为毫无意义。她眨了眨眼，便朝着金仁轩冷笑了几下，然后"喊"的一声，心想：一对书呆子！

"人是有感情的动物。"杨向荣自言自语地说。

"这个叫刘大姑娘的，怎么说呢，我是同情她的。唉……这又有啥用，事儿已经发生这么长时间了，没法补救了。"王仁贵摸着自己的大鼻子说道。

"我不同情这种人，太傻、太老实、太轻信人了。特别是跟钱打交道，要格外地小心！"蒙濛气愤地说。

"人就是可怜。左也不行，右也不行，难哪！"陈娜娜在成歘旁边嘟囔了一句。

柳欣欣托着下巴在听，她没有发表任何意见。

这一会儿，乐队那边有个高个子男的说话了，声音洪亮而厚重，富有磁性。看这架势，像是唱歌的，而且是男高音。圆脸、板寸头、络腮胡须，身宽体胖。特别是他那肚子，大大的、圆圆的，说起话来，都带有节奏，就像个音箱似的。他说："诸位——诸位朋友，晚上好！今晚，注定又是难忘今宵。此时此刻，我们特邀本市著名舞蹈演员邓玲女士前来献艺。好——有请邓女士，她给诸位朋友带来的是激情似火的迪——斯——科——"

这位高个子的"男高音"宣布完，舞厅就像爆开了锅似的，人们顿时沸腾起来了。有的在拍手，有的在尖叫，还有的在吹口哨。场面一度失控，在保安人员的维护下，秩序又很快地恢复了，舞会也达到了高潮。邓玲穿着黑色超短裙，蹦蹦跶跶地跑到了舞池的中央，笑容可掬地行个礼，快步走个来回，兴高采烈地说："大家好——大家晚上好——"猛地见到老朋友，就点头示意或握手，感觉非常有亲和力。仿佛是个红得发紫的"大明星"了。

这下不得了，真是刺激死了。在场的人们拼命地欢呼着，鼓舞着……二老邓乐开了花，他拍着手，在那儿助着威，眼前的眼镜链条晃来晃去的……

此时的成歆他们都看傻了，连话也说不出来了，都瞪着大眼珠子，张着嘴，就等着邓玲这位"大明星"表演呢。场内那些拍手声、尖叫声、口哨声连续不断，此起彼伏……

外面的风，好像也焦躁不安了。

十五

"欢迎——欢迎你们到惠宁寺游玩。可把你们盼来了!"德远法师对着来访的成歆他们说,然后伸出大手和他们一一握手,客气地将他们让进了寮房。

"师傅,近来可好呀!"成歆诚恳地问。

"哎呀!感谢佛菩萨的庇佑!我的身体还算好。一天除了诵经念佛,就是傻吃傻睡的……我看到你们,突然想起前几年和几个师兄师弟回家务农的情景。有的已经还俗了!我算幸运的,后来又回到了寺里。"德远法师说到这里,显然有些激动。

"那么,那些回家务农的和尚,后来娶媳妇了吗?"王仁贵故意地问。

王仁贵的话刚说完,忽然又尖叫起来——蒙濛在后面瞪着眼,咧着嘴,用手狠劲儿地掐他的胳膊,轻声地说:"让你瞎问!能不能不吱声呀!"

她掐得王仁贵直跳蹦子。

"哈哈哈!"孟玥和柳欣欣相对而笑。

德远法师微微一笑,坦然地说:"这个,不是什么问题,问得倒挺有趣的。"他又望了望别处,接着说,"我说了,你们有可能不敢相信。还俗的,就一个和尚。其余的，后来都回到了寺院。"

此时，成歆含着笑，通过寮房的窗口，望了望远处贺兰山的秋色，重峦叠嶂，云雾缭绕……塞北的风景别有风味，他陷入了沉思。

时间好像过了很久。突然，孟玥喊他："成歆，师傅叫你呢！"这才把他从沉思之中拽回来。

"哦——对不起！师傅，我走神儿了。是这样的，近日总觉着胳膊不太舒服，酸痛无力，想请您给我看看，扎扎针啥的。"成歆客气地说。

"是左胳膊疼，还是右胳膊疼？"德远法师笑道。

"是左边的。"成歆咧了一下嘴说。

"嗯。你抬一下胳膊。"

"这样不疼。"

"再高一点。"

"哎呀……这样不行了。师傅……又酸又痛的。"

德远法师走近他，又顺手摸了摸他的胳膊和脖子，寻思了一会儿说："哦，我知道了。是颈椎有点毛病，可能是轻微的颈椎病。这个得到医院拍个片子。再加上现在入秋了，也可能受了点凉，所以就酸痛起来了。别担心，问题不大，针灸治疗两周，就差不多好了。我是有这个把握的。"

成歆听到这儿，心也就放下了。大家伙儿也松了一口气。

"孟玥，请你到伙房，叫做饭的德杰师傅将针煮一下，好吧？"德远法师笑道。

孟玥一愣，疑惑地看着德远法师，心想：这和尚故弄玄虚吧，扎针不就行了，还煮针干什么呀？她没有动地方。

"别愣着了，快去。现在的针不是银针，得煮。煮针是为了消毒，寺院条件不好，没有酒精，更没有消毒设备，只能用这土办法。"德远法师和气地说。

"噢……我明白了。谢谢师傅！"孟玥恍然大悟地一摸后脑勺说，并向他鞠了一躬，忙拿着针盒，麻溜地朝着伙房跑去。

她绕过祖堂，通过无量殿和禅堂，就到了伙房。推门一看，还挺亮堂的，地方也大，只见德杰师傅在那里抹灶台呢。他身穿褐色僧衣，腰间系着红围裙，中等个头，脸黑而微圆，上唇和下巴有稀拉的胡茬，说话声音嘶哑，但显得很憨厚。

孟玥走近他，忙道："师傅，德远法师让您煮针消毒。"

"好好好，没问题。你把针放进锅里，我给你倒水，咱们煮。"德杰笑道。

"一共九根针，放进去了。"孟玥压低了声音说。

"知道了。"

炉火在燃烧，锅里的水慢慢地沸腾了。约莫二十分钟，针便煮好了。孟玥小心翼翼地用筷子将针一根一根地从锅里夹出来，向德杰师傅行了一礼，说声"谢谢师傅！"扭头就跑了。

德杰师傅望着她微胖的背影憨憨地笑了。

今天，他们六人来逛惠宁寺，是昨晚舞会散后说好的。他说："这几天，不知道咋了，胳膊时而酸痛。"

"那你还不赶紧去医院看医生？晚去不如早去。"孟玥关心地说。

"是呀，早点去吧，别耽误了，成哥。"蒙濛焦急地说。

"没事儿……"

"他这人就是这样，我打小就知道他。不紧不慢，四平八稳的。"王仁贵讲话了。

"嘿嘿嘿，知我者仁贵也！不过，医院就不去了吧？现在，他们的服务态度比以前好了，我倒有点受宠若惊……只是我嫌麻烦——不管是什么病，都全面检查一遍。什么血、尿，还有心脏……你说，麻烦不麻烦！"成歆说着说着，就摇头连说几个"麻烦"。

"现在医院都这样，都得全面检查一遍。你还是去吧！"孟玥有点急了。

成欤接过话茬说："呦，我想起来了——前几年我认识一位世外高人，也就是惠宁寺的住持德远法师，不但通晓佛学，还懂得中医。特别是针灸，是他最拿手的绝技。干脆我找他看看，扎扎针啥的，你们说好不好？"

　　"成欤，你怎么相信这些人的鬼话呢？那些和尚道士啥的，都是江湖骗子。能信吗？"王仁贵不服气地说。

　　成欤白了他一眼，忙道："就说你陪不陪我去吧？反正你姐肯定陪我去。"

　　"这话说的，就当逛庙了，不去白不去！"王仁贵翻了一下眼珠道。

　　"陪，我们大家都陪你去。你看怎样？"杨向荣和柳欣欣异口同声地说。看看这一切多么具有戏剧性，说变就变……

　　"师傅，针来了，煮好了！"孟玥还没进门，就在外面喊上了。

　　"姐，师傅等着呢，快进来！"蒙濛迈出门槛说道。

　　"功夫不负有心人哪！"德远法师挽了挽宽大的衣服袖子笑道。

　　成欤早就准备好了，听到孟玥的声音，忙将左边的衣服袖子脱下，露出胳膊来，在那里就等着几根神针扎下去，立竿见影呢！再看德远法师，挽起袖子，行针纯熟，动作敏捷，沿着脖子、肩、胳膊和手上的穴位大椎、风府、风池、肩井、肩髃、曲池、手三里、外关、合谷捻下去，手疾眼快，一气呵成。

　　成欤看到自己像刺猬一样的胳膊，心里有些怕了。跟德远法师没聊几句，就感觉浑身冒冷汗，恶心得不行……不一会儿，就翻起了白眼，瘫倒了。德远法师一惊，但很快又镇定下来，并马上意识到，他晕针了。说时迟，那时快，他忙将成欤脖子、肩、胳膊和手上的"刺"全部拔掉，回头便对孟玥说："快把窗户打开，通风——"这下子，可把一屋子的人吓坏了。孟玥直勾勾地看着成欤，二话不说，跑去打开窗户，又忙将他搂进自己的怀里，脸贴着脸，用手轻轻地擦掉他额头上的汗，拼命地吻他的双颊，深沉而又亲切，以此来安慰他，孟玥喃喃地说："刚才还好好的呢！这会儿……怎么了？"话还没说完，眼泪不觉夺眶而出。

站在孟玥身旁的王仁贵和蒙濛默然地掉下了眼泪,杨向荣的眼睛也红了,柳欣欣在那儿焦急得直叹气……场面令人窒息,也令人担忧。

此时此刻,德远法师已经在禅床上打坐念佛了,但他两眉是紧锁着的……

幸好,成歆没过多久就慢慢地醒了。他睁开双眼,笑着说:"我没事儿……这不,好好的吗?"

"成歆,你总算醒了!我……"孟玥抬起头,含着热泪,捂住自己的心口笑了。

大家伙儿立即围了上来,露出了"久违"的笑容。真是虚惊了一场。德远法师也从他的禅床上缓缓地下来,来到他们的中间,双手合十道:"阿弥陀佛……总算醒了!"

"师傅……"大家伙儿惊异地望着他。

你不是大师吗?我看你就是个骗子,看你还有什么新花样,整这么一下子,把人吓得够呛。如果有人有心脏病的话,那就彻底地完了。哼……王仁贵在想。

"我知道你们在想什么。他晕针了!"德远法师笑道。

"刚才都吓死人了。"蒙濛咧嘴说。

成歆刚要说些抱歉的话,就被德远法师善意地阻止了:"先吃点东西,休息一下,然后再说话不迟!"说完,他就拿出一些糕点给成歆。成歆接过来,说声谢谢,就狼吞虎咽地吃了起来。他吃完糕点,大约休息了二十分钟,脸色又红润起来了。德远法师看到此情景,高兴地说:"这下好了,咱们该说一说这事儿了。成歆,你知道你为什么会晕针吗?我敢断言,你今天肯定没吃早点。再加上你对针灸有种莫名的恐惧感……当然,针灸治你的颈椎病效果最好。但很遗憾,你是扎不成了!我建议你今后按摩按摩,或者烤烤电,要不然,贴膏药、喝汤药也行,治疗的法子多着呢,你可以选择。"

"谢谢师傅的指点,我记下了。"成歆感激地说。

"你这病刚得上,不严重,但得赶紧治。"德远法师又补了一句。

"就是！颈椎病得抓紧治疗，不能等闲视之。"杨向荣实实在在地说。

"我觉着吧，他的颈椎病，跟他长期伏案工作有很大的关系。老师嘛，都有这方面的毛病，纯属'职业病'。"柳欣欣肯定地说。

"是的！成歆除了在学校批改作业外，还在家里利用业余时间读书写作啥的。这都是他……嗯……没事儿的时候跟我说的。"孟玥不好意思地说。

"你们这两位女士说的对得很！病就是这么坐出来的。读书写作是个好习惯，现在能坐住的人真不多。哈哈哈，但不要连续坐太久。坐久了，就太过了，反而不好。因此，该休息就休息，该活动的时候就要活动。人是动物呀，运动才是硬道理！"德远法师笑着说。

成歆只是双手合十地含着笑点头说是。

其实，他非常喜欢运动，每天早晨都去人民公园跑步、站桩、俯卧撑、练武术什么的，这都没有什么问题。关键是他读书写作的时间太长，晚上睡得又太晚，都在一点钟之后。这还不算，他偏偏喜欢睡高枕头。不然的话，就睡不着或上不来气什么的。这样，就造成了习惯性的落枕。落枕了，又不去管它，觉着没事儿，最多晃晃脑袋瓜子就行了。久而久之，日积月累，颈椎就出了问题，病就来了。

一道阳光照进寮房，惊醒了墙壁上的无名爬虫，它连忙朝着那阴凉的地方逃去。这会儿，屋里感觉亮堂多了，也有点热乎气了。然而，一阵敲门声打破了宁静。从外面进来一位白胖子，好像是某单位管事的，挺着大肚子，一副焦急的样子，呼哧直喘地说："师傅，你怎么还在这儿待着，还不出去给客人讲解？哎呀……"

德远法师忙应了一句："好好……马上……"

白胖子一听，满意地笑了："要快点呢！"立即扭过头去，小跑了几步，那样子就像只鸭子，小跑慢走地，又回到了无量殿的门口，和那些客人等着去了。

德远法师等白胖子走远了，就将目光投向了成歆他们，轻声地说："他领着客人到寺里来考察，我得去照应一下。成歆，你带着他们逛逛寺院吧！"说着，就抱起厚厚的一摞书走了。

"师傅是个出家人，怎么这样跟人说话呢？真没礼貌！"孟玥看了一眼外面说。

"有些人就是这样，不足为奇……我开茶庄，见得多了！"蒙濛不屑一顾地说。

"这死胖子，怎么回事儿？大师就这么让他请走了，没把我们当回事儿，这个……"王仁贵愤愤不平地说。

"哎——你们说，有这么请的吗？"成歆终于说话了。然后，他挤挤眼，又吐了吐舌头，朝着大家伙儿笑了。

"嘿嘿嘿，就是！有这么请的吗？"柳欣欣说。

大家伙儿正嬉笑着呢，只听杨向荣说："仁贵，你就是个老百姓，还把自个当回事儿。呵呵，拉倒吧！"说完，就眯缝着眼笑了。

王仁贵心想：哎哟喂，我被嘲笑了。这哪行呀？我得捞回来。他越想越气，忍不住开口道："杨老师，你小子和我一样，都是老百姓。老百姓咋了？咱老百姓有老百姓的尊严，不能把自个儿看瘪了。不是有这么一句话，人人平等！你小子不会不知道吧？"

"仁贵，咱们不说了。我跟你开玩笑呢，不说了……"杨向荣红着脸，歪着头，并做出暂停的手势。

成歆看了一眼杨向荣，忙道："仁贵有点急了，急啥呀？有话慢慢说不就得了。瞅瞅，仁贵学得不善乎了！"

"你们这些人说得真够多的，师傅都走了，咱们也该出去透透气了，别辜负他老人家的一片善意好吗？走吧！"柳欣欣说。

在屋里待久了，才知道外面的阳光是多么灿烂而宝贵。离这儿不远的无量殿那边的那帮客人，还在那儿听德远法师解说。他们有的拿着书在转悠，还有的在东张西望……成歆他们不想撞见那帮人,便从无量殿左侧的门洞走进去了。步入四合院,院落不大不小,正正方方,亮亮堂堂,给人一种豁然开朗之感。抬头仰望,一座五层高塔耸立在眼前,塔身正中,镶嵌着"石灵塔"楷书砖匾,虽然经过历史的沧桑,但字迹还清晰可辨,书体端庄、厚重而灵动。成歆看着看着,只叫几声:"好字,好字呀!笔笔见功夫。"他快步登上台阶,走近后,认真地观摩着,不觉手痒,用手比画着,默记在心里,琢磨着那三个耐人寻味的字。

"看把成歆激动的,他就稀罕这书法和文物。"孟玥笑眯眯地说。

"这'石灵塔'三字呀!据说是清朝的时候,由此寺住持通文老和尚写的。"成歆高兴地说。

"不光是字写得好,而且还是个历史文物。"杨向荣说。

"就是的!"孟玥说。

"这块砖匾能保存至今也是不容易呀!"柳欣欣下意识地用手拽了拽衣角,然后点点头说。

"那当然。现在重修了,能保存得更好。"杨向荣说。

"是的,惠宁寺通过重修,焕然一新。但各殿的佛像格局变了!比如说这塔东西'番殿',原来曾塑有带'番相'的菩萨和金刚啥的。现在,变成药师佛与地藏菩萨了。而且,穿的是汉装。那么,为啥没有按照原来的模样塑呢?谁也不知道!"成歆严肃地说。

"还有你不知道的吗?你可是专家呀!"柳欣欣笑道。

"专家,啥专家呀?你别给我戴高帽子,不知道就是不知道,不能不知道装知道,是不?子曰:'知之为知之,不知为不知,是知也。'就是这个意思。"成歆说。

"嘿嘿嘿,德行样!"柳欣欣说。

成歆吸着烟边走边说,大家伙儿都在那里听着,听到有趣的地方只是笑笑，没有其他反应，好像把成歆当成解说员了。这也难怪，大家伙儿知道他对佛学有所研究，还有对这座寺院历史的了解。他说什么，走哪儿，咱们听着跟着走就是了。

时下，气氛显得相当地融洽。

成歆慢步来到塔后，环顾四周，绿树碧影，微风徐来，婀娜多姿。孟玥下意识地仰起头，伸过手去，将枝子连几片叶子都攥在手中，好奇地又闻了闻，并端详这叶子，形状细长，轻薄柔软，润泽饱满，呈淡绿色。她用手摸了摸，心想：这是什么树呀？时节已经到了寒露了，怎么还这么绿呀？忙回头问成歆。

"这是啥树，我也不知道！听寺里的老和尚说，是菩提树。但我寻思着，好像不是。为啥呢？我见过菩提树的照片，圆叶，像杏仁，上部尖尖的。就这叶子，有点太长了吧！倒像是枸杞子，但瞅着又不是。我搞不明白了。"

"老和尚不会说错吧？会不会菩提树有多种？"孟玥惊奇地说。

"这个树种，我还真没有研究过。"成歆说。

成歆和孟玥说着说着，不知不觉之中走进了大佛殿，大家伙儿也就尾随而至。大佛殿的中央，供奉着释迦牟尼佛，左迦叶，右阿难，靠东侧为普贤菩萨，西侧为文殊菩萨。成歆说："大佛殿供奉的佛像没有变，寺院外面的准提殿和药师殿也没有变，其余的各殿好像都有所变化。"

"我觉着吧，变得对，就应该变。都啥年代了，哪有不变之理！"王仁贵笑道。

"成哥，你是知道他的，就像东北话说的那样，他一天就是'胡咧咧'。"蒙濛说。

"他这人，说话没正形的。"成歆说。

就在这时候，那帮子客人已经转到无量殿的后面去了，只有一些稀稀拉拉的游客还在那里转悠着。于是，成歆他们才慢慢地转回了无量殿前，它的东西两侧分别是禅堂与祖堂，门前都种有四棵侧柏，不高不矮，整整齐齐、郁郁葱葱的。当然，这里又是个四合院，比大佛殿的那个稍微大一些。

"无量殿前面就是观音楼，咱们说说这观音楼吧！原先是藏经阁，据说藏经万卷，现在空无一物了，甚是可惜呀！"成歆还没说完，王仁贵就好奇地抢了一句："咱们上去瞅瞅，咱……"成歆忙拦住他说："老和尚不让，你也上不去，锁着呢！"

"成歆，我看你跟老和尚挺熟的，去通融一下呗！"王仁贵跺了跺脚，然后在那里吵吵嚷嚷。

"我不是说了吗？空无一物，啥都没有。"成歆急道。

蒙濛在王仁贵的后面，猛地拽了他胳膊一把，他这才罢休。

成歆接着说："观音楼和它前面的灵官殿的前面，还是个四合院。这四合院的主要建筑都是压中轴线而建的。可见，中国古代建筑寺院也好，民居也好，或者宫殿也好，差不多都是一个样式，它要求在整体布局上，严整、紧凑、和谐与统一。"

"也就是说比较单一，不敢越雷池一步。说白了，就是没有创新精神！千年一个样。"王仁贵又说了一句。

"仁贵，士别三日，当刮目相看。你小子有进步，你说的这个问题吧，挺复杂的，用一句两句话是说不清楚的！赶明儿个咱哥俩儿再聊，好吧？"

"那是呀！咱哥俩儿……"王仁贵拍了一下成歆的肩膀说。

一路无话，也就到了灵官殿。只见一群小鸟从灵官殿东西两侧的钟鼓楼上飞起。成歆看了一下表，时间还早，便带着大家伙儿登上了山门楼，在关圣帝君塑像前继续解说着……

十六

　　成歆他们从惠宁寺回来的时候,已近黄昏,沿着小巷一路就到了王仁贵家门口,大家伙儿在这里告辞而去。对面就是成歆家,但他没有马上回家,而是犹豫了一下,停住脚步站在那里,好像想起了什么,回过头去,望了望王仁贵家墙角那棵茂盛的苹果树。红彤彤的苹果惹人喜爱,但他的心思,却不在这儿……他很快地将视线转移到了孟玥的身上,朝着她微微一笑,两人离得不远,相互挤了一下眼,朝对方来了个飞吻……

　　"哎呀妈呀!我姐……"蒙濛看到此景,惊呼道。孟玥羞得脸一红,头一低,不好意思地笑了。王仁贵含着笑,不由自主地摸了摸自己的大鼻子。

　　成歆回到家后,进了自己的卧室,觉着挺累的,就想躺在床上睡上一觉再说。没承想,李桂花风风火火地跑了进来,说:"成歆,你一大早去哪儿了?快去客厅帮妈包饺子。嘿嘿……媛媛来了,等了你一下午。别磨叽,麻溜地!"

　　"嗯哪……"成歆勉强地应道。

　　成歆知道潘媛媛来了,头都大了一圈,心烦意乱,但又无奈,只好硬着头皮去了客厅。成歆面对着潘媛媛而坐,感觉浑身上下没有一块肌肉是自在的,不知道说些什么才好……最后，憋红了脸，冒出了一句："你来了!"

"嗯……"潘媛媛轻声道。但没有抬头，继续忙着揪她的面剂子。

只见潘媛媛揪面"啪啪"有声，大小一致，个个溜圆……她用力压扁面团，这架势，好像有怨气似的。成歆坐在那儿，就是这么想的。接着，她又细心地在上面撒上干面，李桂花用手抬过来，迅速地将其擀成饺子皮。这一老一少所做的活计，真是干净利索，默契得就像母女一样。剩下的，就该是成歆的活了。

那就包饺子吧。他很快进入了角色，一口气包了八九个饺子，头上都冒汗了。潘媛媛看在眼里，心里暗暗地发笑，有点幸灾乐祸的样子。她虽然这么想，但还是心疼他，尽管自己被"伤害"过，内心时而隐隐作痛……此时的她只能故作镇定，视而不见，又继续揪她的面剂子，但不同的是，脸上总算有了笑模样，好像感受到了一阵安慰似的。成歆坐在那儿，有些不自在了，一会儿摇摇脖子，一会儿又晃晃肩膀。他觉得累了，但还是勉强地一口气又包了八九个饺子，头上的汗也就流了下来。

潘媛媛实在忍不住了，涨红了脸说："你要是累了，就休息一会儿，我和成婶干就行了。"

"啥? 成歆才包这么几个饺子，就累了? 媛媛甭管他，他平常就是不干活，缺乏锻炼，他……他就跟他爹一样!"李桂花瞪着眼珠子，张着大嘴巴嚷道。

潘媛媛这下憋不住了，"扑哧"一声笑了，然后说："成婶，没事儿，我自己来都行，不要紧的。"

成歆仿佛什么都没听见，还在那儿默默地包他的饺子。这时，他猛地一抬头问他妈："我爸去哪儿了? 一进门就没见着他。"

"他呀，能去哪儿? 吃完中午饭，就去刘大肚子家串门去了。一有空，就出去转，转呀转……我对他呀，没招儿!"李桂花不满地说。

"妈，别这么说我爸! 他年轻那会儿，不就这样吗? 你不是不知道吧?"

"好！我不说……都是你们爷俩的事儿，你妈只管干活。"

潘媛媛静静地在那儿听着，还在继续忙着揪她的面剂子，再也没有理会。窗外的院子和下屋渐渐地变得模糊起来，天也就黑了。

"你爸该回来了，我就知道。"李桂花望了望外面笑道。

"到饭点了呗，他不回家行吗？"成歆低着头包着饺子说道。

"说得对！这才是我儿子，知道他妈想说啥。"

母子俩聊得正酣，只听大门"咣当"一声响了，成歆他爸成国祥披着满身月光，挺着笔直的腰板，背着手，慢慢悠悠地走进来。

"哟，老东西，到点就回家吃饭了！"李桂花瞪他一眼说。

"咋地，不行吗？"成国祥一抬头，看见了潘媛媛，便说："哟，媛媛来了！"

"嗯哪！成叔，您回来了！"潘媛媛笑道。

"饺子包得差不多了吧？我就不上手了。"成国祥嬉皮笑脸地说。

"上手，老东西，你啥时候上过手？嗯……得，在一边儿待着去吧。"

成国祥也没客气，来到电视机旁，一按开关，电视机就开了。他转身立即坐在沙发上，跷起二郎腿，从烟盒里抠出一支烟来，叼在嘴上点燃，狠狠地吸了两口，然后吐出浓浓的烟雾，就潇洒地看起了电视。成国祥的烟瘾很大，一会儿就把屋子抽得像着了火似的。还好，他还知道起来，将窗户开个缝子，让烟跑出去。

"老东西，看你把这破家给抽的，全是烟，你瞅瞅……没招儿，我真的没招儿！老子抽，儿子抽，就我不抽，总是干活！唉……"

爷俩都在那里静静地听着，像缩头乌龟似的，没一个敢插言。

潘媛媛下意识地瞟了成歆一眼，又很自然地将头低下，抿着嘴笑了笑，那样子显得格外优雅而又可爱，手里还是继续忙着揪她的面剂子。

三个人忙活，饺子很快就包好，已经下了锅。

归 妹

"妥了，大功告成！成歆，去喊你爷和成祎来吃饺子。"李桂花咧着大嘴笑道。

成国祥一听，我的乖乖，饺子总算煮熟了。伸个懒腰，又扭了扭脖子，忙将烟蒂迅速地按在烟灰缸里，早早地坐在饭桌前等着去了。

"你的任务就是坐着等着，完了就是冒烟……"李桂花不客气地说。

"必须的，必须的！"成国祥不住地点着头说道。

"你的脸皮咋这厚呢？你瞅这墙没……"

不一会儿，成歆搀扶着爷爷成志远慢慢地走进客厅，成祎在后面跟着。看上去，成志远的身体和精神还蛮好的，坐在饭桌的正中，成歆和成祎依次在右侧坐了下来。潘媛媛作为客人——不，作为将来成家的媳妇——应该有她属于自己的位子。不管家里的其他成员是否这样想，但他的爷爷起码是这样想的。大凡天下的老人都是这样的吧！年龄越大，越盼望着能早日看到自己的孙子成婚，然后，再抱上重孙子。老人家捋了捋灰白的胡须，不停地看他将来的孙媳妇——潘媛媛。真是高兴呀！把个潘媛媛看得羞答答的……她坐在了左侧，刚好面对着成歆，和成歆一样离爷爷很近。这一切，好像是有意安排好了似的。

猪头肉和大白汾摆在成志远的眼前，李桂花将酒给老人倒上，成志远高兴地又捋了捋灰白胡子。他下意识地用鼻子闻闻，好香！饮了一口，沁人心脾，醇甜、柔和……他眯着眼睛，吧唧了一下嘴，微微一笑，便用筷子慢慢地夹了一块猪头肉塞进嘴里，细嚼慢咽起来，脸上顿时升起了幸福的表情。成歆和成祎，还有潘媛媛都在看着老爷子喝酒，没有一个人敢动筷子的。老爷子喝得恰到好处时，慢慢地将筷子伸向了饺子……这就意味着，开吃了！成祎想着，筷子也就到了。其实，他们早就饿了，就等着爷爷的那一筷子呢。

晚饭吃好了，潘媛媛帮着李桂花洗碗筷，李桂花不让她干，她非要做，还真把自己当成成家的媳妇了。成歆搀扶着爷爷回里屋去了，成祎在后面紧紧跟随着。客厅里只剩下成国祥一个人，坐在沙发上继续抽他的烟，看着电视。

从爷爷的屋里出来，成歆也就回到了自己的房间。只听上屋的厨房内，李桂花和潘媛媛正在稀里哗啦地洗碗筷呢，当然，两个人分工合作得很好。潘媛媛负责洗，用洗洁精洗上几遍后，就交给了未来的婆婆，李桂花再用清水冲上二三遍就行了。

不久，忙完活计的潘媛媛，脚踏着高跟鞋"嘎哒嘎哒"地走到他房间的门口，向里一探头，便道："歆哥，我该回去了。都出来一下午了，我怕我妈担心。"

"我送你。"成歆愣了一下道。心想：多新鲜，今天，没黏着我。

"不了，你歇着吧。我不怕的，我出去就打的。"潘媛媛小声地说，显得很可怜的样子。

成歆再没有说什么，只是点了点头。潘媛媛走了，成歆终于轻松地喘了一口气。现在，他看见她只想躲……唯恐躲闪不及。这不，又碰见了她，而且在自己的家里。然而，父母还不知道他真正喜欢的人是谁，还以为是潘媛媛呢！他爸还可以，就是他妈太固执。在她的心里，总想着：你是我儿子，必须听我的。这不是把儿子当成自己的私有财产了吗？除了这些，容不得你半点想法，也不给你表达的机会。这就是他所沉闷而又痛苦的原因。他喜欢孟玥，爱她如同爱自己的生命。因为她懂得他！在他的眼里，他越看她越觉得她柔情似水，好美，好美，美到极致！于是，他一往情深……他想着想着，感觉有些困意了，便躺在床上眯着眼睛，昏昏沉沉，似睡非睡……今晚，月光朦胧，云彩像鳞片一样堆积在那里，在它的边缘慢慢地出现了另外的一种景象，周围的环境很静很静，孟玥好像不请自到，并朝着他微微一笑。不一会儿，潘媛媛不知道从哪儿挤了进来，怒目而视，脸色难看极了，态度也十分恶劣。面对惊慌失措的孟玥，她用手一指，人变小了，再用手一指，人又变没了。紧接着，就是充满恶意的大笑声，不绝于耳。不久，这笑声就化成阴阳二气，像螺旋一样滑向了黑暗，只听那边传来一阵阵的惨叫声。"啊……"他呻吟着，但没有起来，面部表情痛苦而又恐惧，身体瘫软而又无力，好像有什么东西压着似的。他下意识地觉着自己好像魇住了。他努力着……努力着……终于睁开了眼睛，并喃喃地哼了几声，脑子清醒了，也回到了现实。

他慢慢地举起胳膊，看了一下表，九点钟了。于是，他想起来，想脱掉衣服，甚至脱得光光的——这样才痛快，才舒服。再钻进被窝，踏踏实实地再睡上一觉，直到天亮。但想归想，他没有立即起来，而是在那里不自觉地琢磨着那个梦。尽管那个梦令人厌恶，然而，他脑中又不由自主地像放电影似的，一遍又一遍地重复着那个"影像"。放着，放着，就变成了慢镜头，渐渐地停滞在他的眼前，挥之不去，那便是孟玥。再往后，潘媛媛出现了——怒气冲冲的，嘴里还不干不净地说着什么。此梦不祥！他突然想到。他下意识地将这个"镜头"给"掐"掉，再也放不下去了，也不想放下去了。他连叹几声，就闭上了眼睛。辗转反侧，他总在想这个不祥之梦究竟要告诉他什么，或者预言了什么。他开始迷信起来！想着想着，便从床上一跃而起，来到桌前，打开台灯，在书堆里翻来一本《周公解梦》，像饥饿的婴儿拼命地吸吮母亲的乳汁一样，急切地翻着书页。结果，并没有找到答案。这使他感到非常沮丧和烦恼。这时，他想到了孟玥，他多么想把这个不祥之梦告诉她呀！决心已下，他习惯性地又看了看表，九点半了，时间不算太迟，走吧！他穿上外衣，走出了家门。

他很快就到了王仁贵家门口，想敲门却又将手收了回来，心想，天色已晚，别惊动王家的大人了。少顷，他转到房后，摸到窗户外，里面还亮着灯，透过窗帘，隐隐约约地看见一个人影，坐在窗前，正在那里读书呢。他的心已经提到嗓子眼儿了，激动得跟什么似的，这应该是孟玥吧！是的，他已经熟悉了她的习惯动作，没错！于是，他弯下腰，用手轻轻地敲两下，压低了嗓子叫道："玥儿……"窗户里头的人听见了，用手掀开窗帘的一角，探出头来，还真是孟玥！她朝着窗户外的成歇，会心一笑，然后用手指了一下门，他立即心领神会了，便迅速地又转回了大门口。不一会儿，门开了，孟玥便从里面出来了。

一见面，两人都控制不住，就情不自禁地拥抱在一起。她的头微微一仰，便把脸凑上去，没等成歆反应过来，就迅速地蹭他的脸，显得那么热情、奔放……不一会儿，两人忽然停了下来，互相凝视着，感受着对方的爱意。孟玥缓了缓，喘着粗气，喃喃地说："成歆，亲我！"此时，成歆没有说话，他的眼睛盯着她的脸庞，狠狠地吻了一口。这一口下去，就在她的脸上留下了爱的印痕。

"嗯……你咋这么狠呀？"孟玥撒娇地说。她虽然这么说，但心里觉着热乎乎的。她想着，这是吻吗？这简直就是咬呀！只有爱你爱得深的人，才这样地疯狂。

于是，她闭上眼睛等待着、等待着，享受他那强烈的爱。

他们完全坠入了爱河，显得那样的亲切而又深沉。爱使整个世界浓缩了起来，只有他和她了。

晚风好像嫉妒他们似的，悄悄地来到了他们的身旁……

成歆又喘了一口气道："我太幸福了，我是世上最幸福的人！"

"我也是……"孟玥如梦初醒地说。

她的头紧贴在他的胸前，他们仍然在那里拥抱着。忽然，风大起来，树上飘落了几片叶子在他们脚下。

"我担心有人偷看我们……"成韵说。

"不怕！这儿有棵树挡着，而且还有你……暖和……"

"嗯……我有事儿跟你说。"

"啥事儿？在这儿不能说吗？看你神神秘秘的……"

"在这儿不能说，隔墙有耳。"

"有道理！说，咱们去哪儿？"

"不远，就在贺兰山北街，那边是黄河有色金属冶炼厂家属区。那里有绿化队的苗圃基地，树也是很多的，很隐蔽，是说话的好去处。"

"那敢情好，你背我……"

十七

　　早晨，成歆一上班就无精打采地坐在办公桌前，他想：真不该一股脑地将昨晚那个不祥之梦告诉孟玥。这一会儿，他特别担心。她可能会感觉恐惧，或者有什么奇怪的想法吧！这样的话，恐怕会影响他们的恋爱关系。正想着，他觉得头很沉，眼皮直打架，瞌睡也就来了。

　　于是，他就趴在桌子上，想迷糊一阵子。

　　其实，孟玥不像成歆担心的那样脆弱，而是蛮坚强和果断的，这从她打小照顾她那精神失常的妈妈可见一斑。孟玥回到家的时候，已经是凌晨一点十分了，便和衣躺在床上。成歆给她讲的那个不祥之梦还历历在目。当时，她猛地一听，感觉挺惊讶的，甚至有些害怕，还紧紧地抱住成歆不放，并默默地祷告着：但愿我和你永远在一起！然而，冷静之后，她细细思量……古人讲过，日有所思，夜有所梦，看样子，成歆想多了吧？不然，怎么有所梦呢！难道潘媛媛又去找他了……又去缠他了？一连串的问题，在她的脑海里转来转去的。孟玥不觉冷笑一声，这不成三角恋爱了吗？一个愿意，另一个倒贴，就等着成歆选择了。她不禁微微一笑。当然，成歆选择的是她，而且是一见钟情，她何尝不如此。因此，她坚信他们的爱情是坚不可摧的，任尔东西南北风……

成歆大概睡了两节课。在朦胧之中，隐隐约约地听见吵吵嚷嚷的，不知道在搞什么名堂。他微微地睁开惺忪的双眼，向周围瞄了瞄……只见老教师张美怡正在那里说新调来的年轻老师郜艳芳呢。

"你是不是有病呀？咳咳咳的……传染给别人怎么办？"张美怡皱着眉头，操着一口南方口音的普通话道。

郜艳芳捂着胸口，难为情地愣住了，看着她竟一时语塞了。

"你这样下去的话，谁还敢跟你对桌子，没人敢，懂吗？反正我不想跟你对桌了，你想跟谁对就跟谁对，好吧？"张美怡变本加厉地说。

张美怡唠唠叨叨，没完没了。她就是个得理不饶人的人，干什么都不能吃亏。如果吃了亏，那还了得！

"郜老师，你来，你到我这儿来，我跟你对桌子，我不怕你有病，也不怕你传染给我。"成歆真诚地说。

郜艳芳听懂成歆所说的话了，立即将桌子和椅子搬过来，和成歆的桌子对在一起。她看下成歆，很委屈地将头低下，就差掉眼泪了。张美怡看到这儿，便狠狠地白了他俩一眼，再也没有言语，戴上老花镜在那儿批起作业。

铃声响了，一晃就到了第三节课，成歆抓起教案夹就要出去。郜艳芳看他这慌乱的样子，笑了，忙道："成老师，你精神不佳就甭去了。我去上数学课，刚好还有几道题给学生讲一讲，你歇着去吧！"成歆会意地点了点头，表示同意。

郜艳芳昂起头，从容不迫地带着教案夹和教具替成歆上课去了。

"哟——这小伙儿，今天怎么了？没精神了！"肖霞笑道。

"昨……昨晚失眠了！"成歆不好意思地说。

"失眠？是谈恋爱谈得太晚了吧！激动得连觉都忘睡了。这不，跑到班上睡大觉来了。哎——一举两得，你可真哏儿呀！"汪敬堂阴阳怪气地晃着脑袋瓜

170　　　　　　　　　　　　　　　　　　　　　　　　　　　　　归　妹

子说。

成欤知道这个天津人是什么意思，更不愿再跟他说什么了，但也不想得罪他，便喝一口水，又点燃一支烟，吸上两口，朝他微微一笑!

"你换对象了吧?成老师。"孙丽正儿八经地说。

成欤一愣，她们咋知道的?消息这么灵通……是谁看见了?他寻思了一阵子，忽然一拍脑门儿，恍然大悟。原来，暑假值班那天，他约孟玥来校的时候，被路过校门口的那个外号叫"大白话"的中年教师魏彩华看见了。唉——准是她传的，没错!还有……她就好这一口。那嘴皮子，上下飞动，翻来覆去的，事情也就传出去了。这会儿工夫，成欤都能想象得出来。不然，老师们怎么会送她这么好玩的外号?

此时此刻，他感觉特别孤独与无助。

成欤的心翻腾起来，边吸烟边想：今天下午，我不想上班了。管它呢，反正又没有课，跟郑校长打个招呼，就说是家里有点事儿。谁还没个事儿……想好了，他微微一笑——再见，我的老师们，我就要和我的女朋友约会去了。你们去说吧!愿咋说就咋说……这是你们的自由，我管不着!全市算什么呀?最好让全世界都知道，我不就出名了吗?多管闲事，多吃屁……他气得直骂脏话。当然，是在心里骂的。他想着想着，这种精神胜利法蛮解气的，感觉也很爽。他高兴地打了个响指，感觉四面八方都在回应着，好像高唱着凯歌。再见，我的老师们，我就要和我的女朋友约会去了。

还好，郑校长没有找他的麻烦，痛快地同意了。

孟玥是文学爱好者，喜欢诗歌、散文和小说。在这几年里，她读了大量古今中外的文学名著，时而写些随笔什么的。当然，在读书之余，孟玥没有忘记书法，每天都要写一张字。可见，她的业余生活比较充实。她技校毕业，刚分配到矿山机械厂上班的时候，就经常去新华书店和市图书馆买书和读书，时间一长，无论是新华书店的营业员，还是市图书馆的管理员都认识她了。值得一提的是，图书馆的管理员张阿姨，看她漂亮而又文静，而且还爱学习，甚是喜欢，就在二楼给她安排一个阅览室，以便她更好地读书。

所谓的阅览室，原来是放杂物的房间。图书馆的吴馆长是个细心的人，她心想：这个房间放着也是放着，干脆"废物利用"把它打造成像家庭一样温馨的小型阅览室，专供中老年读者使用。说是专供，但也需要变通不是？如果没有中老年读者，管理员们可以安排他们的亲戚朋友什么的来使用。

小型阅览室里面，放着一张桌子、两把椅子和三个书架。这样，三面环书，刚好形成一个半圆，书香特别浓郁。这还不算，窗台上还摆放着四盆茉莉花。管理这个小型阅览室的，就是管理员张阿姨。

孟玥这会儿正在休年休假，趁这个机会，在她老姨家多玩几天。当然，主要是冲着成歆去的。她再见到成歆的时候，是下午两点半。那时，她正在睡梦里，朦胧之中，总觉得有人喊她，睁开惺忪的双眼，将头往窗户的方向一看——啊，那不是成歆吗？她的心不禁"怦怦"直跳，脸就红了起来。他的眼睛正看着自己，手比画着什么，她立即心领神会了。

两人一见面，就不顾一切地拥抱在一起，好像时时刻刻都离不开对方，又好像时时刻刻都在思念着对方……

成歆牵着孟玥的手，步入图书馆一楼的阅览室。这里一片肃静，中间摆放着三大排书架，上面满满的全是书。有七八个人在不同的位置静静地看书。周围墙壁上挂着名人字画，靠近西面地面上种植着一排排的花草。

他们沿着走廊，从右边的楼道上去，就到了二楼阅览室。二楼阅览室和一楼的情况差不多，就是多个小型阅览室而已。这时候，孟玥找到了管理员张阿姨。张阿姨看见她今天不是一个人，而是两个人，早就猜到三分，肯定是孟玥的男朋友，长得还挺英俊的，甚是欢喜。她立即将钥匙交给孟玥，又看了几眼成歆，便笑嘻嘻地走了。

成歆望了望张阿姨的背影，感觉挺不好意思的。

一进门,就成他们的天下了! 茉莉花的芬芳馥郁之气扑面而来,浓香满室。

孟玥仿佛刚从梦幻中醒来似的,静静地在那儿待了许久,才缓缓地说:"嗯……咱们坐吧。"

"那好,坐吧。"成歆回应着。

他们相对着,又沉默了一会儿……好像又回到了当初那陌生而又熟悉的样子。忽然,两人都莫名其妙地低头笑了,笑得那么天真,那么痛快,那么甜蜜,瞬间,他们又都眨了一下眼睛,不好意思地将头扬起来。

"你抱得这么紧!"成歆红着脸说。

"我怕失去你……"孟玥忸怩地笑道。

成歆听见,微微一笑,并攥住她的手,深情地望着她说:"这是不可能的!"

过了一会儿,不知为什么,两人都没了话。暂时的沉默蛮吓人的……好静,好静呀! 成歆眼睛死盯着光洁的桌面,好像若有所思……孟玥慢慢地搓着手,还时不时地欣赏着自己的指甲……在这种气氛的渲染下,他们激动的情绪好像一下子低落了。

这个"僵局"还是成歆首先打破的。

他抬头望了望孟玥身后的书架,站起身来,慢慢地走到第一个书架前,从上往下看,又从下往上看,看得很是仔细。看着看着,就抽出一本随便翻翻。完了,再放回去,反复几次……第二个书架,第三个书架,依次地看个遍,孟玥也随他转了一圈。

他又转回了第二个书架前,哈着腰,低着头,在书架上扒来扒去,挑着书……这会儿,似乎发现了什么,手指停在一本叫《宋诗选注》的书上,抽出来,端详着,便说:"就它了,借去看看!"

"这是钱钟书选注的书,我读过,挺好的!"孟玥说。

"就是因为是他老先生的,才值得借去一读。"

"我读宋诗，喜欢陆游。其他的呢，像欧阳修、苏东坡、晏几道，还有王安石、范成大、李清照啥的，我也很喜欢，但都不像喜欢陆游那样的强烈！"

"是不是被他的爱国情怀所感动？"

"当然，难道你不是吗？"

"从他的诗里能感觉到，他的报国之心非常迫切！"

"嗯……是这样的，他不得不迫切呀。就像钱钟书所说的那样，我说的不是他的原话，但意思差不多，他说：如果不趁早收复失地，沦陷的人民就要跟金人习而相安，忘掉了家国。这就是陆游所担心的！"

"大手笔，真是大家风范，我怎么就没想到这一点呢？"

"这证明咱们是平常人呗！"

成歆很欣赏爱读书的女性！在他眼里，孟玥就是这样的女性。不但爱读书，而且爱思考，这是很难得的，也是他所追求的。他的这种欣赏，都反映在他那异样的眼神里，并传递在眉宇之间。

他站起身，漫步窗前，眺望远方……

十八

天气冷了，屋里都是凉的。成歆在窗前坐着，不觉搓起手来，抬头望着院子，草花已经枯萎。他的心变得凄凉而难过了。他怎么也没有想到，他们的爱情受到了前所未有的挫折，也就是遭到了双方家长的反对。听到这个消息后，如闻惊雷，成歆呆呆地瘫坐在那里，他摇了摇脑袋，紧锁眉头，嘴唇一抖，便哽咽起来，泪如雨下——他太爱孟玥了，如同自己的生命。他总想着他们能顺利地走向婚姻的殿堂。那么，事情好好的，双方家长为什么要反对呢？就是因为双方的母亲年轻时在绿化队干临时工的时候吵过架。

成歆任眼泪流淌，也不去擦，他一遍又一遍地在脑海里想象着那不该发生的事情：两个年轻女人，双目圆睁，互相辱骂，不久两人就厮打在一起……打得那个惨呀！要不然，她们咋那么坚决不同意子女的婚事呢？想着想着，再也不敢想下去了，也没有那个必要……反正吵架这件事情已经发生，再也不可挽回了！另外，是因为潘媛媛。人家是大学生，又是优秀教师，嘴又会说，还会来事儿，哄得他妈李桂花团团转。因此，李桂花格外地稀罕她。然而，李桂花对孟玥的看法就不一样了。

有一天，成歆试着跟他妈说，他们恋爱了。李桂花张嘴结舌，突然，眼前一片漆黑，差点晕倒在地，气得浑身哆嗦，有一种被蒙骗的感觉，骂道："你搞的什么鬼名堂，什么乱七八糟的……她是个什么东西，不就是个第三者吗？什么玩意儿？让我同意，门都没有！"李桂花已经摆明了自己的态度，坚定得很。

成歆一点办法都没有，因为那是他妈呀！

双方父亲的态度还是可以的，也能理解他们的感情。成歆的父亲很无奈，主要看他妈的脸色。孟玥的父亲呢，比较欣赏成歆的人品和才华，对他非常满意。但他所顾忌的是老伴的病，怕再犯就不太好办了，所以希望先缓一缓再说。他们这样的态度，虽然是消极的，但无疑给成歆失落的心灵打开一扇精神之窗，并带来一线希望。

其实，他心里很是矛盾，好像无计可施，只好走出家门。

他现在已经没有时间观念了，不知道是什么时间出去的，更不知道走向哪里，反正沿着道路直走吧，像丢了魂似的……当然，他隐约地知道孟玥在哪儿，应该在哪儿去寻找她……他寻呀，寻呀，寻……不知不觉之中来到了蒙山茶庄。

一进门，孟玥就看见成歆了。她立即从椅子上站起来，急促地走过来，搂住他的脖子。两人就拥抱在一起，头放在对方的肩上，久久没有说话，瞬间就流出泪来……这一切，好像是上天设计好似的，悲欢离合。

只听蒙濛说："哎哟——至于吗？你们俩……好了，好了！亲热就亲热，怎么掉下泪了？我这儿还营业呢！你们俩到楼上再叙叙，好吗？"说完，她一转身也掉下泪来。成歆和孟玥没有应她，但心里很明白，二话没说，就互相牵着手，一前一后上楼去了。

"你劝他俩，你怎么也掉泪了？"王仁贵关心地说。

蒙濛红着脸，左手捂着嘴，右手却向王仁贵摆了摆，一副有气无力的样子，什么话都说不出来了。她和王仁贵同时叹了一口气，心里仿佛在想：时也！命也！谁还有什么办法呢？两人只能默默地看着对方的眼睛。

楼上，屋子漆黑，灯也没开，成歆和孟玥就迫不及待地拥抱、亲吻着，热烈而又疯狂！忽然，他们似乎感觉到了什么，下意识地暂停了亲昵的动作，都松了手。成歆将灯打开，孟玥首先说了话："咱们的事儿，该咋办呀？"一副焦急万分的样子。他深情地望着她，然后他拉住她那微胖的手，揉了揉，又拍了拍，两人就并肩而坐，四目相对。他点燃一支烟，猛吸了两口道："先缓一缓，咱们照常来往，等待时机！"

"我都是偷偷来的，我妈看得紧呀！唉……只能这样了！"孟玥说完，两眼含着泪，就直勾勾地望着他。

"那你上班咋办？"成歆焦急地问道。

"现在不倒班了，我……我调车间了，正常上班……"孟玥说完，便哽咽起来。

成歆看她这样，就抱住她的左肩，拿出手绢给她抹泪，又安慰她。她接过他手中的手绢，轻轻地擦了擦充满眼泪的眼睛。

"我感觉，咱们见面的机会，将越来越少了！我有预感……"孟玥抬起头来轻声道。

成歆一愣，眼巴巴地看着她，一脸的无奈与无助。

"这次调车间，是我妈找厂长要求的，很显然是为了看着我，在时间上卡得死死的！原来，三班倒还有空闲时间，但现在不行了，只有周六周日。这回能出来，是因为我妈睡着了，我就趁机跑了。我还不知道回去咋交代呢……"孟玥说着，眼泪又流了出来。

成歆拽了拽她的衣袖，她才知道用手中的手绢去抹眼泪。此景此情，他的嘴哆嗦了两下，鼻子一酸，眼泪差点流出来，然而他忍住了，到底是男子汉，就像老话所讲的那样"眼窝子深"。他憋了半天，最后还是说话了。

"我想……我想咱俩换个环境，这儿好像很压抑。嗯……不行的话，到外面散散心再说，这样心里也能好受些。"

"哎……好吧！我也想出去走走。"

他站起身子想扶她一把，她摆摆手笑了，说自己还行，没那么脆弱。于是，两人整理整理衣服，就迅速地走下楼去。

王仁贵和蒙濛听到"咚咚咚"的下楼声，吓了一跳：怎么啦？这是……不谈了？只见那两人手牵着手已经下了楼，好像很仓促的样子。这让王仁贵和蒙濛感觉很错愕。

成歆和孟玥来到他俩的身边，成歆忙道："你们不要慌张，啥事儿都没有的，我和你姐想到外面溜达溜达，这样心情也许会好些。"

孟玥在旁边点了点头。

这两人呆呆地看了他们半晌，蒙濛才低声说："那啥……行吧！"接着，王仁贵也结巴着回应道："嗯……嗯……好……"

马路变得又宽又长，这是最近几年的事情。路上的车辆与行人很多，等绿灯一亮，车辆与行人就陆陆续续地过了十字路口，到了路的那一边。路边卖水果的小商贩特别多，等你过来了，就问你买些什么，客气而有礼貌。

成歆走着走着，突然停住了脚步，问道："玥儿，你饿吗？"跟在后面的孟玥回答："不饿！"其实，不是不饿，是没有心思吃了。他们一直在走，好像没有什么目标。

"成歆，咱们别往前走了。拐个弯，就是新建的东方公园了。"

说起东方公园，它占地面积挺大的，园内景色迷人，令人流连忘返，是休闲的好地方。一进园子，就感觉有股清新之气扑面而来，人的心情顿时轻松了许多。虽然到了晚秋，但游人还是很多。晚秋的色彩不是单纯的，由绿到黄，从浅至深，层林尽染……在这色彩渐变的过程中，金黄色便成了主调，它渗透在每个角落里，处处显示着色彩的丰富。然而，只有油松、侧柏、桧柏、翠柏、马尾松和樟子松还保留着本色，傲骨铮铮……其余的，像垂柳、旱柳、国槐和山桃，还有那一池的荷花，早就变了色，有的甚至落叶飘零了。

这美景对成歆和孟玥来讲,好像失去了吸引力,没有了那昔日的兴致。他们来到这儿,是为了解决问题的,而不是来欣赏这美景的。一路走来,他们沿着曲径走向了"通幽处",这里好像很隐蔽,是谈情说爱的好去处。然而,他们没了这份心思,心情很是沉重,也很悲观,好像任何一个好去处,都失去了它应有的意义。

成歆找到一把靠椅,便和孟玥坐了下来。

"这会儿……总算消停了,总算有了安乐窝。"成歆伸了一下腰,苦笑着说。

"安乐窝不假,但是露天的,四面透风,没有安全感,暂时歇歇罢了。唉……"孟玥靠在他的肩膀上说。

"暂时避避也好!"成歆不经意地说。

"嗯……我要长久的嘛……"孟玥在他怀里忸怩道,眼泪又要掉下来。

"好好……长久,长久……"

其实,成歆的眼泪就含在眼眶里,他怕一时失控,就会掉下来。于是,他不想再说话了,他真后悔,刚才不该说那句话,虽然是无意的,但让她伤心了,尽管她有时说话很有道理,然而,她毕竟是个姑娘,在感情上还是比较脆弱的,就像个孩子……当然,还需要有人疼她,呵护她,想到这儿,他下意识地抱紧了她。

"我想……咱们俩很难……在一起了……"她睁开眼睛看他一眼。

成歆听到这儿,再也忍不住了,眼泪夺眶而出,"吧嗒"掉了下来,正好就落在孟玥的额头上……好像产生了连锁效应,两人抱头痛哭起来。

微风轻拂,相逢如梦,草木深深,黄花飘零……

他们在朦胧之中,隐隐约约地感觉到了什么,感觉到……好像有许多人在观望或偷看。他们睁开泪眼,向那些人望去……这才使那些人在他们的眼前模模糊糊地离去,若隐若现……他们的眼睛就像雨被淋湿的窗户,流下了水线……

"成歆,咱们在一起吧?就现在……"孟玥突然对他说。

成歆有些愕然,但他没有马上拒绝。思绪良久,才慢慢地用胳膊一抹眼泪,点了点头。他疯子似的亲吻着孟玥……在他们的背后,就是隐藏在万木丛中的一家古朴而典雅的宾馆——绿荫宾馆。那里有紫藤老树,小桥流水!

十九

成歆和孟玥走了不久，蒙山茶庄就迎来了贵客，一行四人。先进来的是市委宣传部秘书，其余依次是文联主席和两位画家。他们的到来，是文联工作人员提前跟王仁贵打好招呼的。

他们的目的，一是报喜，二是品茶。

"哎呀——王经理，恭喜恭喜呀！本届举办的'瑞雪兆丰年'书法美术摄影展，你的国画作品《寒林图》荣获一等奖。我代表市委宣传部和文联，向你表示祝贺，并邀请你参加本届书法美术摄影展的开幕式。"这位白净清瘦、鼻梁上还架着一副银边眼镜的宣传部秘书笑嘻嘻地伸出双手握住王仁贵的手说。这架势，把个王仁贵给激动得，连连点头，手已经握出了汗，话都不知道咋说了，愣愣地在那里看着这些人。秘书和文联主席的背后，还有两位画家，他只认识一位，就是仇毅刚。仇毅刚是了解王仁贵的，赶紧走到他跟前，介绍说："这位是市委宣传部的侯秘书。"他满面红光，得意扬扬地在文联主席的面前用手轻轻一摆，手势显得干净利索，接着说："这是赵主席，慧眼识英雄呀！就是他一眼相中了你的画。"

这个赵主席一听，就按捺不住了，便说："哎，哪里？哪里？瞧你说的，我没那么大本事，这都是你们专家评委的功劳。当然了，王经理的画就是好！气象萧疏，苍劲遒逸呀！"

"赵主席说得对！"另一位画家大笑道。

仇毅刚回头看了一眼，会意地笑了，然后继续介绍说："这是著名画家王志军，是画人物和走兽的。"

王仁贵急忙过来，把手放在裤子上蹭了蹭，迅速地将双手伸出来，紧紧地握住王志军的手说："哎呀——久仰大名，久仰大名呀！今天终于见到您了！"

"著名不敢当，是画画的不假。哈哈哈——"王志军谦虚地笑道。

赵主席只管站在侯秘书的背后，一副憨态可掬的样子。

就在这时候，二楼响起"哒哒哒"的高跟鞋声，从上到下，由远及近，只见蒙濛不紧不慢地从楼梯上走下来，虽然刚睡醒，但还是那么精神。她朝着客人们笑道："哎呀——老师们你们好！都来了，啊——请坐，请坐！"说着，就来到桌子前坐好，手放在茶盘旁，轻轻地双击，茶具上的开关立即就启动了。再双击煮茶键，水也就慢慢地沸腾起来。王仁贵坐在桌子的侧边，这是他应该坐的地方。客人们依次坐在蒙濛的对面和左边。等大家坐定后，蒙濛含着笑，端起冒着热气的玻璃壶，给客人们沏上清茶，动作娴熟、轻捷而又优雅，嘴里还温柔地说了一句："老师们，请慢用！"不一会儿，杯子里的茶香，也就弥漫了整个屋子，大有"闻之不思肉味，三日绕梁不散"的感觉，好像大家都陶醉在这无限的淡淡清香之中。

"好香呀，这是什么茶？"侯秘书问道。

"蒙顶甘露！"蒙濛看了他一眼，答道。

"哦——蒙顶甘露，怪不得这么香呢！这茶我听说过。"

"侯秘书难得激动，证明这茶就是好！"赵主席说。

"此茶甚佳，好得很，妙不可言呀！"仇毅刚看了一眼王志军，朝着大家点了点头。

王志军忙回应道："就是，就是。"说完，还用拳头捶了两下大腿。

大家都大笑起来。

蒙濛觉着这两位画家蛮儒雅的，也会说话，特别是那个留着大长头发的仇毅刚。她不禁多看了他们两眼。

天下的大好事，仿佛都浓缩在这里了，气氛相当地融洽……

蒙濛是个泼辣而又大方的姑娘，特别会招待客人。她经营的目的就是使客人高兴而来满意而去，不管买茶还是不买，都以诚相待。她趁着大家高兴，端起茶杯，一歪头，微微一笑说："来来来，老师们喝茶，喝茶不像喝酒，得碰个杯啥的。喝茶不用，举起来，意思到了就行。敬辞我也说不好，实在是瞎说！"

"哈哈哈，蒙经理，没……没瞎说，说得好呢！"王志军这会儿不知怎么说话变得磕磕巴巴，逗得在场的人都笑了。

"这叫茶有茶道，酒有酒规。对不？"王仁贵说。

"对！是那么回事儿。"仇毅刚说。

侯秘书将茶杯端在鼻子底下，下意识地闭上眼睛闻了闻，那表情好像进入了仙境一般，享受着那股沁人肺腑的清香。他微微地睁开眼，并轻轻地品了一口，陶醉地说："香馨高爽，味醇甘鲜……确实不错——不错！"

"哎哟，侯秘书，听你说这话，我感觉你好像是个行家。"蒙濛很惊讶地说，就好像发现了新大陆一样。

"这蒙顶甘露的味道，原来听说过，但没有喝过。今天幸运，终于喝上这蒙顶甘露了。"侯秘书说完，又寻思了片刻，接着说，"关于茶，我略知一二，但还谈不上行家。"

"侯秘书谦虚了，我一看，就知道您是个行家。"蒙濛说。

侯秘书摇了摇头，然后又摆了摆手，笑道："哎——哪里哪里。"

"侯秘书知识渊博，他对茶是有研究的！每次出差，从宾馆一出来，不是去古董店就是到茶庄，这是我所知道的。"赵主席吸了一口烟说。

"还玩……玩紫砂壶啥的，他收藏了不少！"王志军又磕磕巴巴地说。他这个人就是这样，一激动，就成这样了。

"哇——真没想到，侯秘书懂得这么多，还懂得古董。"蒙濛睁大眼睛说道，她下意识地回头望一下货架子，顺手拿来一个深绿色的罐子，笑道："您看看这个咋样。"

侯秘书忙起身接过来，端详了好一阵子，笑了，用手轻轻地一推银边眼镜说："我怎么觉得我好像被出卖了？"

"哈哈哈——大秘书嘛，无所不通……不像我们这些人，光会画画就行了！"仇毅刚用他那夹着香烟的手指捋了捋大长头发说道。

王仁贵听仇毅刚这么一说，便点了点头，笑了。

"我就是玩玩……"侯秘书用手轻轻地拍了拍那深绿色的罐子说。

"玩玩，也比我们强，因为我们没那么大学问。"仇毅刚弹了一下烟灰说。

接着，侯秘书也就开始鉴定了。只见他双手紧抱着罐子，左手托底，右手抓顶，将罐子慢慢地转动起来，目不转睛，而且离罐子很近，观察得非常细致，一副很专业的样子，仿佛是个老专家似的，就差戴着一副白手套，手举放大镜。罐子在他手里转着转着，突然停了下来，他将其放在桌子上，不慌不忙地用手轻轻一敲，低下头来，用耳朵去听。过了一会儿，又将其底部掀开看了又看，微微一笑，点了点头，心里就有了底。这种表情，显示了专家的大手笔。蒙濛一看有门，高兴地随手又从货架上拿来一个碗和一个瓶说："侯秘书，请您再看看这个行吗？"

"不用看了！哈哈，我们这个层次，所收藏的东西基本上都是假的。"侯秘书笑道。

"哦……这个没关系，这个不要紧的。就像您所说的，就是为了玩玩。

来——咱们喝茶，咱们喝茶！"

这时候，空气里又弥漫着一股淡淡的茶香。坐在蒙濛旁边的王仁贵就不自在了，心想：这些所谓的古董，经侯秘书鉴定之后，就是一堆破烂了！哎哟——怎么能这样？这可是他用重金买来的……说心不疼是假的。这不坑死人吗？今后，我还有脸在蒙濛面前晃悠吗？还能在店里混吗？想着想着，就用手挠起头皮来，脸红一阵白一阵的……他心里总不是滋味，感觉有点对不起人家蒙濛。看看，这事干得……这不是不懂装懂吗？他开始埋怨自己，好像犯了罪似的。大家都忙着喝茶，他才反应过来，赶紧端起茶杯说："好……好好……喝茶……喝……"蒙濛瞟了他一眼，她太了解他了，知道他心里在想什么。在这里，她不可能再说他什么。此时，她一门心思地顾着生意和应酬客人就行了。

"蒙经理，这茶多少钱一斤？"侯秘书问道。

"六百，嗯……侯秘书要的话，您就拿去喝吧。"

"那可使不得。你这样老送人的话，时间长了，不就赔本了吗？"

"不会不会，您放心，就是挣得少一点而已。"

"哎呀——这个……不好意思的。"

"您别不好意思，都是自己人了。"

"今天，非常感谢王经理，因为你的画，让我喝上了最上乘而又醇正的茶！"侯秘书转过身来，对着王仁贵说。

"哎……哪里？是您有这个福气喝，而不是因为我的画。"王仁贵红着脸说。

"哈哈哈——"大家都朝着王仁贵笑了。

"王经理，玩笑啦，玩笑啦！"侯秘书抿了一下嘴说。

"嘿嘿，侯秘书，别介意啊！他就这样，觉着说话好玩是吧？"蒙濛笑说。

"没事儿，这说明王经理这个人比较实在，有趣……"侯秘书说。

"要说这福气，我觉得每个人都是有的，就是你不知道而已。"王仁贵慢慢悠悠地说。

"哎哟，王经理，你这人不简单呀！真没看出来，不但画画得好，而且说话也很有道理。"侯秘书朝着他点头致意。

"咱也是个读书人嘛！"王仁贵得意地说。

"你这人就这样，说你胖就喘上了！"蒙濛瞥了他一眼。

"仁贵这人，我是知道的，说话可能随便些，但是个好人。"仇毅刚用手夹着香烟，指了指王仁贵，笑着说道。

"哎……嘿嘿……都是好人，哪有什么坏人哪！"王志军把话接过来道。

"好——侯秘书、各位，请喝茶！"蒙濛高兴地说。

只见，赵主席抿了一口，便看着王仁贵出神，然后说："听说王经理的画，是跟仇老师学的，是吗？"

没等王仁贵回答，仇毅刚就贸然说了一句："那是呀！"

"哼，你……你这个人倒是不客气！"王志军喝了口茶，便调侃地笑道。

"那客气啥，本来就是！"仇毅刚瞥了他一眼说。

"我是他的徒弟，而且是个大徒弟！"王仁贵微笑着说。

"你们听听，咋样？"仇毅刚得意地甩了一下大长头发，显得很激动的样子。

"哎……我怎么听王经理的话音，好像还有个小徒弟啊？"侯秘书探头问。

"侯秘书就是聪明，要不然，怎么能当干部呢？小徒弟，一个可不止……有一个班呢——最少二三十个人吧！"仇毅刚笑道。

"对，对！仇老师业余时间还办了个美术班。"王志军摆了摆手说。

"那是呀！就我这工资，能养得起家吗？能把我自己养活，就算不错了！这年头，要是不到处搞点外快，能行吗？"仇毅刚甩了一下大长头发说。

"我听人家讲，教师要涨工资了。啥时候涨呀？"王仁贵说。

"你才知道？真是我徒弟。工资一涨，我就不用办班了，就安心地搞创作，画画教学了！"仇毅刚痛快地说。

"又是画饼充饥！这叫雷声大，雨点小，光说不做！哈哈哈——"王志军眯着眼睛笑道，然后又抿了抿嘴。

"王老师，此言差矣！不管工资涨或不涨，美术班该办还得办！多为社会培养美术人才，这是应该肯定的！"侯秘书温和地说。

"哎呀——你这么说，我真不好意思。知我者，侯秘书也。来，喝茶！"仇毅刚感激地说。

"侯秘书说得真好，有水平！来来来，喝茶！"蒙濛兴高采烈地说。

"嘿，今天这茶喝得挺痛快，高兴得很！"赵主席吹了吹茶杯中的水，抿了一口，抬头望着侯秘书说。

"喝茶，必须有好茶具。我走的地方多了，南方北方，我喝个遍，茶具嘛……还是紫砂壶好。喝起来，感觉柔柔的，而且不变味。"侯秘书话匣子打开了。

"对，对对！这就是喝茶的境界。一比就知道了！"赵主席说。

"别说，我这满柜子都是紫砂壶。侯秘书，您挑挑看，看上哪个拿哪个，包您满意！"蒙濛说，笑得那个灿烂。

"那好，我瞧瞧。"

于是，侯秘书站起身来，背着手，慢步走到柜子前，一会儿低头，又一会儿抬头地看了又看，摸了又摸，笑容一直挂在脸上。不一会儿，他眼前一亮，看中了一把壶，便顺手拿了起来，用手掂着，一副小心翼翼的样子。回到桌前坐下道："我觉得这把壶挺好的。蒙经理，开个价呗。"

"嘿——侯秘书，算了，大家都成朋友了，这个就送给您，拿回去把玩吧！这壶是光货，又值不上几个钱。您既然喜欢，就拿去把玩吧，甭客气！"蒙濛大方地说。

王仁贵一听，直咂嘴，心想：什么，不值钱？我看，最少也值五百块。因为这壶是有证书的，看样子是名家所制。哦，你蒙濛就这么送人了，这也太大方了吧?

"我看呀,不如这样……恭敬不如从命!这是蒙经理的一片好意。我说,侯秘书呀,就收下吧!"赵主席轻轻地拍了拍侯秘书那白净的手说。

王仁贵又剜了一眼赵主席,什么话也没说,不能说。

"那……好吧!"侯秘书叹了一口气:"好!我接受蒙经理的好意,这壶我收下……我再次感谢你的热情款待。哦,时间不早了,我们该告退了。"

"怎么不坐了?侯秘书,这样吧!因为咱们相聚有缘,今晚我做东,请你们几位老师吃个便饭咋样?反正现在已经到了饭点啦,随便吃吃。"蒙濛客气道。

"哎哟,这可使不得……使不得……"侯秘书说着,就趁着蒙濛不注意的时候,悄悄地将一沓钱塞进了挂在门口衣架上的包里。

这一切,只有赵主席看见了,他眨巴着眼睛,没有吭气。

二十

　　仇毅刚是蒙山茶庄的常客，他和王仁贵的关系好得不得了，亦师亦友。因此，王仁贵受他的影响很大。他们闲着的时候，喜欢在一起喝茶聊天。要不然，就在离店不远处的小饭馆里喝个小酒什么的。当然，谈的都是一些书画等方面的话题，说得高兴之时，两人就忘乎所以，完全无视他人的存在……可见，他们的交流是多么的愉快和默契。

　　这天，仇毅刚兴高采烈地来到店里，从兜里拿出一小包茶叶，说茶是他老婆的老家江苏省的亲戚寄来的。他说着，就到了桌子旁，找把椅子坐下，把这一小包茶叶交给了蒙濛。蒙濛二话没说，就将这一小包茶叶倒进紫砂壶里。只见她用手轻轻地在开关上双击，过了一阵子，水就呼呼地冒气了。

　　"水都开了，可以冲茶啦！"王仁贵叫道。

　　"仁贵，你怎么大惊小怪的？"仇毅刚递给王仁贵一支烟说。

　　蒙濛抬头看了一眼王仁贵，不慌不忙地将开水倒进紫砂壶里。

　　"哎哟，我都好像闻到茶的阵阵浓香了，能不急吗？"王仁贵吸了一口烟说。

　　"这就是典型的东北小伙儿的性格与特点，大嗓门，猴急呀！"蒙濛边沏茶边说道。

王仁贵板了板身子，好像又运了运气，一副故弄玄虚的样子。这动作让蒙濛没憋住，一下子笑了。

仇毅刚弹了一下烟灰说："你这人，咋这有意思？"

王仁贵瞟了他一眼，并没有说什么，就顺着势将头低下，闻了闻那杯子里的茶，又抿了一口，便说："一股花果香味！"

"碧螺春！"蒙濛又补了一句。

"啥？碧螺春？你们别逗我了！这是我老婆老家的亲戚自己种的土茶好不好，没有名字的！"仇毅刚拧着脖子说。

"嫂子是江苏哪儿的？"蒙濛笑着问道。

"是苏州吴县的！"仇毅刚吐了一口烟，嘴还没合拢就急着答道。

"这就对喽！吴县是碧螺春的生产基地。虽然是嫂子家的亲戚自己种的土茶，但已属于碧螺春系列。因为，他们种茶的方法是一样的，都是茶树、果树交错种植。那么，种些什么果树呢？有桃树、杏树、李子、柿子、梅子、石榴……这样，就形成了茶果枝叶相连，根脉相通，茶吸果香，花窨茶味……所以，此茶就像仁贵所说的那样有'花果香味'了。"

"哦！一片小小茶叶，还有这么大的学问呢？我老婆也没说呀！她光说是土茶。"

"嫂子恐怕是在这边出生的吧？没回过老家。"

"就是没回过！我们俩明年夏天放假的时候，准备回去一趟，看看。"

"回去问一问嫂子的亲戚，是不是像我说的那样？"

"不用问了，你是生意经，经营茶叶那么多年，准是那么回事儿。"

"嘿嘿嘿，呕……"

"哎哟——你这是怎么了？"

蒙濛捂着嘴，看了一眼仇毅刚，又眨了眨眼睛说："没事儿，仇老师。"

"她老毛病又犯了，我想……"王仁贵没说完，就觉着仇毅刚在，说话不方便，就不说了，涨红了脸将头低下。

其实，王仁贵不说，看蒙濛那呕吐的样子，仇毅刚就知道一二了。仇毅刚是什么人，老把式啦，他怎么不明白呢？知道也装着不知道……想了想，又说道："有病，早点去医院看看，别耽误了。嗯……我还有事儿，先走了。"

蒙濛怀孕了！

自从那次两人尝到了爱情的禁果之后，就一发不可收，一见面，总要"温存"好久……心怀惴惴，天天如此。有时候，天太晚了，蒙濛就住在店里，而王仁贵当然要回家去。刚一开始，蒙濛的父亲蒙宁还挺担心的，后来没发生什么事，也就习以为常了。两人在一起，时间久了，蒙濛的肚子里，就无意中被播上了生命的种子，或者说是爱情的结晶吧。这下，王仁贵傻了。心里还有些害怕，吞吞吐吐地说："打……打打……打胎……"蒙濛一听就蒙了，感觉很惊讶，也很失望，心顿时凉了一半……她红着脸，哽咽着说："这可不行，它好歹也是一条生命呀！嗯……不行，咱们就早点结婚吧！"王仁贵紧紧地将她抱住，很是激动，寻思了一阵子说："回去跟我父母商量商量……"蒙濛只好默默地点点头。

过了两天，王仁贵来到店里上班，垂头丧气地说："我爸说，咱们已经是结婚的年龄了！哎……可惜的是，家里现在还没有足够的钱办喜事儿，再缓一缓吧。"蒙濛听到这儿，就有些急了，眼睛都红了："怎么着，我这肚子还能等吗？"王仁贵心想，看样子，两人在短时间之内结婚是不可能的，那么就打胎吧。家里也是这意思，这是没有办法的办法。可蒙濛执意不肯，两人争执不下，各执其词。两人的感情就从这里有了裂痕。

这天茶庄没客人，王仁贵鼓足了劲儿说："咱们这事儿，恐怕仇老师知道了。我看他的眼神儿……哎，反正他知道。现在，还没有结婚的条件，你让我咋整？我知道你心疼那个啥……人心都是肉长的，但又有啥办法呢？不打掉那个啥……"

"哎，我想好了，不想再为难你……打就打吧。"蒙濛说完，就趴在桌子上，痛苦地摇了摇头。

王仁贵看她这样，感觉于心不忍，又没办法。他站起身来，走到她的跟前，俯下身子，用手抚摸着她的背。

在蒙山茶庄隔壁，再过三间店铺，便是刘淑芹诊所。这个刘医师，是个妇科专家，医学水平非常高，也很负责任。本来是大修厂卫生所的所长，退休之后，在家闲不住，就开了这家诊所。她退休之前，王仁贵就和她认识。这回做了邻居，就更加地熟悉了。为了安全和保险，当然更多的是保密，他们就决定在她那里做个人流。

王仁贵牵着蒙濛的手去了。路很宽，人也不算太多，但蒙濛的脚步显得格外地缓慢而沉重……

一进门，刘大夫很是客气，说了声"来了！"便让蒙濛坐下。她就像木偶一样坐下了，眼睛惶恐地看着王仁贵，并用手拽住他的胳膊说："仁……仁贵，我怕疼。我要无痛的。"

"你放心，现在都是无痛的。好，你先进去检查吧。"刘大夫笑眯眯地说。

蒙濛扭扭捏捏地向检查室走去，一步三回头，显得很委屈的样子……王仁贵为了鼓励她，还面带着微笑，不停地向她摆着手。其实，他也很担心。

不一会儿，刘大夫从门里一探头说："好着呢，没问题，能做。"

王仁贵一听，就把心放进肚子里了，安稳地坐在椅子上等着。

这时候，从检查室里隐隐约约地传来蒙濛的叫声。这下子，王仁贵坐不住了，赶紧跑到门前，眯起眼睛，从门缝里焦急地直往里面瞧……

又过了一会儿，刘大夫将门推开，差点就碰上了王仁贵的大鼻子，多亏他灵活躲得快。刘大夫说："这下好了，打得干干净净，没事儿啦，回家好好地养着吧。"

王仁贵走进检查室，只见蒙濛正在提裤子，他帮她将裤子系好。就要走出去的时候，蒙濛就叫了起来："哎哟……哟哟哟……我肚子疼，想方便一下。"

"刘大夫，卫生间在哪儿呀？"王仁贵焦急地问。

"哟！屋里啥都有，就是没有卫生间。急不急啊？不行的话，到后面的胡同，先应下急……"刘大夫说着，指了一下后门。

王仁贵忙将后门推开，好让他心爱的女人能够迅速地从这里通过。作为姑娘家的蒙濛怎么好意思！但是因为本能的驱使，她现在已顾不上这些了……此时，她感觉天地之间好像没了昔日的光彩，一片灰蒙蒙的。她完全没了力气，靠着王仁贵的搀扶，只管低着头，弯着腰，捂着肚子，很是艰难地迈着脚步……

胡同很窄，但很是干净，在王仁贵的注视下，她很快地蹲了下去，不断地哼唧着，大便也就下来了，地上还滴着几滴子血……王仁贵看到了，心里总不是滋味。他拿着卫生纸，双腿蹲下，小心翼翼地用纸给她擦拭。

一切都已经结束！蒙濛觉着很乏，不想走路了。于是，王仁贵就笑着说："好吧，你趴在我身上，我背着你走。"

二十一

　　成歆知道蒙濛病了，是仇毅刚在"一家春"酒店邀请他喝酒的时候告诉他的。然而，仇毅刚没说蒙濛怀孕的事儿。别看他喝了酒，但把握得很好，什么事能说，什么事不能说，什么事能做，什么事不能做，他心里明白得如明镜一般。这事儿是万万不能说的，得给人家留着脸面不是！这是做人起码的道德标准。

　　第二天清早，成歆就拿着保健品直奔蒙山茶庄去了。王仁贵好像有感应似的，在店里坐着坐着就站起身来，踱来踱去，踱了几圈，便往大门的方向走去。在门口站了一会儿，就远远地看见成歆朝这里来了，他喊道："成歆——成歆——"

　　对方回应着："哎——我来了——"

　　"你这是干啥？还拿着东西，这就见外了！"王仁贵一脸无奈道。

　　"仁贵，你这个同志呀，我听说蒙濛病了，我来看看她，不行吗？"成歆看了他一眼说道。

　　"嗯……"王仁贵一听，心一惊，脸就红了，不好意思起来，暗想：蒙濛那事儿……仇老师难道跟他说了? 他又看了看成歆的表情，不像已经知道的样子。

"你这是咋了?"成歆忙问。

"哦……没啥……你请进。"王仁贵慌张地回答。

成歆随着他的手势，毫不客气地也就进去了。他看了看屋里，女主人不在，这店好像全无生机，便问："蒙濛是不是在上头? 我想看看她。"

"好，你跟我上去。"王仁贵心想：完了，这下完了。我还以为他在这里坐一会儿，再问候问候就走了，这一看，什么都清楚了。哎……我的天……但又不能不让人家看呀，大老远来的，都是好心，得，他一拍脑门儿，豁出去了!

楼上，休息室里，蒙濛戴着帽子在床上躺着，显得很憔悴。离床不远的地方还放着电炉子。成歆一看就明白咋回事了，眼睛直直地问王仁贵："你咋整的，这么不小心?"

王仁贵没有说话，脸红得就像个茄子。

"成哥，哎……成哥，你别埋怨他了，他也是挺难的……"蒙濛很吃力地坐起来，哽咽地说，"这个事儿一出，我……我就想结婚。他说……他爸爸妈妈说了，现在结婚经济条件还不允许，再等一等……再说……没办法，先做掉了……成哥，我不要紧的，等明天就差不多好了。"

成歆听后，低头不语，此时此刻，他想起了孟玥，沉默了许久，才叹了一口气，说："哎……这个事儿，确实挺难的，只能等……蒙濛，我就说这么多，我和仁贵也就下去了。你先躺着，甭管我们，你得休息好。"

"好的，谢谢成哥了!"蒙濛用手擦了擦眼泪说。

王仁贵只管在那里叹气，显得很无奈。两人下楼去了。

楼下，王仁贵坐在那儿，总是不说话，无精打采地给成歆泡茶。结果，将茶泡错了——人家成歆要喝绿茶，他却泡的是普洱。然后，才张开嘴说："我倒掉，重泡吧。"成歆忙说："快算了吧，这不是浪费了吗? 我就喝这个，没关系的。"

"哎……这个婚难结啊。现在结个婚，需要六七千块钱，我家连三千块钱都拿不出来，咋办？我都不好意思见人了。"王仁贵哭丧着脸说。

"你不要怪他们，他们也不容易。你家的情况，我了解。前几年，你爷爷奶奶在的时候，六口人，只有你爸一个人上班，那日子过得多艰难呀！后来，好不容易日子好过一点，仁红又考上大学了，还得供吧！这都是钱呀，对不对？"成歃正儿八经地说。

成歃一席话，把王仁贵说得羞愧难当。他没有再说话，闷闷不乐地低下头，默默地喝了几口茶水，在想：找个话题，把他的话支过去不就得了。

想着想着，有了！他从烟盒里抽出两支烟，一支给了成歃，然后拿来打火机将成歃的烟点起，又将自己的烟点着，吸了两口，赔笑道："嗯……那个啥……我有个同学，就是同学的邻居吧……"

"有话就说，还转了这么大的弯子，还同学邻居啥的。"成歃笑道。

"就是，同学的邻居……"

"说吧，我听着呢！"

"我那个同学的邻居，在家是老大……"

"你翻着眼珠子瞅我干啥呀？你同学那个邻居老大又不是我！痛快点，赶紧说，我还有事儿呢！"

其实，王仁贵早就知道成歃心里想什么，你急，我偏偏慢慢地，唉……正想着，也就忍不住了，"哈哈哈"地大笑起来，这才慢悠悠地开口。

"你别卖关子，赶紧说吧！"成歃有些不耐烦了。

王仁贵一看到火候了！便道："他家老大是孝子，他母亲去世之后，就把农村的老爹接回了城里，每天三顿饭伺候着……"

"中国传统，就是老大负责养老的。你接着说。"成歃没等王仁贵说完，就插言道。

"得！你不是说老大负责养老吗？这个事儿，就出在老大身上了。"

"怎么回事儿？"

"你听我说呀！这一天两天可以，时间长了，就会出问题。"

"出啥问题了？"

"老大的媳妇不愿意了。"

"哦……"

"她说，你爹养的不是你一个儿子呀，那儿还有四个呢！"

"好嘛，老头一共有五个孩子呀？"

"对呀……"

"她说的意思是轮流，一个儿子伺候一个月。"

"这哪行啊？这……"

"那怎么办？他家老大又拗不过媳妇，总不能因为这个事儿夫妻反目成仇吧！"

"哎……现在，真是礼崩乐坏呀。"

"成歆，我觉得你说的不符合实际。都什么时候了，观念该变一变了！"

成歆有些急了，忙说："哎……咱们从小玩到大，你还是不理解我哟。你说的根本不是那么回事儿……好好，不说了，说别的吧。今天下午，你能不能约一下你姐？我想和她再见一面。嗯……我太想她了！"

"我就知道你会这样，让我约我姐，无事不登三宝殿嘛！"

"不约就算了，我走……"成歆说完，就要起身。

"好好好——我约！我约还不行吗？你快……快坐下……"王仁贵说着，也就随着站起来，按住他的肩膀，点头哈腰地又递给他一支烟。

"哎……"成歆长叹一声，又坐了下来。

此刻，外面的太阳已经爬上了房顶，屋里也暖和了许多，两人似乎都没了话说，屋里静得很……忽然，王仁贵看了成歆一眼，傻了吧唧地笑了，打破了这暂时的宁静，又好像缓过神似的，忙给成歆的烟点着，沏上茶……成歆吸了两口烟，又抿了一口茶，然后弹一下烟灰，就默默地将头低下，不知道在那里想什么呢。过一会儿，成歆才慢慢地将头抬起说："说实在的，我有她家的电话，原先还可以打。你看，现在这情况，不知道她家谁在，她爸在还行，如果是她妈，一听是我，犯了病……那我咋办？"

王仁贵听成歆这么说，不好意思起来，忙道："刚才是我逗你玩呢，都是我不好！看把你急得……对不起呀！"说完，脸就红了，手也不知道放哪里好了，习惯性地放在头上抓起痒来，顺势又在他那硕大的鼻子上蹭了两下，再也没敢吭气。其实，凭他对成歆的了解，说也没用，这家伙可有个老猪腰子！

成歆无精打采闷头喝了几杯茶。这在王仁贵看来，这哪里是在品茶，简直就是喝水呀。他就像个孤独的旅行者，在沙漠中艰难地行走，忽然发现了救命的水一样……此时此刻，不难看出，成歆是多么渴望见到孟玥，诉说相隔半月之久的思念之苦……那我还等什么？王仁贵想，还不赶紧去找姐姐去……

大西北的四季是比较分明的。季节已经到了深秋，只要不刮风，天气还是蛮好的。早晚虽然冷，但中间那一段时间是比较温暖的。下午，阳光明媚，南飞的大雁慢慢地划过长空……到西山公园里游玩的人越来越多了。然而，在阳光充足的地方，老人们两人一群、三人为伍地在那里下棋，或者甩扑克打麻将什么的。时而有一两个或三四个小孩子穿梭其间，绕膝追逐着……碧桃树下，在一张长椅上端坐着一位穿着白色风衣的姑娘。这姑娘，当然是孟玥。看上去，她有些憔悴，圆润的脸庞变得微长，下巴开始显露出来。在这些日子里，孟玥的心情可想而知。在她的不远处，葫芦湖上的玉带桥来了一位穿着灰色夹克衫的小伙子，他忧心忡忡，缓缓地朝着她走去……快下桥的时候，脚步愈加快了。这个怀着殷切心情的人，不是别人，正是成歆。

孟玥看见他，忙站起身来，快跑几步，便一头扑进他的怀里，成歆忙将其紧紧地搂住，两人那思念的泪水立即就流了下来……

"我好想你呀！"孟玥哭道。

"我也是……"

"咱们还有希望吗？"

"嗯嗯嗯……"

成歆和孟玥哭得像泪人一样，过了好一会儿，好像时间到了，又好像因为了什么，两人不约而同地将手松开了。孟玥站在那里，低着头没动，也没说话。成歆看到这儿，心里难受极了，顺手给她抹了抹眼泪。他强忍着转过身去，用胳膊擦了擦自己的眼泪，叹了一口气，紧握着她的手，两人就坐在了长椅上。孟玥很自然地将头靠在成歆的肩膀上，不知道她在等待着什么，而成歆则仰望天空，若有所思。

此时，南飞的大雁留下了最后一次倩影，便是晴空万里……

"你要注意身体呀，看把你瘦得！"成歆心疼地说。

孟玥听他这么说，头一歪就滑入了他的怀里，又哭道："咱们该怎么办呀？"

成歆抚摸着她的脸说："会好的，总会好的！"

"我知道你在安慰我。其实，我觉得挺难的，就我妈那样……咋整呀？"

"唉……我也担心她犯病，真是棘手得很……难道……难道我们就束手就擒了吗？"

"我也是不甘心呀！可是我……我没有勇气再跟我妈说……我怕……唉……有好几次我的话都到嗓子眼上了，最后还是咽了回去。这都是她那个病害的，不然的话……"孟玥说着，眼泪又要掉下来了。

"唉……"成歆长叹一声，陷入了沉思之中。过一会儿，他好像有主意了，便说："不如这样，你妈那儿暂时放一放，先做我妈的工作。最近，她对我的态度好一些了，也许这是个突破口。这样，不如我领你去我家一趟……"

"啊……这样不行吧，太冒失了！"孟玥忙从他的怀里挣脱出来，满脸无奈。

"没办法，总要试试吧！"

两人临走的时候，孟玥心里还嘀咕，这样能行吗？她的心志忑着，怀疑着……

太阳偏西了，它用最后一道光芒很轻易地将远处贺兰山的沟沟坎坎描绘得清清楚楚的。当然，少不了斑斑点点的绿色点缀其间。近处，成歆牵着孟玥那很不情愿的手，绕过绰约多姿的杨柳，朝着园中园走去。

他们沿着街道一路"北上"，过了一条街道，又过了另一条街道，穿过几行树，便到了大修厂的家属院。刚到房头，想从小巷子里走过的时候，恰巧碰上了潘媛媛。她表情很严肃地看着他俩，成歆和孟玥觉得很尴尬，没等两人言语，潘媛媛一翻杏仁眼，将包往后一甩，先开了腔："哟——原来是你俩呀！你们谈吧，我就不去你家了，走喽……"说着，便扭着小腰走了。成歆和孟玥呆了半晌，成歆朝着潘媛媛的背影一伸舌头，好像在说，怎么在这里碰上了你了……我的天……

成歆家到了，孟玥又噘着嘴扭捏起来，回头望了望王仁贵的家，不肯随成歆进去了。他好说歹说，最后她还是拗不过他，硬是被强拉了进去。

一进门，屋里静悄悄的，好像没有人，成歆连喊了数声，没人言语，妈不在吧？爸爸也不在，弟弟成祎不知道又跑哪里玩去了……成歆疑惑的同时，忽然产生一种空洞洞的感觉，好像被家人抛弃了一样……就在这时，爷爷成思远颤颤巍巍地从里屋出来，用微弱的声音问道："谁呀？是谁呀？"

成歆赶紧回答："爷爷，是我。家里人呢？"

成思远说："我也不知道。肚子都饿了！就等着你妈……"

成歆说："哦！知道……你先回屋吧。我妈没准一会儿就回来了。"

孟玥跟着成歆进了他的房间，坐在床边，总觉得不太踏实，心怦怦直跳……成歆安慰她，几乎是哄了！他给她倒了一杯热水，孟玥接过来，用双手抱着那杯子，好像在取暖似的。这样的话，她能好受些！两人又简单地交流了一阵子。不一会儿，大门开了，李桂花回来了。李桂花有意无意地往屋里瞟了一眼，便迅速地走开……孟玥的心都提到嗓子眼儿上了，紧张得跟什么似的。她诚惶诚恐地看着成歆，好像又想说什么，无意中冒出了一句话："我饿了，我想去我姨家吃点东西……"

"不慌……我去让我妈……给你做……"成歆说着，就直奔里屋去了。

屋里渐渐地暗了下来，宽敞而明亮的窗前笼罩着淡淡的暮色，院子中央那两棵粗大而茂密的葡萄树也披上了这温暖的色调，这意味着时间已经到了黄昏。孟玥向前伸了伸脖子，焦急地朝着那个方向望去，隐隐约约地看见那屋里的过道，成歆就在那里……只见他手里拿着大馒头，李桂花恶狠狠地又夺了回来，并说："我不管你们怎么来往，但我坚决不同意，死也不同意！"说着，她的脑袋瓜子摇得像拨浪鼓一样。

孟玥听在耳里，记在心里，她真不明白双方的母亲为什么这样狠，她们难道不爱她们的儿女吗？不就是你们年轻时吵架那点事儿吗？为了你们儿女的爱情和幸福，大度一些不行吗？怎么至于记恨终身？她再也想不下去了，眼泪就像断了线的珍珠一样滚了下来，回头思量：成歆，请你原谅我吧！今天虽然不辞而别，但我是多么……多么地爱你呀！今生恐怕做不成夫妻了！我先走了……

二十二

　　育红中学的期中考试之后，节气很快就到了小雪。这一天，刚好是星期日，成歆午睡醒来，已经是下午三点多了。但他不想起，因为脑子很乱，心里也挺烦的。眼前，时而浮现着他与孟玥对未来的憧憬，时而又回到了现实，像过电影似的，使人迷迷糊糊的……

　　爷爷的身体不像早先那么好了。这不，前段时间染上了点风寒，人一直就病着。父母就让成祎搬到爷爷的房间里去照顾，因此，这间屋子就成歆一个人住了。这时候，他在朦胧中好像听见有人叫他，便睁开眼睛，他妈李桂花弯着腰，将嘴贴在他的耳旁，小声唤他说："歆儿，我的儿呀，醒醒……媛媛来了。"

　　他乍一听是媛媛，不觉将身子转过去，面对着墙。李桂花的脸色虽然很难看，但也没埋怨他。她坚信，随着时间的推移，慢慢地就好了。她回过头去，向潘媛媛努了努嘴，并用手指了指身后的成歆，就悄悄地走了。

　　潘媛媛在床边站了许久，她知道李桂花的意思。此时的她，心里很复杂，说不清是高兴还是痛苦或者嫉恨，感觉有些五味杂陈，但归根结底还是爱。

她从来没有见过成歆这样。因此，心里很是慌乱，不知道怎么办好了。

"歆哥，都是我……我不好！让你……"潘媛媛操着嘶哑的嗓子开了口。

"你回吧，这事儿和你没关系，回吧。"成歆和她说话的时候，仍然没有动地方。

"你让我回哪儿去？"

"你从哪儿来，就回哪儿去。"

"走就走……"

潘媛媛一跺脚，扭着小腰就出去了。其实，她没有走，直奔里屋去了。

第二天的下午，成歆上了一节历史课。上完之后，他就拎着教案夹回办公室去了，坐在椅子上，闭目养起了神。整整两周的授课内容，今天压缩到一节课讲完，当然也拖了七八分钟的堂，他真感觉到累了。

成歆正闭目养神，冷不丁感觉眼前好像站着一个人。好家伙，香气扑鼻……睁眼仰视，浓妆艳抹，仿佛不认识，仔细看去，原来是潘媛媛。她的身体倚在办公桌旁，漂亮的脸上带着微笑瞄着他……这时，他忍不住心中的火气"腾"地一下站起来，他简直就要疯了，吼道："你来这儿干啥？你想干啥？……"

就他这嗓门儿，把办公室的人都吓一跳，但没一个人吭声。再看潘媛媛，歪着头，仍然是那副笑脸，显然没有走的意思。看到此景，成歆气得扭头就走，潘媛媛也就跟着他出去了。无论他走到哪里，她也跟着走到哪里，招来了无数的学生观看，表情诡异。成歆感觉都丢人死了，想找个地洞钻进去，刚好路过厕所，就躲了进去。这下麻烦了——等成歆回到办公室的时候，屋里已经炸开了锅。

"小成呀，好家伙，看你平常文质彬彬的，怎么没有发现你脾气这么暴躁呢！"张美怡用手推了一下老花镜说。

"哎哟……好吓人哪，这还得了？这脾气不改，怎么得了？"孙丽接着说。

"我的天啊……我只觉着房梁上的灰都晃荡了。"魏彩华瞪着一双"火眼金睛"说。

"小成，我怎么说来着，人家来找了不是？不能三心二意，找对象得专一。"汪敬堂说着，话音一转，接着说，"我说……你小子，是不是把人家睡了？不然的话，人家怎么会找上门来呢？"

这下热闹了。铺天盖地的，老师们轮流地说，好像事先商量好似的。本来没有多大的事情，却让他们闹成了天大的事儿。

面对老师们的"围攻"，只有郜艳芳保持着沉默，她时不时地看成歆几眼，然后低下头去，继续批她的作业。此时的成歆一言不发，也不辩解什么，只是不停地吸烟。就这一会儿，老师们仿佛在云里雾里似的，四五张嘴仍然在说……

傍晚，成歆因心烦，刚要躺在床上休息，就听见门外有人敲门。他来到外屋的走廊，将大门打开。从外面进来的这个客人，令他兴奋不已。这人是谁呢？这人不是别人，正是他的好友花珧鑫。

自从上次去溪水沟游玩，成歆和花珧鑫连他的朋友胡嵬一道都成为好朋友了。成歆羡慕花珧鑫的文学才华，而花珧鑫则佩服成歆的组织才能。

随后，两人常约着看电影或录像、下馆子，或者爬山、溜冰、跳舞……时间一长，两人自然就建立了"革命友谊"，谁也离不开谁了。

花珧鑫一进门就抱住成歆的双臂说："哎哟——老朋友，我有事儿跟你说，但在这儿不方便，得去我家。"

"啥玩意儿？神神秘秘的……"成歆说着，就给花珧鑫一拳。

"得得得……甭来这个，你是武术家，我受不了这个……"花珧鑫躲了一下，又来个暂停的手势，微微一笑。

"好的，我马上跟你去。不过，我得跟家里人说一声。"

"行，我在外屋等你。"

成欹来到院子，朝着里屋叫了一声："妈，我和珖鑫去他家了！"

"哎，去吧，早点回来。"李桂花在屋里痛快地答应着。成欹仿佛看见了她那温柔的表情，似乎她知道什么。

成欹没有多想，就和花珖鑫骑着自行车，飞快地朝着小巷直往大道去了。

大道边上的路灯造型很独特，细高细高的，上面挂的灯，活像人的大脑袋，朝下瞪着两只大眼珠子，简直滑稽极了。但它工作起来很是认真，照得路面贼亮贼亮的。

骑自行车的人还是很多，那些淘气的半大小子按着车铃，一会儿在路的中间，一会儿又在路的边上，飞快地穿来穿去，好像杂耍。行人担心地看着他们。但在路边的树趟子里，总不免有些情侣，不慌不忙地牵着手慢行，或坐在那里卿卿我我……成欹和花珖鑫也慢不到哪儿去。他们是带着"任务"去的，当然要快些。一路直线，又拐了几个弯，大约半个小时吧，就到了交通局家属区。路灯没了，家属区好像沉默在一片黑暗之中。家属区不是很大，就十几栋房子。

两人来到花珖鑫家，进门后，他对着成欹一指外屋的门笑道："你先进去等我，我跟我老婆说一件事儿，就来……"成欹没有多想。

一进屋，他就是一愣。怎么？有一个女的背朝着他而坐，那背优雅而挺拔，显得几分诱惑、几分性感。她留着披肩发，身着牛仔风衣，身材苗条，身上还散发着阵阵的浓香。他看到这个美人，心里一震，难道是她？她来这儿干什么？正在这时，这个人猛地将头发一甩，扭过脸来，看着他，微微朝他一笑说："没想到吧？是我——潘嫒嫒。"

成欹看见潘嫒嫒这个样子，倒吸了一口凉气。此时，他的心好像在颤抖，乃至整个身体……然而，不知为什么，一种怜悯之心油然而生。他又勉强地冷静了下来，随手拉过一把椅子，坐了下来。

"你为啥不吭声？还背朝着我，不想理我吗？我……我真有这么……让你讨厌吗？"潘嫒嫒说着说着，便哽咽起来。

"事儿没那么简单!"成歆低声说。

"有多复杂?"潘媛媛抹下眼泪说。

"这么跟你说吧,咱俩不合适!"

"怎么不合适了?"

"嗯……爱好不同,而且性格也不合。"

"这就是你的理,但这不是绝对的。爱好可以培养,至于性格,以后磨合磨合就好了。其实,找对象就是为了结婚,结婚就是为了过日子。不像电影说的那样浪漫……"

"你说的这些,我懂!不用你教训我。"

"哼……我看你的所作所为,觉得你不懂!"

"啥?我不懂!那好,你在这儿吧,我走了。"

潘媛媛凝视着他,暗想:你随便!

这件事过后,成歆的生活安静了很长一段日子。寒假到了,在一个晴朗的早晨,成歆晨练之后,已经十点多钟了,闲来无事,便在街上溜达。再往前走走,在他的左边不远,有一座挺大的院子,院内有两栋砖木结构的二层楼房,因为是红墙红瓦,所以被人们称为"红房子"。"红房子"的前前后后,种有槐树、柳树、椿树、榆树,还有几棵白杨树。

这时候,去"红房子"的人越来越多了。不一会儿,院子就挤满了人,出出进进的,每个人的脸上都显露着喜乐的心情。这时,成歆脑子里有个念头一闪,心想:有人要结婚了!能是谁呢?他也是爱热闹的,凑上去要看个究竟。他待了一会儿,又看了看这些客人,好像没有认识的,便下意识地撸了一下袖子,看一眼表,已经是十一点十分了。看样子,接新媳妇的车队很快就要回来了。待着也是待着,转转吧。于是,他在前后楼房又转了转,走到一棵白杨树下。这棵树粗大而高直,他从根部到顶端,望了又望。树叶已经飘零了。看到这景象,便勾起了他对孟玥的回忆和思念。因此,他的心境是无比凄凉的,伴之而来的还有孤独与无助。他的思绪翻腾……忽闻一阵又一阵的欢快而喜庆的音乐在耳畔奏起，接亲的车队来了！这边"噼里啪啦"地鞭炮齐鸣，连那二踢脚也精神抖擞地直冲霄汉。有些女的捂着耳朵，闭着眼睛躲得远远的，小孩子惊叫不已。成歆回过头去，快走了几步，便来到欢腾的人群之中，看着车队，在心里数着那车辆，一、二、三、四……共二十四辆红色小轿车，好家伙，这家不简单！

　　头车终于在第一栋楼的第二个大门口停了。从车里走下了一对新人，成歆不远不近地看见了新娘的背影，他一愣，这新娘咋这么熟悉！等那新娘回眸的一瞬间，他的脑袋"嗡"的一下，就像要爆炸了。他简直不相信自己的眼睛，眼前的这个新娘竟然是孟玥。少顷，嘴苦了，耳朵鸣了，眼睛花了，最后腿也软了！这时，一切不适应的体征接踵而来……但他还是坚持住了，离开了这个地方。

　　大西北的冬天，中午的太阳还是蛮明亮的。没有一丝风和云，晴空万里，天蔚蓝蔚蓝的，舒服极了！成歆连中午饭都没吃，就和衣躺下了。过了一会儿，好像在朦胧之中，觉着有人说话。两人压低嗓子说的，大概怕吵醒他吧。

　　一个说："成歆回来，小脸煞白，也不说话，就倒头睡了！"

　　另一个说："是不是心情不好？"

　　"我看是！所以，我就没敢问，这可咋办呀？没想到事情到了这个地步，哎……"

　　"婶子不急……"来人又低声唠叨了几句。

　　"哦……好……好好好……"

　　"外面唠叨啥呢？我都听见了！妈，谁来了？"成歆在里屋有声无力地问道。

　　"歆儿，你醒了！是胡嵬来了！"

　　"哦，让他进来吧！"

　　李桂花向胡嵬轻轻地点点头。

胡嵬大大咧咧地进了里屋，等他进来的时候，成欹已经坐在床边上了。胡嵬习惯性地摸了一下头，随便找来一把椅子坐了下去。可笑的是，他那肥胖的身躯只要动一下，椅子就"嘎吱嘎吱"地响个不行。

"成欹，我在你这儿小坐一会儿，就去我家吧。咱们很久没见了，在一起聊聊，晚了就不走了。我请客！"胡嵬用手推了一下银边眼镜说。

"除了我，你还请谁了？"成欹问道。

"没了！就咱哥俩。"胡嵬回答道。

"嗯，好的。"

"你最近在读啥书？"

"没读啥书，心烦得很。"

"刚好，去我那儿聊聊。完了再喝两口，就当散心了。哈哈。"

"哎……只能这样了，咱们现在就走吧！在这个家，我快憋死了。"

最终成欹都没跟胡嵬说他看见孟玥结婚了这件事情。

在胡嵬家的客厅里，成欹再一次碰上了潘媛媛。他不得不想：这一切是怎么回事呀？是巧合，还是有意安排的？他又想起了前因后果。前有花珧鑫那么一出，后有胡嵬这么一整，他好像明白了。怎么办？哎……人家都是为了你好，都是善意。他下意识地向潘媛媛苦笑一下，就坐了下去。潘媛媛心领神会，感觉成欹愿意了，本来已经坐好了，起身又坐在了成欹的对面，胳膊支在大腿上，手托着下巴，就像个小学生似的，聚精会神地仰头看着他。她微微一笑，那笑显得得意扬扬的，又夹着几丝诡异……成欹无奈，只能默默地面对着她那美丽的脸庞。此时，在灯光的照射下，她鼻子两侧上的雀斑，却放着青春的光彩。

这时候，胡嵬两口子早就躲到卧室里去了。

沉默的时间很长，使人难以忍受。客厅虽然很大，但成欹觉得小得憋屈死了。成欹不断地抽烟，屋里的空气像着了火一样，仿佛要和他那烦躁而多虑的心一起燃烧掉似的。胡嵬的老婆柳絮倒的两杯茶水，已经凉了很久，他们仍然没有交谈的迹象，更谈不上沟通。

"咱们这样僵持下去，有啥意义吗？"成歆沉不住气了，首先开了口。

室内的空气终于又流动了，烟气慢慢地散去，空间也逐渐地恢复了原有的大小。

"今天，我来是想告诉你一件事儿，你可能不知道！"潘媛媛也开了口，语气显得非常自如与自信。

成歆听到这话，感觉很诧异，他好像有洗耳恭听的欲望，便张着嘴，眼巴巴地看着她。潘媛媛正儿八经地开讲啦，她那架势，好像在教训人似的。

"孟玥结婚了！她可是你最爱的人呀，变心了吧？海誓山盟有用吗？"说完，她冷冷地一笑，好像在藐视他、笑话他。

"别说了，我不允许你污蔑她。她另有原因……"成歆吼道，眼睛睁得大大的，又无力地将头低下。

这时，潘媛媛好像被吓着了，目瞪口呆地望着他，再也不敢言语。胡嵬两口子也从卧室里惊慌地跑出来，呆呆地看着他们俩。还是胡嵬，到底是个男的，先说话了。

"有啥事儿，不能好好说吗？干吗大声吵吵？"他无意地看了一下表，已经五点半了，随后又开了腔，"今天，这么着，你嫂子准备了一桌子酒菜，咱们现在就开吃吧。"他老婆柳絮将餐厅的推拉门推开，一桌子的酒菜全在那儿，就等着他们仨人上桌呢。胡嵬挺费劲儿地说了几次请，成歆这才勉强地走进餐厅，和潘媛媛挨着坐在了一起，但谁都不理会谁，真是尴尬得很。在酒桌上，胡嵬使出了浑身的解数，这个劝呀，嘴里还不断地唠叨："满上，满上！哎……对……"因此，成歆的饭菜没吃多少，酒倒喝了不少。这当然和他的心情有关。不久，他便醉倒在潘媛媛的怀里头。

二十三

　　成歆答应和潘嫒嫒结婚了，但是有条件的。他的条件，不外乎就是不能干涉他的"内政"，即他个人的爱好。这是其一。其二，也很重要，就是婚礼，不能大操大办。这有什么？潘嫒嫒想，只要能和我结婚，咋地都行。于是她全盘接受。

　　成歆结婚那天，只要了两辆接亲的红色轿车。一是从花珖鑫他们单位借来的，另一辆是从育红中学郑校长的儿子工作的钢铁厂借来的。两辆车一前一后地沿着宽敞的大道载着接亲的人走了。

　　单说这请客吧。其一，他请的是邻居。其二，是学校的老师，都是离大修厂家属区近的老师。然而，还是漏了一位，就是他们学校人称"大白话"的魏彩华。事后，人家知道了，梗着脖子在那儿看着成歆，好不愿意。说是瞧不起人家了，这个那个的……唉！有时候，做人挺难的，一不小心就造成误会。其三，请的才是他那些哥们儿。柳欣欣和杨向荣，还有邓玲是少不了的。就餐的地点不太豪华，在大修厂的食堂里。这就是三桌，再加上两桌娘家客，一共五桌。

成歆和潘媛媛的婚房，就是一进大门的外屋，也就是原来成歆住的地方。潘媛媛说，这就行了，只要不住在大道上，哪儿都可以。成歆的父母一听，都激动坏了，这孩子咋这么懂事儿呀。一再表示，有机会，立马给他俩买房。这样，老两口的心哪，也就安了。说着说着，就老泪纵横了。

成歆的父亲成国祥，在他儿子结婚前的下午，想起了他的同事，也是他最要好的朋友之一，名字叫万金宝，是和他一起从河北省来的。这万金宝脑子聪明，会来事儿。第二年就当上了劳资科科长。别看人家当了科长，但和成国祥还是好着呢！都是哥们儿，他们经常这么说。而且，这人蛮风趣的。成国祥清楚地记得，有一次在宿舍里，要睡觉了，忽然从万金宝的被窝里传来放屁声，动静挺大，还带着连环……成国祥觉着可笑死了，心想：我把你的被子给掀了，再让你放。结果，那是人家搞的恶作剧。他把右手放进左胳膊的胳肢窝里，用力上下连续一挤，就发出了类似放屁的声音。这下子，两人都"哈哈哈"地大笑起来，至今回忆此事还笑个不停。唉……笑归笑，闹归闹，人家对咱还真有恩嘞！孩子结婚，不能不请人家。

成歆大学毕业那年，被分配到矿区了。还好，分配的是一所重点中学，就是全矿区有名的清溪中学。成歆对这所学校还算满意。学校的围墙，紧靠着贺兰山。他刚上班的时候，觉着蛮稀罕的，心情也舒畅。上完课，一个人或几个人到山里转转，虽不是为了"指点江山"，但对山里的沟沟坎坎都了如指掌，尽享大山之雄伟与壮丽。就这样，一年很快就过去了。

这年的寒假，成国祥对成歆说："你想在矿上的学校干一辈子吗？"

成歆回答道："我觉得那儿挺好的呀！"

"你想过没有，在矿上会不会影响你的前途？比如找对象结婚啥的，总不能将来我的孙子也在矿上生活吧？让我来回跑……"

成歆一想，点点头，也是。他没想那么长远，光知道玩了。"哦——对呀！那咋办？咱也没门路不是？"成歆焦急地说。

"你万大爷,知道吧?"成国祥回答。

"知道,是你们厂的劳资科科长。"

"对喽,这就是门路。我想把你调到我们厂的学校,咋样?"

"那好啊,也是我的母校。我回母校,那当然好了。"

当晚,成国祥就去找万金宝。万金宝扭着脖子,将眼睛一眯道:"你来就来,还带着东西干吗?"

"很久没见了,这不……"成国祥说。

"哎……那啥,都还好吧?"万金宝问。

成国祥不客气了,便开门见山地说:"我想麻烦你,把我儿子调到咱们厂的中学来,你看这事儿……"

"这有啥难的,就是从屎窝挪到尿窝的事儿……没啥,包在我身上。"

就这样,下学期成歆就成了育红中学的教师。

成国祥回忆往事,总是激动不已,而后又热泪盈眶,赶紧让成歆去请他万大爷,这是那天下午的事儿。走到半路上,巧得很,在篮球场上碰见了万金宝。成歆说明来意,可万万没有想到,这万金宝竟然说道:"咱们没礼了。你太爷去世那年,我已经出过礼了。"成歆愣了愣神,觉着好没面子,进也不是,退也不是,尴尬得很,把人搞得挺不好意思的。他回头又一想:这万大爷怎么这样说话呢?他不禁觉得他的万大爷陌生起来……他回家之后,不知道怎么对他父亲说,只好善意地撒了一个谎。

这回他妈李桂花高兴死了,嘴都合不拢。她的心愿总算实现了!那天晚上,也就是花珧鑫来的那天晚上,她心里急呀!担心个什么?怕这个孩子"死不改悔",跟她硬磕,这咋办?她真为花珧鑫捏了一把汗,要是他能替她把这个小子"驯服"了,这样她才省心了。可怜天下父母心呀!于是,她在成歆的屋里苦苦地等待着,等待着幸运之神的来临。但事与愿违,当晚,成歆很快地回来了。她目不转睛地望着她儿子的表情——坏了,她知道这一切的努力都白搭了。这孩子太拧了！只见成歆面色铁青，就像庙里的煞神，李桂花没敢搭腔，想走又不情愿，只能呆呆地看着他和衣倒在了床上。她知道儿子难受，但又有什么办法呢？事情已经这样了，但还得往下走……想到这儿，她的眼泪差点掉下来，这一切都能怪谁呢？难道是命？她不知道为什么，这腿不听使唤了，一软，"扑通"一声，面朝着成歆跪下了："歆儿呀，你就答应妈吧！"她的嘴哆嗦着，眼泪就滴下来了。其实，她是个善良的母亲，有谁会害自己的子女呢？做母亲的都这么想。然而，正是这种偏执的情感毁了儿子，毁了儿子美好而幸福的婚姻。事后，做母亲的又不觉得什么，而且，还觉得自己委屈得不行。

成歆能做什么？只能滚下床，面对自己的母亲也跪下来："妈……别折我的寿了！"说完，母子俩抱头痛哭起来。

在这大喜的日子里，成歆有个尴尬的事情，就是是否请王仁贵。关于这个问题，他想了很久很久，一直想到结婚的前一天晚上，烟抽了差不多一大包，但还是没有决定下来。正在他一筹莫展之际，有人敲门。一进门，王仁贵耷拉着脑袋没有说话，随便地坐在椅子上，望一下成歆，便嘴唇微动，欲语……然而，他怕成歆心里难受，忙将嘴又闭上了，不客气地从烟盒里抽出一支。王仁贵的手有些哆嗦，动作缓慢地将其叼在嘴上，点燃……两人谁也没有说话，但已经心领神会了。抽罢，王仁贵便从上衣兜里掏出五十块钱，往桌面上轻轻一放，说："这是我的贺礼钱！"说完，就赶紧往外走。成歆喊了半天也没喊住。

"兄弟，记得明天可来呀！"成歆没法，只好向夜空说了这句话。

此时，无人回应，只惊起高高挂在夜空的星星朝着大地眨了眨眼睛。

王仁贵就是这样，默默地来，又默默地走了。

德国作曲家门德尔松的《婚礼进行曲》一直在响着，客人们该来的差不多都来了，气氛也相当地融洽。成家人忙得不亦乐乎，来人就递烟、泡茶、抓糖果……客人们总是客气地说："行了，行了，行了。"见成家人乐得嘴都合不上，又接着说:"恭喜,恭喜呀!"还有一大堆客气话。

成欤在理发店里将头发吹成了小分头,又打上发胶,更显得头发黑亮黑亮的,板得很!他个头又高,穿着一身蓝色西装,显得格外精神。他坐在结婚照下,对着镜子想:这就结婚了,像做梦似的。

客人越来越多,都免不了要过来看看新郎,当面恭喜他。他寻找了许久,终没有见到王仁贵和蒙濛的影子。就在这个时候,花珧鑫和胡嵬笑嘻嘻地过来了,并坐在了成欤的对面。两人一同从上衣的口袋里掏出了红包,毕恭毕敬地递给了新郎官。

"这是我老婆给包的,我不知道是多少礼钱。"花珧鑫笑道。

"我也是我老婆给包的。"胡嵬说完,笑得就像弥勒佛似的。

婚礼过后,在洞房里,成欤当着潘媛媛的面,打开一看,他俩各掏贺礼三十元。潘媛媛一撇嘴,她的意思不言自明……这是后话。成国祥张着大嘴,眼巴巴地望着他儿子发愣,一脸的疑惑之色。他当然知道为什么,是因为他那个"好朋友"万金宝没有来。

二十四

蒙濛出车祸了,生死未卜,正在医院里抢救。这个不幸的消息,传到成歆耳朵里,他惊愕不已。到底是怎么一回事呀?他着急万分,忙将潘媛媛找来,一起去了医院。

王仁贵的父亲王永松被刘宝森从他家的院子里推出去之后,只听大门"咣当"一声关上了。刘宝森回过头去,边往回走边唠叨:"你儿子要结婚没钱到我这儿借,好像我是富翁似的!"话说这个刘宝森,圆脸黑面,总爱穿着一身蓝色中山装,活像个老干部。这人在厂里,怎么说呢,没发现他有什么毛病,就是平常走路头总是抬得高高的,也不爱说话。因此,他给人的印象是很严肃的样子。其实,王永松和刘宝森是老乡,都是从黑龙江省来的,而且当年同乘一个火车皮来的。刘宝森的儿子从内蒙古调回本市,能到兰山塑料编织厂上班,也亏了人家王永松的帮助。没承想,这小子这么快就忘了这事儿了。哎……世态炎凉呀!真可谓"穷在闹市无人问,富在深山有远亲"。王永松这个气呀——他觉着自己很窝囊,而且受到了莫大的侮辱和藐视。于是,他心里常骂道:这个忘恩负义的家伙真不是个东西。不借就不借,至于把我推出来吗?

当然，发生这不愉快的事儿，都是他儿子王仁贵逼的！这不，人家成歆已经把婚结了，他好像受了刺激，回到家里，就闹着要结婚。父母都急得要死。因为这个，王永松还偷偷地哭过几回，实在是没有钱，只能借钱把儿子的婚事给办了吧。他心想着，嘴哆嗦着，那就借吧。他硬着头皮跑了十几家，没有一个人肯把钱借给他的。最后，还被他老乡推了出来。

他的心都在颤抖，死的念头都有……王永松回到家里，闷闷不乐，儿子一问，才知道老父亲受了委屈，立即火冒三丈，想道：这钱不借也就算了，为什么还推人呀？这也太瞧不起人了，欺人太甚！越想越窝火，越想越憋气。他大吼一声："老子用菜刀剁了你！"这下子，可把他父亲吓蒙了。王永松哪见过这个，这不是要出人命吗？于是，他急了，叫道："你……你这是作死呀！"说完，就浑身哆嗦，瘫坐一团。他妈张怡红闻讯后，哭着喊着，好说歹说，王仁贵才作罢。

事情过后，王仁贵没好气地上班去了。刚一进店门，屋里就充满了淡淡的茶香，还时不时地飘来烟酒之气……仇毅刚不知道在哪儿喝完酒来到了店里，坐在椅子上，摇晃着二郎腿，右手夹着香烟，正在往烟灰缸里弹烟灰，并举止潇洒地和蒙濛说着什么。王仁贵向前同仇毅刚寒暄了几句，便挨着他坐了下来，眼睛不断地看着蒙濛，但眼神飘忽不定……刚出来的时候，急了点，衣服穿得单了，这会儿才感觉身上有了些暖意。蒙濛看了王仁贵一眼，没有理会，好像他来或不来都无所谓的。她觉得，希望得越多，失望得就越多。近来，她发现他开始赌博了，劝过几回不顶用。原先，人家在店里二楼画室里整了一张画案打麻将，弄得乱七八糟的。王仁贵坐在那儿练习"自摸"呢！摸一张牌捏住，就伸直了胳膊，面带微笑朝着蒙濛，让她看个明白。不一会儿，便正儿八经地对她说：是"饼"。再摸一张牌，又说：是"条"。再摸一张牌，又说：是"万"……蒙濛有了兴趣，觉得这家伙摸得还挺准，称赞他技术高，并伸出了大拇指。那时，她根本就没有往那方面想，也不可能往那方面想，觉得他仅仅耍一耍而已。最后才知道那是为了赌博在练基本功呢！这下可好，他不但在本地赌，还到外地去赌。结果，他和几个哥们儿跑到内蒙古去赌，时赢时输，但输的时候多。有一天，他突然从内蒙古打来电话，让她寄去一千块钱，急用！她一猜，就是输了呗！没办法，为了能让他安全而顺利地回来，她忍了。然而，她没有想到的，其实，他已经不是从前的他了。

此时，她的目光迅速地从他的脸上移开，继续和仇毅刚聊着。

"这回市美术家协会换届，你这副主席之位稳了吧？"蒙濛说。

"其实，我在区里不得奖，也应该能选上。因为我有这个实力。不过，得了奖，把握更大一些。现在从上到下，看重的就是得奖，奖项越高越好！不管你咋样，拿这个说话。"仇毅刚说完，就大笑起来。

蒙濛点点头，捂着嘴也笑了，就在这时，店门开了，从外面进来两个人。仇毅刚回头一看，不是别人，正是柳欣欣和杨向荣。

蒙濛见后，很是高兴，站起身来说："快进来坐！"

他们俩也没客气，就坐在王仁贵的对面，并朝着他笑了笑。王仁贵很有礼貌地点一下头，就算回应了他们。

此时，大家都坐在一起，好不热闹！王仁贵反而觉着蒙濛不理他，在这儿待着也没意思，便苦笑道："你们聊着，我累了，先上楼休息一会儿。"

"哎哎哎，我们一来，他咋走了呢？不欢迎我们吗？"柳欣欣说。

仇毅刚在那里偷偷地乐，心想：你们不知道仁贵正烦着呢，这都看不出来？

"欣欣，他不是这个意思。这几天他干活累了，想上楼休息一下，就让他去吧。仇老师，你也是了解他的！"蒙濛解释道。

仇毅刚微笑着摆摆手，意思是说："既然累了，那就快去吧。"王仁贵只是朝着他们傻笑，昔日的幽默风趣无影无踪。随后，他就慢慢腾腾地上楼，脚步显得很沉重。

"我觉得仁贵今天好像有心事。"柳欣欣这才缓过神来说。

"欣欣,你想多了。这几天,我让他倒腾一下茶叶罐子,还打扫了室内卫生,洗洗涮涮,累了。"蒙濛笑说。

"哦,是这样……"柳欣欣说完,忙将身体向仇毅刚这边挪过去,轻声地叫了一声,"仇老师,仇老师您好!"

"坐下半天了,才看见我呀!"仇毅刚伸了一下腰说。

"不是的,我还没来得及问候您呢,小女子这厢有礼了!"柳欣欣调皮地一抱拳道。

"哟——别这么客气,我听着都起鸡皮疙瘩。"仇毅刚习惯性地捋了捋大长头发,笑道。

"你不是画家吗?所以,我才……嘿嘿嘿……"柳欣欣说完,就大笑起来,并朝着杨向荣挤挤眼,又吐了吐舌头。杨向荣只顾着喝茶了,好像没看着她。然而,从他的脸上那欢喜之色,就知道他有好事儿了!

在学校,他除耍了几次个性之外,工作还是比较积极的,"有求必应"是他的招牌。每当老师讲公开课的时候,让他画个图什么的,他都能按时完成。凡是开学典礼、学校开会、节日庆典、校运动会什么的,各种标语都是他写的画的。在这方面,他是个"大拿"了。因此,老师们对他的印象还是蛮不错的,认为他是个人才,诗书画印的人才。这不,柳欣欣从年级组长升到了大队辅导员,他显得更加积极了。她从音体美组办公室搬到了大队部,虽然不在一起办公了,但他是大队部的常客。因此,大家都在背后说他俩在处对象。关于这些,他和柳欣欣心里彼此都很明白。不过,他们一见面,只是相视而笑,不提此事。只盼着某一日,谁憋不住说出了自己的爱慕之情,就万事大吉了。

时间久了,杨向荣有点耐不住寂寞了。恰好,快到寒假的时候,市教育局搞活动,需要每所学校出示展板一块。呵,这下可忙坏了杨向荣。他上完课之后,黑天白日地帮着柳欣欣这个干呀!先策划,后装饰,画画写字什么的,该整的，尽快地整。忙完了，两人休息的时候，已经八点多了，星星月亮也就趁着这个机会乖巧地爬上了树梢，夜幕降临了，树影在室外摇曳着……

"忙了几天，今天终于忙完了。这几天，可把你累坏了。"柳欣欣说。

"没事儿，为了你，再累的活我都不怕。"杨向荣热情地说。

杨向荣说到这里，柳欣欣觉着不好意思，脸随之也就红了。其实，她心里很是高兴，她终于听见"为了你"了，这是他平生第一次吧！然而，这还不够，她还想要听到更好的呢！最好是那令人兴奋的话，这样她才觉得够刺激、够真诚。她不敢再想下去了，简直羞死人喽！杨向荣看到她那表情，越看越漂亮，越看越可爱，可爱到……简直无法形容了。

他很是激动，呼吸急促起来，好像心就要蹦出来了。瞬间，又好像有无形的力推了他一把，他猛地站起身来，鼓足了劲儿，不顾一切地将她抱住，恐怕她要跑掉似的，粗声粗气地冒出了一句："我爱你……"

这三字的到来，真不容易！她足足等了三年。

杨向荣虽然专心地喝茶，但他此时还是感觉到了柳欣欣的某种暗示，忙转过头去，侧着脸，对仇毅刚笑道："时间过得真快，我们就要结婚了！"

"啥？你们快结婚了！这个……"仇毅刚张口结舌地说。

在仇毅刚的印象中，杨向荣老实得要命，说话又那么笨，怎么可能？当然，杨向荣也感觉到仇毅刚是小瞧他了。于是，他又补了一句："是的，毅刚，我的仇老师，你没听错！"

这时，柳欣欣开心地笑了，忙说："就是！就是！春节前我们就结婚。"随之，她那胖胖的手就不由自主地握住了杨向荣那又长又细的手。

"哦——那我就恭喜你们啦！"仇毅刚像个秀才似的向他们拱了拱手说。

蒙濛看到这一切，虽然也像仇毅刚一样，面带微笑，表示恭喜，但她的心里很是难过，她想到了自己，又想到了王仁贵……她想：唉！仁贵本来和仇老师一样，现在差不多就是个画家了，很有前途的……本来好好的，怎么成了这个样子?因为家里没有钱,结不起这婚,那就慢慢来呗。我等,我等还不行吗?不料,他又染上了恶习——赌博。这是她所难以接受的。

柳欣欣心细,此时好像看出来了什么,左看右看,想看个究竟似的,把个蒙濛看得愣愣的,便道:"你干吗?"

"我感觉你好像有心事儿!"柳欣欣问。

"去你的!我这不是好好的吗?"蒙濛回答。

"好了,咱们不说这些,说点高兴的吧。"柳欣欣带着歉意说。

"真是的,本来心情挺好的。这下好,让你给说得,我还真的有点不爽了。"蒙濛撇着嘴说。

"好好好,我的大小姐,我给你赔不是了。对不起,这下高兴了吧?"

"去你的,别来这套……"

"我现在才知道啥叫'两个女人一台戏'喽。你们唱吧,我接着和向荣喝茶。"仇毅刚看了一眼杨向荣道。

杨向荣微微一笑,并举着茶杯朝他示意,便痛快地喝了下去。

"你们尽管喝茶,我们说我们的话,两不耽误!"蒙濛说。

柳欣欣下意识地看了一下他俩。

"你们结婚的东西都准备好了吗?"蒙濛问。

"现在正琢磨呢……"柳欣欣不好意思地说。

"要到日子了,还不急?还琢磨个啥?你的心真大!"

"琢磨成熟了,就去买。"

"三金买了吗?"

"订婚那天已经买了,是向荣他妈亲手给戴上的。"

"唉——你真幸福!我祝贺你们!"

仇毅刚中午在外面和朋友喝酒了,有点醉哈哈的。那几位找个地方打牌去了,他不想去,就躲到这里喝点茶来醒醒酒。这不,就巧遇了他们。

天色将晚，窗外已呈现出朦胧的景象，朦胧得就像凡·高的画一样。太阳逐渐地接近了地平线，将滚烫的身躯藏在了贺兰山的山谷里。

"天黑了，我该回去了！搂老婆去……"仇毅刚拱手道。

"嘿嘿，两句话离不开你的老本行。"蒙濛笑道。

"都老爷们儿了，还能说个啥？"

柳欣欣和杨向荣听到这话，也不禁大笑起来。

柳欣欣用手轻轻地捏了一把杨向荣的衣服说："咱们也走吧，让蒙濛好好地休息一下，人家已经忙了一天了。"杨向荣点了点头。

"没事儿，待着吧。"

"得了，太晚了，我们走了。"

"那行，我来送你们。其实，我也想趁这个机会溜达溜达。"

"那……好吧！"

他们走在大路上，边走边聊，天南地北的，中途仇毅刚走了。他们又走了一段路，不知不觉地过了大沙河，蒙濛就说再见吧。她摆了摆手，一副依依不舍的样子。

就这样，蒙濛单独地回来了。

她漫步灯下，思考着许多的问题，到头来还是惆怅满腹……然而，悲剧发生了——一辆大货车从她的背后驶来……

在医院，王仁贵已经哭晕三次了。他后悔呀——喝醉了酒，不痛快，不该向蒙濛发脾气。现在动了真情了，哭声撕心裂肺……蒙濛的父母更不用提了。很多人都很难过。成歆在墙角蹲着，心急速猛跳，说不上来是什么滋味，嗓子眼里有些苦，说话颤抖起来。他问他的新婚妻子潘媛媛："她还有希望吗？"潘媛媛说："好像还有吧！"

二十五

　　谷雨时节，中国大部分地区是多雨的。再看大西北这个地区，有的地方就算到了这个节气，还是干旱而少雨。但不管怎样，那里的乡村都少不了一年的收成。这多亏了有黄河水的适量灌溉和地下水的合理利用。有时候，眼看着天气阴了下来，好像就要下雨了吧，过了一会儿，又转晴了！万里无云，就好像大梦初醒一样。

　　虽然离开学还有一段时间呢，但成歆还是起了个大早。这是他多年养成的习惯，从不睡懒觉。他跑步到了西山公园，穿过园中园，环绕葫芦湖，直往玉带桥跑去，从桥上跑下去，就是一片空地了。锻炼的人很多，大多数是练武术的，有二三十人在舞枪弄棒。其中有一老爷子，在那里耍枪，耍得那个好呀！围观的人很多，使成歆想起了《水浒传》里的林冲。他学过拳脚，但没有练过兵器。他看着看着，就有了念头——练枪！老爷子好像看出了他的心思，便主动地搭腔道："小伙子，你也想练练大枪吗？"

　　"想呀，这枪法好练吗？"成歆问。

　　"好练！"老爷子回答。

"那敢情好，我就跟您学……"成歆很有信心地说。

成歆打这以后，就跟着老爷子练起枪了。这枪术有名，叫六合枪法。

晨练之后，回到家里，老婆潘媛媛还漫游在梦乡。他坐在写字台前。潘媛媛醒了，惬意地翻个身，伸着懒腰，顺势张开嘴，便打个哈欠，睁开惺忪的杏仁眼，娇滴滴地说："真舒服呀！歆，亲爱的歆，几点了？"

"快九点了，赶紧起来吧，别睡了！"成歆忙道。

自从结婚以来，除了开学上班，节假日和寒暑假什么的，潘媛媛都在睡懒觉。刚开始还行，新鲜！刚结婚嘛……家里人都是这么想的。然而，时间长了就不好说了。她的婆婆李桂花多少有点不愉快，觉得她怎么和结婚前判若两人。

"嗯……不嘛！你妈烧的火墙真暖和，我还没有享受够呢！"潘媛媛懒洋洋地说。

"哎哟，又是你妈我妈的，分得这么清楚……应该叫'妈'。说惯了，就好了。"成歆斜了她一眼道。

"你别斜我呀？知道了，还不行吗？"

"火墙烧得能不暖和吗？烧的可是太西煤，老贵了，老爹老妈自己都舍不得烧，烧的是烟煤，太西煤只给咱们烧。"

"我知道爹娘的好。可是我……"她张着大嘴，又打个哈欠，接着说，"我还想让你陪我一会儿嘛！就一会儿……"

"你想睡就再睡一会儿吧，我忙着呢。"

"嗯……"她眯着一只眼，白皙的肩膀头子从红被子里露出来，带着几分挑逗，便撒娇地说："结婚都快一年了，你还不懂吗？你犯傻……我想再睡一会儿嘛！"

成歆经不起老婆的纠缠，他虽不情愿，但为了让她满意，他不管那么多了，把衣服脱掉，扔在沙发上，向前一跃，掀开红被子的一角，便迅速地钻了进去，两人也就合为一体了。窗外，小巷里有人牵着狗在走路，那狗停在这里，好像嗅到了什么，还"汪汪汪"地叫了两声……

当然，两人不是天天都这样。时间久了，成歆有点招架不住，尽管他身体强壮，总觉着精神恍惚和力不从心。不管怎么样，他还是乐此不疲。怪不得有人背后说他这媳妇是个"狐狸精"什么的。然而，他爸成国祥看在眼里，急在心上。他毕竟是过来人，明白这是怎么一回事儿。刚好儿媳妇出去了，他趁这个机会跟儿子讲："歆儿，两口子在一起，不能太勤了哇！"成歆知道他父亲说的是什么，便羞愧难当地将头低了下去。

潘媛媛走的时候，已经是下午五点半了。她跟成歆说，是学校领导安排的一次聚会。这次聚会很重要，被邀请的人，是立新中学的老教师罗勤勤。罗勤勤是上海知青，20世纪60年代来到大西北插队，后抽调到立新中学当了教师。在那里工作十几年了，大家都返城了，只有她和她丈夫留在了那里，心想：还没轮到我们吧？再等等……等待久了，她和她丈夫也耐不住了，就去问知青办，负责人说："这事儿，我们再问问。你们甭急，再等几天。"结果，就一个星期，事情办妥了！夫妻俩高兴得都蹦起来。两人整理整理行李，就眼含热泪告别大西北，回到了魂牵梦绕的故乡——上海。然而，退休之后，感觉没意思，又想起了在大西北教书的艰苦岁月。辗转反侧，在大西北的那几年里，那些人，那些事儿，历历在目……能不想吗？她便和丈夫商量，咱们回去看看吧！于是，两人就有了这次大西北"探亲"之旅。

校长王顺发邀请他们两口子聚会之时，想了很久，让哪些人作陪呢？人不要太多，一桌即可，十个人……不！算上罗勤勤老两口，十二个人吧！这个数字也是比较吉利的！寓意着一年十二个月，象征着风风雨雨的历程……除了正副校长，还有中层干部。对了！会计不能落下，吃完后谁付账呀？王顺发想着，也就笑了。再加上两个青年优秀教师。当然，其中一个便是潘媛媛。可见，她在学校蛮受领导重视的。

王顺发让办公室主任刘智昌安排饭馆招待罗勤勤夫妇。还是常去的地方，

"一家春"酒店。他们和老板混熟了，打个电话联系一下就可以了。通知的时候，就说一句：老地方。

"一家春"酒店，二楼往里走到尽头，右边就是百合厅。此厅是个套间，里大外小。外面的靠墙地带，摆放着一对单人沙发，茶几之上，有盆景一座，名曰：高山流水。环绕套间的是幽雅的"竹林"，静坐其间，听潺潺流水，观鱼翔浅底，宛如人间仙境一般。再往里走，好大的一间餐厅，好气派哟！大家陆续到齐，坐在了自己该坐的位置上。

女服务员上完凉菜水酒之后，罗勤勤夫妇便从外面缓缓地走来，正式亮相了！全体起立，掌声雷动。夫妻俩激动得热泪盈眶。这场面，好像到了家一样，感觉温暖极了！

聚会少不了多喝几杯，特别能喝的大有人在。高兴之余，大家都有些醉意了。这时候，王顺发嚷嚷着叫潘媛媛坐在自己的跟前。他看见年轻的优秀教师很是高兴，时不时地拍着潘媛媛的肩说："罗老师，就这个小潘，是咱们学校最优秀的青年教师，课教得好，人品也好……"罗勤勤夫妻俩连声赞道："哎呀——难得，难得！作为年轻人，就得这样。现在的年轻人，比我们那个时候要强，教学理念新，脑子又活，我们跟不上喽！"

这几句话把个校长王顺发说得嘴都合不上了，满脸放着光彩，不免对着潘媛媛来顿说词："小潘……记住！上海来的……老教师所说的话……"老校长舌头都有点卷了，大家伙儿也是醉颜微酡，个个笑眯眯的，你看着我，我看着你，都在那里捧场，并鼓着掌。潘媛媛自然是得意得很，连连点头表态说："谢谢王校长！谢谢大家！我会继续努力的！"她含着笑向王校长，向大家伙致意，小心脏也在那里急跳……众人的赞誉，使她应接不暇，借着酒劲儿，心态越发飘了。总务处主任韩无为晃悠晃悠地从卫生间出来，建议说："我们趁……趁这个酒兴，不！是雅兴，何不……不去歌舞厅耍一耍，热闹热闹……"

"喊——这还用……用你说，我早……早就安排好了！"刘智昌不屑一顾地说。

"你们不要说了，走吧——"王顺发不耐烦地说。

这时候，罗勤勤夫妻俩说："我们岁数大了！身体也不太好，该回去休息了。"王顺发也没挽留，就让潘媛媛和李芬两人送了送。

今天是星期几？好像没有人关心这个。因为都在假期中。几点了倒是有人知道，应该是十点多了。这个点，五湖歌舞厅正是人多的时候。厅里的灯光诡异，烟雾缭绕，伴有甜香……凡进来的人，里面的女服务员，都要瞄你几眼，恐怕你跑喽！人多了，反而不瞄了。地方很大，包间也很多。这时，刘智昌带领着大家伙儿进来了，指了指包间，大家伙儿也就钻了进去。当然，校长、副校长、工会主席、办公室主任和会计在一个包间里，这好像是一种不成文的规矩。潘媛媛和李芬，还有教导处主任张佳丽、教科室主任黄英和总务处主任韩无为在一个包间里。就这样，他们一共包了两个包间。在这两个包间里，都有水果拼盘和啤酒服务。

音乐好像通人性似的，待人们坐定之后，便响了起来。它的穿透力直达所有的包间。这时，不该兴奋的人，也因而兴奋了，他们有节奏地晃着脑袋，迈着癫狂的脚步，一副似醉非醉的样子，哈着腰，扭着屁股，活像个蛤蟆似的，满嘴酒气地从包间里钻出来……然而，没跳几步，便摔倒了两三个。

再看那些跳舞的人，随着灯光时明时暗的变化，就像鬼影子一样在那里晃悠，身上还闪烁着、滚动着斑斓的色彩，都不用化妆了！有些人东倒西歪，形态各异，甚至有的已经吐了，狼藉一片，臭气熏天……在潘媛媛的包间里，那几位都潇洒去了，就剩下韩无为和潘媛媛两人，他们几乎是横在沙发上，距离很近，眼睛微闭，手耷拉在腿上或窝在腰下……不一会儿，韩无为的嘴，就像兔子啃草一样慢慢地动了。于是，它"嗅"到了目标，忙过去啃着"嫩草"，两人的嘴也就碰在了一起……真是心醉神迷，已经达到了忘乎所以的地步。

成歉屋里的灯还亮着，他看了一下表，知道很晚了，忙将没有读完的书放回原处。不知为什么,他有种莫名的感觉,心开始慌起来,不由自主地在屋里踱来踱去。他心想:天都这般时候了,媛媛怎么还不回来?不会有什么事吧?他踱到门口是无奈之举,手放在锁上有些抖,他低下头又想了很久,心里很是矛盾,但还是将门打开了。于是,他走出了家门。外面的小巷,静悄悄地躺在那里,漆黑的一片,好不吓人!此时,外面已经没有人走动了。夜空之中,月亮和星星贼亮贼亮的。但最令人捉摸不透的是那北斗七星的第四颗星,也就是我们常说的文曲星,平时黯淡,今晚却格外精神起来,好像监视着人间的一切祸福!他来到房头,站在路灯下,顺着马路,极目远眺……使他失望的是,没看见老婆的身影。他只好带着焦急而又忐忑不安的心情回去了。刚一坐下,便点燃一支烟,吸了两口又掐灭,正烦着呢,就听见外面有人"当当当"敲门,甚是激烈。他马上意识到,老婆回来了!心总算落了地……忙出去将门打开,一望,是两个人,老婆潘媛媛和那个总务处主任韩无为。

潘媛媛进了家,这个韩无为不知怎么回事,也笑嘻嘻地跟着进来了。再看潘媛媛耷拉着脑袋,手摸着上衣的纽扣……成歆一愣,看着韩无为半天,又看看老婆,他的心里很不痛快!这是干什么?这么晚了……他倒是疑惑不解了。

"成老师呀,你甭急……事情是这样的。潘老师,今天喝多了,我怕出意外,就把她给送回来了。"韩无为翻了翻嘴皮子,忙上前解释道。

"屋里坐,喝口茶再走!"成歆客气地说。

"不客气!今天太晚了,我得赶紧回去。不然老婆该骂了。"韩无为晃了两下说道,然后挪了挪腿,走路的时候水裆湿裤的,难看极了。

成歆将他送到外面,连续说了几句"谢谢!""麻烦!"等客套话。这时,韩无为回过头来,用手紧紧地握住成歆的手,眼睛里好像闪着泪花,拍了拍成歆的肩,激动地说:"小潘太直了,实在得很!所以喝多了……哎,是个好人呀!有前途……"

等成歆转过来的时候,潘媛媛已经和衣躺下了。他温柔地摸了摸她的头和肩膀，她晃了晃身子，不耐烦地说："嗯……睡觉啦！我早就跟你说过，如果回来晚了，你就收拾收拾睡觉，别傻傻地等着我，不行吗？你没找我吧？"

"我这不是担心你吗？找……这倒没有，就是出去转了一圈。"

"你老是疑神疑鬼的，这一点，跟你妈一样……我特烦！"

"怎么又你妈我妈的……唉！不说这些了，没用……你得脱了衣服睡呀，穿着也不舒服吧？"

"哎呀，你烦不烦？这么晚了，还这么啰唆，好好……你帮我脱吧。"

潘媛媛说着，也就将身子翻了过来，平躺着，好个睡美人！成歘小心翼翼地将她紫色上衣的纽扣一个一个地解开，刚要费劲地脱她的上衣时，人家潘媛媛自然而然地将自己的胳膊向上舒展起来，这样很快就脱掉了。他沉默片刻，暗暗地一叹：这么好的媳妇！我结婚的时候怎么没发现呢？此时的成歘，早已把对孟玥的感情寄托在潘媛媛的身上了。生活就是这样，你既然和人家结婚了，就得负责到底。只有这样，你才有资格追求美好，追求明天与未来。这才是现实，是真实的现实。

"别胡思乱想了，赶紧地拉灯睡觉吧。"

"哦，好的，老婆……"

今晚，成歘无法入睡，他有些激动了！这是他结婚之后，从来没有过的感觉……心想：这会儿，我得好好地对她好一次，这也是做丈夫的义务。

"嗯……你干啥？"她好像醒了，或者压根儿就没睡。

"你瞅瞅，你……人家要睡了，你就等不及了？明天……"

接着，潘媛媛又说了几句不着调的话，好像还挺难听的，声音又挺大，把成歘给说得无地自容。说完，她就稀里糊涂地把衣服穿上，把他晾在一边，背过身去睡了。

此时，也是半夜一点多钟，成歘父母的房间里灯亮了……

二十六

李桂花昔日那憋了一肚子的委屈和怨气就此爆发了。她坐在客厅套间的床上咧着嘴，拍着腿，手比比画画的。

说是套间，其实就是改造后的卧室。就说这公房改造，可是大修厂职工的一大乐事儿！过去有人偷着改过，厂里好像没人管，就算默认了吧。如今，大部分人都参加了房改。公房已经变成私房了。于是，大家伙儿大兴土木，改建工程也就蓬勃开展起来。改就改吧，还比着改，看谁改得好，改得妙。想怎么改，就怎么改，反正是自家的房子了。只要结实，不塌就行了。有的收拾得跟皇宫一般。

李桂花坐姿优雅，就像东北老太太的传统坐法，左腿交叉在右腿之上。而右腿呢，垫在屁股底下，双腿交叉着坐。这是一种习惯性的坐法，由一辈又一辈的老妇人传承和发扬下去，就差申报非物质文化遗产了！客厅里的一对单人沙发上，坐着两个挨训的主。不是别人，正是这家的父子俩。儿子成歆坐在"首席"，规规矩矩的，而他的父亲成国祥坐在"次席"，则在那里"陪绑"。当然，成国祥在那里总是闷闷地吸着烟，时而也插上几句劝阻的话。不过，李桂花一听就急了——你到底是哪伙的？听着咋这么来气呢？她就冲着老头子咬牙切齿地大叫起来："你这老东西，就知道在那儿冒烟，你你你……啥都不是呀！"再看成国祥，连屁都不敢放一个。成歆心里非常地难受和沮丧，但他也不敢言语。他总觉得在这事上，他妈有点小题大做了。这不是神经过敏了吗？说人已经说过了头，简直就是"骂"了。

李桂花又把哭丧的脸转向成歆那边，这可是她主要的"训话"对象！刚才已经说半天了，这又开始了，真使人头疼呀！没办法，忍着吧！只见他妈朝着他喊道："我说老大，你这媳妇还能要吗？结婚前和结婚后，咋这么不一样呢？我一个四十多岁的人，被一个二十多岁的丫头片子给蒙了！哎哟……"说到这儿，她一拍大腿，眼泪巴巴地继续道，"你瞅瞅，你这媳妇，原先是个多好的人呀！来家就帮妈干活，我算看中了！妈有时候想：这是咱老成家八辈子修来的福哟！可结果却令我太失望了！这人咋变了呢？妈做梦都没想到……进门之后还好，还帮我干点活。我寻思着：今后能享清福喽！没多久，这狐狸的尾巴就露出来了！结婚都一年多了，整天睡懒觉，活啥啥不干，孩孩不生，钱钱不攒，这叫过日子吗？还叫我儿子给她倒尿盆子。"

成歆给老婆倒尿盆的事，已经不是什么秘密了，认识他的人都知道。有人还说，这样好哇！听老婆的话，能吃饱饭。但总有人在背后嚼舌根子，说他或笑话他怕老婆，简直是个懦夫，有其父必有其子……说什么的都有，把人说得一文不值！于是，就有人跑来告诉成歆，说某某人在什么地点、什么时间议论你呢！他只是淡然一笑，跟来人说："这就是社会，啥人都有！"这事儿过后，他和平常一样，该干什么还干什么，就好像什么事儿都没发生过似的。

说实在话，他这媳妇在家的时候，确实是有些娇生惯养。这也难怪，自从她父亲潘崇刚抛弃她们母女之后，她母亲韩依萍生怕丫头有什么意外，或是被小朋友歧视和欺负，百般地呵护，久而久之就惯坏她。

她很少干活，妈妈也不让她干，恐怕她干不好。所以，她的闺房是很乱的，到处都是东西，连沙发和床上都堆满了衣物和日用品。再看写字台上，瓜子花生水果，钢笔圆珠笔，笔记本钢笔水，还有卫生纸化妆品，应有尽有。如果当妈不给收拾，也就不像姑娘的闺房了。

"怎么着？还把野汉子给我领回家了。这不是破鞋吗？"李桂花瞪着眼，咬着牙说。只见她嘴直哆嗦，甚至变了形，样子很可怕。

这话就像晴天霹雳一样，忽然"劈"在了成歆的头顶上。他张口结舌地望着他母亲。

"我不跟你说了。反正……"成歆说。

"你愿意跟谁说就说去。"李桂花喊道。

这时，成国祥都急了，劝都劝不住，气得干瞪眼。他觉着自己好无能呀，一个老实巴交的老爷们儿给李桂花整成这样。

"你自己说吧！"成歆说完，扭头就要走，这下可惹恼了李桂花。

她猛地站起身来，一指门说："你给我滚——"声音变得嘶哑，"你就是个……"说完，就大哭起来。

成歆看到这里，真是无可奈何，眼泪汪汪地走了。其实，他没有走多远，只是回自己的房间去了。这儿就是他的家，他能到哪儿去呢？

一进门，坏了，媛媛不见了。他焦急起来，左顾右盼，眼睛里充满了无限的感伤与失望，还有无助，心怦怦直跳，紧张死了，好像有种不祥之感笼罩在自己的周围。他呆呆地坐在床边，用手抚摸着枕头，发现枕巾湿漉漉的，他意识到她是哭过了。看到此景，他的眼睛开始模糊了，脑袋好像空了似的，精神变得恍惚，嗓子干而苦，豆大的泪珠就不断地滴了下来，视线完全模糊了。在朦胧之中，他发现大衣柜的门是敞着的……走近一看，媛媛的新衣服，还有她那最喜欢的大粉格子的床单都不见了。

二十七

　　西北建筑公司的家属区西面有一座新型的水冲式厕所。这水冲式厕所，是在被扒掉的旱厕原址上扩建而成的。这么一来，新建的水冲厕所显得很大，而且很亮堂，温馨得就像个澡堂子，干干净净，去方便的人们，觉着很新鲜。有人对着另一个人开玩笑地说："干脆，你洗个澡再出去吧！"另一个人接着说："哎！我一个人洗，有点太自私了吧？你也不能落下，是不是？"说完，两人就哈哈大笑起来。在它的前后，工人们又种上了两排槐树和草坪。这还不够，又在两排槐树的外围修了两条人行道，四通八达，直通大路……家属区的环境大有改观。

　　在水冲式厕所左面的水泥台上睡着一个人。只见他所睡的被子和褥子是半新的，而且是红色大花绸缎做的。这显示了它的主人还是蛮讲究的。当然，上面有的地方沾满了泥土。此人睡得正香，灰白色的短发下面是他的脸庞，尽管他的脸上布满了岁月的皱纹，还能看出他年轻时的英俊，用现在的话来说，就是帅气。在他睡觉地方的右边，便是长长的人行道。在人行道和水泥台接壤的地方，放着大搪瓷缸子和矿泉水。大搪瓷缸子里面搅拌着还没有吃完的方便面。有人看了这场景，心里在想：这人可能是要饭的吧？

　　潘媛媛从成家"逃"回来的时候，一路上是非常狼狈的，她的双手拎着两大包东西，哭哭啼啼，跌跌撞撞，走走停停……看着好可怜呀。路边不时有人转头看她。她是抄着小路走的。这样，很快就能走到家属区，水冲厕所离她家还远着很，但是必经之路。说来也巧，她刚到这里，本想着坐在水泥台上歇一会儿再走，那人就醒了，并坐了起来，正要继续吃刚才没有吃完的方便面，就迎面碰上了眼前这个姑娘。当然，潘媛媛离他不远不近，她不可能坐在他的背面，是正对着他坐着的，想在此小歇片刻就走。他愣了一下，不知所措，这是从哪儿来的漂亮姑娘？长得很像自己……他端详了许久，便不由自主地流下了热泪。这下子，可把她吓了一跳，这人怎么了？见到我怎么流泪呢？莫名其妙……她大概突然起了善心吧，朝着那人丢下一块钱就跑了，跑着跑着，就害怕起来，怕那人是个坏人咋整？她好不容易到了家门口，倚着墙壁，大口大口地在那里喘着气……不一会儿，整个身体软软地从墙壁上滑了下去，一屁股坐在了包上。她下意识地用手捂住心口，觉得安全了，便回头望了望那人追上来了没有。这是她所担心的。

　　自从潘媛媛结婚之后，韩依萍就把经营二十多年的凉皮店租给别人了，虽然有些不舍，但到了年底，去收"租子"就行了，这样一来，她就省心多了。不管怎么说，自己想吃什么，就做点什么。实在懒了，就出去到饭馆吃点什么。家务活，能干的就干，不能干的，就请家政服务就地解决。反正也花不了几个钱。关于这一点，她已经想得很开，丫头在家的时候，她总是那么忙活，大部分时间都在为丫头服务，累是肯定的，但做妈的情愿这样。现在，总算过上了清闲的日子。想到这里，她心里美滋滋的！来年……她不敢想，用双手捂住了脸，好像不好意思了，再抱上一个白白胖胖的外孙子，这可真是享不尽的天伦之乐呀！

　　她年轻的时候，为了经营这家凉皮店，吃了不少苦头，起早贪黑的。这还不算，她还有个"小尾巴"，还要照顾着丫头。时间久了，落下了一些"职业病"。什么腰疼呀，脖子痛啦，膀子也酸……人老了更是什么病都找上门来了。没办法，只好到医院看医生。医生和她很熟，检查了又检查，诊断为"肌肉劳损"，并建议她凉皮店先别干了。说再干下去，恐怕你这身体就吃不消喽，那就麻烦了。临走医生给她开了一大堆药，她便回家养着去了。

今天早晨起来，她很高兴，突然心血来潮，便忙了起来。她翻箱倒柜，东找西找，找来很多好看的花布和格子布。她的手很巧，将这些花布和格子布拼在一起，做成小衣服和小裤子。她的想法很好，在外孙子出生之前，就得把这些准备工作做好才行。于是，她戴上老花镜就缝制起来。

像她这样的年龄，对于缝缝补补的活计，已经是轻车熟路了。不知为什么，缝着缝着，她竟然把手给扎了。她心里"咯噔"一下，忙将手指放进嘴里含着，便嘀咕起来，难道媛媛出事了吗？她想着，拔腿直向大门去了。

她猛地一开门，正看见她的丫头蜷缩在大包上。此时，忽然来了一阵风，无情地将丫头的披肩长发掀了起来，青丝随意飘扬。她看见丫头这个样子，神情错愕，道："媛媛，你怎么坐在这儿？回家咋不进来？成啥呢……"

"妈……"潘媛媛抬头看见了自己的亲妈，便委屈地哭了。

"你怎么啦？这是……"韩依萍焦急地问道。这时候，她再也控制不住自己的情绪，浑身哆嗦起来。这最原始的本能，也就是母爱吧！韩依萍蹲下身子将丫头抱住，并安慰地说："我的娃，不怕，不怕，不怕啊！妈妈在呢……"然而，语气显得很脆弱。

韩依萍帮女儿拎着两大包东西，潘媛媛跟在后面进了屋。她觉得很疲惫，就跟妈妈说先回自己的屋里休息一下。进屋后，她躺在床上，闭上眼睛，来享受这一瞬间的舒适与温馨，等待着慢慢地睡去。俄顷，她突然感到大腿上的肌肉莫名其妙地跳动起来，宛如万蚁狂奔……又像电击一样，迅速地又消失了。她便从似睡非睡的状态中惊醒，用手蹭了蹭鼻子，一股肉香扑面而来。接着，她妈韩依萍喊她吃饭的声音，也就传到了耳际。她这回知道饿了，心里也不堵得慌了。

潘媛媛边吃饭，边一五一十地叙述着她离开成家的原因。她妈长叹一声，没有说话，心里不断盘算着：哎……这个婆婆呀，好厉害！这怎么行呢？其实，我不看好他们家，我是为丫头着想，才答应他们的，我就害怕有这样的事情发生。果不其然，如我所料，还是发生了！这还能过下去吗？当然，现在还不能翻脸，还不是时候。想罢，韩依萍便面对着丫头说："媛媛呀，你为妈争口气，晾他们家俩月，看他们怎么办！"

潘媛媛听着听着，就停了下来，饭不吃了，眨了眨眼睛，看着她妈半晌，然后说："嗯……其实，我和成歃挺好的，就是他妈……"

"你俩好有什么用？这自古以来婆媳就不和哟！话又说回来了，也有和的，少……"

"就是的。妈，我就在家等着，看他们家啥时候来求我。"

"我看悬。你不信，就看着。你要做好最坏的打算。"

潘媛媛黯然了，脸上露出一种听天由命的表情。现在成家的态度，她最清楚不过了。但她的心里，仍然抱着一丝希望，她还惦记着成歃，她是爱他的。此时她的心里矛盾极了，也痛苦极了。

她想着，便落下了眼泪。不一会儿，她擦了擦眼泪，惊慌地对妈妈说："对了，妈，我回来的时候，路过新建的水冲厕所，在水泥台上睡了一个人，看样子是要饭的吧。我走到那儿，他突然站起来，朝着我哭了。莫名其妙！我看了他一眼，感觉他长得像我。不，我像他……"她说着，脸一红，就低下了头。

她妈一听丫头所叙述的那个人，也感觉很奇怪，不过，韩依萍想到了另外一个问题，难道是他回来了？她的直觉告诉她，这很可能。但她不愿这样设想，又想否定它。然而，没错，是他回来了，是她的丈夫潘崇刚回来了！

潘崇刚走的那年，说是南下广东，其实先去了北京。在北京待了一些年，又认识了一帮地痞无赖。后来,大家都知道,他和北京的这些地痞无赖一起去了深圳。到了深圳后,这帮人怎么去的香港,至今还是个谜。有人说,可能是偷渡。不管怎么说,他们又到了香港。在那里,他混得很不错,也挣了一些钱,手段不外乎是坑蒙拐骗偷。他这个事儿,在大西北的时候,就有人领教了,谁都知道,这小子吊儿郎当,不好好上班,便去内蒙古贩了些牛肉回来,在市场上卖。别说,人家卖得挺好,人人都夸他有本事。没想到,回家一煮,却发现是马肉。这下子,有人不高兴了,就把这些所谓的牛肉拿去,甩了他一身。因为这事儿,差点没打起来。过了一段时间,他就在大西北神秘地消失了。

在香港,他总算变成了有钱人。在娱乐场所里,酒喝多了,逢人就说自己是个小财主。就这样,招来一些不三不四的女人围着他转。

潇洒了几年之后,他总觉得身体不适。去医院一检查,原来是性病。这怎么办?钱也被那些娘们儿骗光了。没法子,只能骂街过过嘴瘾。他找那些哥们儿帮忙。可找谁谁都不管,见到他就像见到鬼一样,都躲得远远的。万般无奈之下,他只好卷起铺盖跑回了大西北。

不行,我得去看看,到底是不是丫头的爸爸。韩依萍越想越心慌,忙穿上衣服,就朝着水冲厕所的方向走去。到了地方,只见那人正侧着身子朝着墙睡觉呢。上完厕所的,或者路过此地的人,都过来看。要不然,就指指点点,嘴里唠叨着什么,都不是好听的……他有所感觉,但都不顾了——看就看吧,说难听的就难听吧。

韩依萍走到这里的时候,他好像有感应似的,一骨碌就坐了起来,动作敏捷得就像个小伙儿。他斜了她一眼,嘴一歪,便把那沉重的头埋在了胸前,就像断了秧的葫芦。她看见他之后,能不认识吗!原来英俊的小伙儿,如今变成了这副德行!这一切能怪谁呢?她想着想着,就不觉痛哭起来,不知道是惊还是喜,是恨还是爱,五味杂陈。她二话不说,扭头就走。潘崇刚望着韩依萍的背影慢慢地远去,"扑通"一下就跪倒在地,号啕大哭,哭得天昏地暗,浑身哆嗦起来,双手抱头,用拳头使劲儿地砸自己的脑袋,真是悔不当初哇!

　　后来,韩依萍还是让潘崇刚进门了,多亏了他的女儿潘媛媛和邻居们的百般安慰和劝说。但是她有条件,不能说走就走,说回来就回来,他得接受一定的惩罚,这叫自作自受。不能跟她住在一个屋,她嫌他脏,只能住在下屋;也不能在一起吃,他自己开灶。潘崇刚就像个木偶,抱着行李在那儿,一把鼻涕一把泪的,那脑袋就像捣蒜的捣锤一样,频繁地点着。他不敢要求什么,也没资格要求什么。能让他回家,就千恩万谢了。不这样,他又能怎么样呢?这回得看人家的脸色行事了。从此,他便开启了在家吃软饭的模式。再说,人家韩依萍能容得下他,已经是宽宏大量了。二十多年的辛酸苦辣,他能晓得吗?

二十八

　　事情有些不妙了。潘媛媛想。晾了半天，却把自己给晾了。她等了很久，也没把成歘等来，她开始埋怨她的妈妈了。她妈劝道："人家老成家压根儿就不想要你了，你还多啥情呢？我的苦命的娃。唉……我早就看到了这一步，你好好想想以后的事儿吧。"潘媛媛听了这番话，泪如雨下，万念俱灰。以后的事儿，在这里不说，想必大家都知道了吧？

　　时间过得很快，一晃三年就过去了。

　　成歘隔着墙，深情地望着王仁贵家的苹果树，感慨万千，不知不觉地又想起了孟玥，他的这种思绪不断地延伸着，但时间一久，他的脖子就不争气了，感觉又酸又痛起来。这大概是读书或者写字时间太长的缘故吧，现在已经落下了病根儿。无奈之下，他回过头去，想休息一会儿，缓一缓再说，便回到帆布躺椅跟前，用手抹了抹上面的尘土，就惬意地坐了下去。然后，用手将半湿毛巾从左肩上拿掉，迅速地搭在了额头上。

　　正在迷糊之时，就有人敲门。他"哎"了一声，开门一看，见是刘希超，他就笑了。两人来到葡萄树下，成歘用手随便抓来一张小凳子，刘希超也没客气，稳稳地坐在那儿。他觉得很稀罕，刘希超这人，是个稀客，从来不见他去谁家。今天怎么找我来了？看他怎么说。只听刘希超用他的大厚嘴皮子开门见山地说："你知道王仁贵的消息吗？我跟你说……"

"哎，你这人呀！哪壶不开提哪壶。你是知道的，我和他姐原来有那么个关系……我不想听到他们的事，更不想知道！"别看成歘这么说，其实，他巴不得听到这些消息呢！他的眼睛不自觉地盯着刘希超看。

"你别这么看着我，跟看贼似的。真事儿，我跟你说……"

"我听着呢，你快说。"

"瞅瞅，你焦急了吧？据说王仁贵到了湖南长沙，跟人家搞传销去了。你知道吗？"

"那就完了，跟那些人一起传销，那就交代了。"

"我觉得他很可惜！画画又画得那么好，这下子，得走下坡路喽。"

"没办法，这是人的造化。别说他了，你说说孟玥吧！"

"这是你的正题。你知道吗？她也离婚了！工作也没了，还领了一个小女孩。"

"哦，是这样……"

"瞅瞅，你寻思人家了吧？还有……"

"还有什么？"成歘忽然从帆布躺椅上蹦起来问道。

"你别急，这跟孟玥没关系的。快快坐下，咱们慢慢聊……"刘希超按住他的肩膀说。

"哦……"

"是这么个事儿，邓玲……你是知道的，她也出事了。"

"啥？"

"是她爱人二老邪出事了——去那头了，死了！"

"怎么死的？"成歘呆呆地问，神经有些紧张。

"这话说长了，咱们简要地说，他被烧死了！"

"哎呀！咋这么惨？"

"其实，这都是二老邪自己作的。他爱喝酒，都喝成酒鬼了。天天这么整，人都喝废了不说，就连朋友都喝没了。后来没人跟他喝了，都说他没有酒德……他自己在外面喝闷酒，回家之后，躺在床上便吸烟，睡着了。结果，悲剧就发生了！"

"哎……真没想到，邓玲的命咋这么苦呀！"

"我陪你去瞅瞅她吧！"

"那敢情好，求之不得。那……那啥……谢谢你了！"

"咳……别这么说……"

尾　声

夜深了，晚风徐徐。

这夜格外明亮，除了地面上色彩斑斓的灯光之外，天边那高远处悬挂着月亮，洁白如玉，柔和似水。别看它如此高傲，其实它很平淡、简单而纯正，一经晴天就"暴露无遗"，表面的环形山清晰可辨。

成歆邀请刘希超到"一家春"酒店吃完饭的时候，已经是深更半夜了。街上的人很少，他想送送刘希超，也算尽了朋友之谊。刘希超说："没事儿，我先走一步了。"就这样，成歆又是一个人了。他沿着马路溜达，东瞧瞧西望望，走到不远处，发现一家理发店，里面的灯还亮着，有一个女的在扫地上的头发，那身影好像很熟悉。忙进去看，他惊呆了！正是孟玥。

他激动得跟什么似的，不顾一切地抓住她的手腕，一下就把她拽过来搂紧，他又重新感受到了她的温度和心跳……

孟玥"嗯"了一声，将他慢慢地推开，笑道："别这样，店里还有个孩子呢！别惊醒她……别惊醒她……"

通过聊天，孟玥才知道成歆离婚了。但孟玥总是高兴不起来，她是有顾虑的。她离婚之后就下岗了。不久，就去北京学理发手艺。再后来就开了这家店，算是新的工作吧。关于她的前夫，她不想再聊，全是眼泪。他是厂长的儿子，典型的公子哥，身上的毛病贼多，不知从何说起，这么说吧，他是个没有责任心的男人。

没想到孟玥这么好的人，怎么碰上了这么差劲的人？成敔心想。他没有在她的面前表现出愤愤不平的样子，也没有用言语安慰她，而是用眼睛深情地望着她。他想用这种方式来抹平她心头的悲伤与不幸！当然，孟玥对他的感情是理解的。她慢慢地走近他，用手搂住他的腰，将头贴在他的胸前，闭上眼睛，流下了热泪。

2022年10月4日重阳节初稿
2023年2月5日元宵节二稿

后 记

不知道是从何时起，我开始萌生了写小说的念头。一经提笔，便一发不可收。大概写了十几年吧，小说便完稿并付梓。回想起来，这一切仿佛是在做梦一般。

其实，我原来并不会写作。我是画画的，另外也写字刻章。我有一个特点，就是酷爱读书。不管是天文地理、历史哲学，还是文学艺术等方面的著作，我都会去读。我的大部分时间，都被读书所占据。时间一长，我便有了写作的欲望，总想记录点什么。

我记得，在我小女儿出生后，我已经完成了前三章的内容。然而，有段时间我写得非常慢，甚至有些不想继续写，于是将稿件搁置了起来。但时间一长，我总觉得自己好像缺失了什么，心里好不自在。就在这时，有一天下午，宁夏的散文作家薛青峰先生因事到访。我无意中，将我所写的小说前三章的内容交给他看了。他粗略地看了一遍，忙笑道："写得还不错！希望你能继续写下去，最好写成一部三代人的家族史小说。"我听后，非常高兴，也受到了极大的鼓舞。虽然写了下去，但我并没有完全听从他的建议，最终写成的是一代人的爱情故事。

  我的写作方式与众不同。有的作者需要静谧的环境，钻进书房就不出来，而我则完全不需要这样的环境。相反，我偏偏喜欢热闹的地方。当激情涌现时，我就会写上好几段文字。比如，在公园散步时，来到群众自发演唱歌曲的地方，我会边听边用手机里的便笺软件写作，想到了什么，就将它记下来。当然，在看电视、和朋友喝茶聊天的时候也是一样的。不受周围环境的影响，这大概是因为我的专注力很强吧。到了夜深人静的时候，我会将白天所写的文字誊写到电脑上，再进行一次整理和加工。就这样，在不知不觉之中，这部小说就完成了。

  这部小说的完成，还要感谢我的夫人叶小凤。她是个典型的贤妻良母，自成家以来，家里的里里外外都被她打理得井井有条。有时候，我看到她忙前忙后，很是心疼，总想帮她一把。但她总是笑着说："你的手笨着呢！我怕你把我的盘子、碟子、碗什么的给打碎了。你快忙你的去吧！"就这样，我继续忙着写作。家里有了她的辛勤付出，这才成就了我的小说。

  本书纯属虚构，如有雷同，纯属巧合。

2024 年 2 月 26 日写于贺兰山下